汉语言文学中国特色研究丛书·实践论文学理论建构

主 编／高 楠 韩春虎

中国新文学现代性启蒙实践研究

THE STUDY ON
THE MODERNITY ENLIGHTENMENT
PRACTICE OF
CHINESE NEW LITERATURE

赵凌河　张立群　李明明 ／ 著

社会科学文献出版社
SOCIAL SCIENCES ACADEMIC PRESS (CHINA)

　　根据进化论、发生学，马克思的《政治经济学批判》"导言"所强调的研究各种现实具体的方法，即在任何现实具体中，都保存着它们由之生成的本源性根据，就像脑科学所揭示的那样，人的进化中原初的本能，都会在大脑皮层中占据其应有的位置，并会在相应的时刻释放本能的力量。文学活动作为文学的本源属性，始终保留在文学中，并不断地释放为文学的现实乃至当下的规定性。当然，此处所说的文学本源，在还没有文学这一说法的先民时代，曾被后来的文学理论家们称作前文学远古时代的原始现象。尽管留存至今的原始活动的证明已极为稀缺，但并非毫无痕迹，一些地方留存的岩画，如欧洲法兰克和坎塔布里亚地区旧石器时代的岩画，以及旧石器晚期我国江苏连云港的将军崖岩画，其间尽管发生了由幽深洞窟向敞亮岩面的变化，但有一点是相同的，即它们都拥有很广阔的空间。由此可以推断那是原始部落集体活动的场所。至于岩画内容，多是几人甚至数百人集体活动的结晶。岩画研究者们的共识性看法为这类岩画场所是原始人举行群体巫术仪式的场所——"它是全体社会成员共同劳动的成果，是整个部落举行巫术仪式的成果，是全体成员社会生活的需要"。① 而对于原始巫术，艺术发生学认为，那就是诗、乐、舞"三位一体"的活动，当然，这是原始性质的诗、乐、舞，最初大概也就是有节奏的单音或双音话语、喊叫或彼此配合的蹦跳。这就是前文学的活动样式。与诗直接相关的原始诗、乐、舞一体化活动的例子在屈原的《九歌》中体现得尤为充分。据专家考证，《九歌》是根据楚地民间祭祀歌舞加工整理创作而成的。"《九歌》产生于南郢之邑、沅湘之间，这一地区，即今日湖北的西南部与湖南的三湘四水之间。这一地区的原始祭祀歌舞，主要是'傩祭'，民间称之为'还傩愿'。其供奉的神灵，又

---

　　① 陈兆复：《岩画艺术》，《文艺研究》1995 年第 3 期。

总　序

构入文学活动的实践论文学理论

提出"实践论文学理论建构"课题，并系统地展开规模性研究，不是哪个人、哪个研究群体的突发奇想或标新立异，它有历史延续性的本源根据，有 20 世纪以来世界文学及文学理论走向的根据，更有中国文学理论几十年来面对它的研究对象而形成的建构取向的根据。在实践论文学理论以理论课题的方式提出之前，在中国，是认识论文学理论一统天下。20 世纪 80 ~ 90 年代，经由文学实践的具体情况与脱离文学实践的具体情况的认识论文学理论的争论，文学的能动性获得了理论身份而进入认识论文学理论，并且后者在很短的时间内转入能动反映论文学理论，于是文学对于生活的能动性便被理论地肯定了。

然而，在短短的能动反映论文学理论活跃地建构其间的 20 世纪 90 年代，大众文化便冲破了文学能动反映论的围墙，把文学及文学理论引入社会性文学活动的领地。文学开始了放弃工具论身份的努力，进入人的生存表述、人的欲望表述、人的压抑乃至苦难表述的境地。文学由工具身份提升为人的主体表述身份，这是中国文学自我主体的重新面对，同时也带来了其理论研究主体文学理论的主体性变化。正是在这一变化中，它邂逅了文学活动的现实实体其实，这也是文学本质以活动见之于世的身份本源的历史回顾。

因民族和地域的不同而分为女神系与夫妻神系二种。"① 由此可见，《九歌》已不是前文学而肯定是文学中的诗了。《九歌》源于原始祭祀的诗、乐、舞一体性活动也因此不容置疑。引述岩画与《九歌》的研究成果，旨在证明文学是一种社会实践活动，因此将之纳入实践论文学理论体系并不是灵机一动的想法，而是有其发生学的坚实根据的。

实践论文学理论在中国文学理论的延续性建构中，割不断与认识论文学理论的关系，而且关于二者哪个对文学研究更具理论有效性的争论，至今仍在继续。为使实践论文学理论的建构更深入地展开，这里须对几个要点予以阐释。

首先，文学理论研究是对象性研究，它不仅研究对象而且被对象规定。如果对象是文本，则要用合乎文本研究的一套理论去对待，进而建构文本理论体系。认识论文学理论是研究文本的理论，它以文本为中心，不仅是理论的对象设定问题，更是认识论文学理论之于文学文本理论的对应性问题。倘若对象不是文本而是活动，是社会综合性活动，则需要一套研究文学活动的理论，这就是实践论文学理论。由于此前的文学理论研究基本上是文本研究，与之相应，认识论文学理论在文学理论研究中的主流性也就不足为怪。这是有根据的主流性，或者说，是不依研究者的意志为转移的主流性。但是，如果文本甚至产生文本、传播文本、批评文本、接受文本的综合性文学活动被确定为文学对象，那么活动与文本的差异，便规定着实践论文学理论与认识论文学理论的差异。这就像对应着经济活动的经济学与对应着人体疾病的医学的差异一样。这是研究对象与对象研究二者之间相互规定的对应性，前文提出的文学对象不仅是文本对象，更是社会实践对象的发生学根据，是实践论文学

---

① 林河：《〈九歌〉与南方民族傩文化的比较》，《文艺研究》1990 年第 6 期。

理论获得建构合理性的根据。

其次，实践论文学理论与认识论文学理论各自的理论根据，规定着二者理论建构的不同研究路径。实践论研究社会实践的展开过程，社会实践的展开过程有五个研究要点。一是实践目的。任何实践都面对一个为什么实践的目的性追问，因此也都需要在具体的实践活动展开之前预先进行目的设定。而目的设定又是一个综合的目的考察过程，它要解决所设定实践目的的时间可行性、空间可行性及条件可行性等问题，否则，所设定的实践目的便是无根据的目的，很多实践活动之所以半途而废，往往是因为实践启动前所提出的目的本身就是不可实现的目的。二是实践目的的实践路径预设。马克思曾将蜜蜂筑巢与人类建筑做对比，以此说明人与动物的差异，即动物的活动是本能的，而人的活动是预先设计的，人在活动前总要先拿出一个通往目的地的设计图。海德格尔则称此为"此在"活动的预先筹划。三是抵达或实现实践目的的方法与手段。不同的方法与手段不仅规定着所提出的实践目的，而且规定着筹划的实践路径。从这个角度说，方法与手段不总是被实践目的与实践路径所限定、所选择，更多的时候后者也是被前者所规定，预先掌握的或可以借用的方法与手段，往往先行进入目的的设定与路径的筹划，这是一种相互作用。四是实践性协调。实践是社会活动，常见的实践过程是多方合力的过程，各对应方因同一实践目的而被组织起来，发挥各自作用，这使得实践过程成为一个多方力量不断协调的过程。协调既来自各方目的性的自我协调，又来自实践筹划者的通力协调。此外，实践过程的协调还包括不同实践过程间的协调，这是因为社会生活中任何实践过程都不是单一的，它总是在与其他实践过程的相互作用中协调性地展开，并且也都是先后延续性地协调展开。五是过程性调整与变动。这是因为很少有哪个复杂的实践过程是一蹴而就的过程，发生在现实社会生活中及历史生活中的实践过程，受多种力量的影响，各种各样的偶然因素、各种各样的测不准因素，随时都可能穿透进实践中来，使预先设定的实践目的、预先筹划的实践路径、预先选择的方法与手段，以及预先协调的实践过程发生变化，这时，适当地调整目的、适度地改变路径、变通地变换方法与手段、灵活地进行内外协调，便是实践过程的常态。实践的上述五个特点，使得以实践为对象的实践论具有开放的、生成的、互构的、流变的、有机整体性的研究特点，并且形成了一套与这些特点相适应的研究方法、研究路径，以及自有的理论范畴、命题、经验资源和理论资源。韦伯曾分析过实践合理性问题，提出实践合理性概念的三个方面，即手段的运用、目的的设定，以及价值取向。在价值取向中，实践活动的各方面彼此协调着价值理性行为。哈贝马斯在分析西方理性主义的表现形式时，把实践合理性纳入合理概念中，确立了与认识合理性不同的理性尺度。在论证过程中，他分析了韦伯的实践合理性概念。[1] 以实践论的上述理论要点为基础，实践论文学理论在对文学活动对象的观照中，形成了自己的理论范型。

与之相比，认识论文学理论就是差异明显的另一套理论范型了。认识论文学理论所把握的是对象世界的真，即真理。为了把握真理，保持真理的精粹性，它阻止认识者对于认识对象的融入而强调观察的客观性。它用这种姿态研究文学文本，也用这种价值取向要求文学文本，因为文本是实现了的认识。而被作为真或真理所把握的，便是生活中那些可以抽象为真的普遍的东西、恒定的东西以及必然的东西。而且，这些东西一经文本地宣布已被把握，对于后来的研究者来说，它们就成为理论研究的预设，研究的结论就是这个预设的证明。预设与结论由此进入费希特所说的论证的循环之

---

① 〔德〕哈贝马斯：《哈贝马斯精粹》，曹卫东选译，南京大学出版社，2004，第19页。

中。当下主导性文学理论中的意识形态论、文学功能论、文学构成论、批评标准论等，其实都是一种定型化的预设的结论或结论的预设。当这种预设或结论被强行授予文学时，即便是文学文本也往往无法承受。因为文学文本不断创造的对于现实生活的开放性，以及现实生活以其丰富多彩的创新样态进入文学文本的变化性，都使既有文学文本已然实现的认识成为过时的认识，过时的认识仅有延续的价值而缺乏当下的价值。理论于文学无用、理论于批评无用的常见说法，乃根源于此。这种文本远离与批评远去的状况，又激发了坚持认识论文学理论的研究者们自闭式的理论兴趣，既然文本与批评都已远去，理论就成为独享的乐园。于是也就有了一些学者所嘲讽的没有文学的文学理论。

理论建构的历史延续性毋庸置疑，就像大厦总是从地基建起一样。但可以确定的是，那个地基并不是大厦，实践论文学理论——起码从中国延续的理论资源来说，是奠基于认识论文学理论的。其实这种奠基关系无论从理论上还是从实践上来说，都没有一定要将之对立而不可协调的必要。对中国现代文学理论追本溯源，都可以归结到马克思主义经典理论。正是马克思主义经典大师提供了文学理论的唯物主义认识论根基，同样，马克思主义经典大师也提供了改造世界的实践论的哲学根基。其实，这不是经典大师的问题，而是后继者不同阐释的问题。马克思、恩格斯，包括列宁、斯大林、毛泽东在内，都没有真正意义上的哲学著作，但他们都有自己深刻的哲学思想。而这些思想是他们伟大实践的提炼，并用以指导他们的伟大实践。在这样的思想形成与发展过程中，他们的认识与实践是统一的。他们是为了实践而认识，并为了认识而实践。后继者越来越远离经典大师的现实实践语境与历史实践语境，于是，对后继者来说，他们所面对的便是实践已经离场的认识。实践的结论由此便成为理论的预设。而在实践中随时会出现新的命题，这时便成为理论预设的结论，被预设的理论所解释，实践论因此转为反思哲学，认识论便这样被营造出来。实践论则从另一个角度贴近经典大师，即把握他们在实践中得出结论的方法与思路，如何在实践中应变而变地使他们的认识返归实践，如何在人的丰富的本质力量的活动中提炼人的社会性，又如何用人的社会性探讨人的艺术生产。在这个过程中，虽然当时的实践已然不在场，但实践的流变性、生成性、调协性、有机整体性等作为实践属性，都存留在他们的认识中，并使他们的认识成为实践的认识。因此，从理论溯源角度来说，实践论与认识论并非对立而是互构互融，但从认识论与实践论理论范型的现实状况来说，认识论若想融入实践论，则必须在实践论的理论范型中找到通往实践的路径，而不是单纯的理论兴趣的路径。

更切合当下阐释语境的说法是，实践论文学理论的认识论涵容，同时也是当下文学活动的涵容。在发生学中，前文学的原始巫术是原始人为生存而建立在原始思维基础上的活动，在那样的活动中，通什么神、如何通神、通神的巫术目的等，其实已经有了原始思维的认知，不然就不会有原始巫术原始实践之目的性过程的筹划与实施。也就是说，在前文学阶段就已蕴含了实践与认识相涵容的规定。现实地说，认识是马克思在《政治经济学批判》"导言"中所说的抽象范畴，实践是他所说的具体综合的范畴，而具体综合的范畴则涵容着简单的抽象范畴，并且使这类范畴在更高层次的综合中以具体的方式得以实现。由此可以说，实践论文学理论是认识论文学理论在更大的具体范畴的综合性实现，在这个实现过程中，认识论文学理论是对实践论文学理论扬弃性的延伸。

正是出于上述考虑，我们设计了这套"实践论文学理论建构"丛书。本丛书从文学理论的实践属性、中国马克思主义文论的批判之维，到中国古代文论的实践特征、中国城市文学乡土幽灵的实践写作、中国女作家女性文学意识的实践根据揭示、大众网络时代的实践论语言探索，再到中国民间文化的实践理性，以及西学东渐的实践论转化，既是实践论文学理论实践性的多向展开，又是多向展开的文学实践向实践论文学理论的体系性凝聚。希望更多学者参与到这一课题的讨论中来，同时也希望这套丛书在更多学者的关注与批评中，实现其实践论文学理论建构的预期。

高楠　韩春虎

2017 年 6 月 20 日

摘　要

　　中国文学的现代性启蒙，作为一个实践的过程，既贯穿于新文学以来中国现代文学历史的始终，也是一个可以有不同的介入角度及言说内容的未竟话题。启蒙是中国文学现代性的理性层面，是实现现代性的重要方式。中国新文学现代性更多的是在"启蒙""求强""救亡"的"国家想象"中，与中国近现代社会的现代化进程以相互支持、相互需求的"非对抗性"方式紧密地结合在一起的，新文学的"审美现代性"则与中国社会现代化的历史进程保持一致并成为后者的有效组成部分。

　　新文学现代性启蒙发端于"晚清的酝酿"的启蒙之路，随着中国遭遇西方现代性而进入近代历史阶段，一批仁人志士通过中西方文化的对比开启了推翻帝制、促进科学和民主的蓬勃发展的启蒙之路。五四新文化运动以前所未有的磅礴气势掀开了中国社会思想启蒙的帷幕，它力图通过思想启蒙全面改造社会文化和国民心理，从而逐步实现民族自救、自强与振兴等国富民强的国家现代化发展的目标，同时也使新文学开始踏上现代性的追求和发展的历史征程。

　　新文学创作的实践形态，是中国文学现代性的重要载体。它承载着现代的思想和现代的表现形式，且两者相互依存，共同承担着现代性启蒙的任务，推动着新文学的发展。自新文化运动伊始，中国现代文学的领导者们就以突变的方式高举起"文学革命"的大旗，并在现代小说的"新形式"创造、现代诗歌的新诗传统尝试、现代散文的文体演变、现代戏剧的现代性实践等领域积极倡导着、书写着中国文学现代性发展的实践历程。

在新文学批评理论的实践过程中，面对中国文学现代性启蒙进程中所遭遇的一系列具体问题，表现出问题批评和审美批评的两脉。问题批评以其工具理性的实践属性直面社会历史发展进程中的现实问题，坚持理性原则的问题性聚焦和问题性求解，逐渐成为启蒙现代性大旗下面的一种占据主导地位并充分发挥其无限正能量的文学实践活动，也因而构成了现代社会进步的一种主要动力。审美批评同样是关乎文学现代性启蒙的一种理论实践，它多从问题批评或工具理性所忽略的生命意义和生命体验的视域切入来进行文学性的思考，多是通过批评主体的自我意识、主观精神或心灵体验来反映社会生活、评析文学现象，并通过这种主体性、印象性的主体意识把文学和文学批评引入一种个人化的、审美化的情感性、想象性的文学空间。这些以感性形态存在的批评形式与问题批评既相互对立，又相反相成，共同构建了中国文学现代性启蒙发展进程中的动态结构。

Abstract

The modernity enlightenment of Chinese literature, as a process of practice, not only can be found throughout the history of Chinese modern literature, but also is an unfinished topic which involves different perspectives and contents. Enlightenment is the rational aspect of the modernity of Chinese literature and is an important approach to the realization of modernity. The modernity of Chinese New Literature, which is more labeled as the "national imagination" of "enlightenment" "seeking strength" and "salvation", is closely integrated with the modernization process of China's contemporary and modern society in a mutual-support and mutual-need "non-confrontational" way. The "aesthetic modernity" of the New Literature is consistent with the historical process of China's social modernization and becomes an effective component of the latter.

Originating from the enlightenment path of "brews during the late Qing Dynasty", the modernity enlightenment of New Literature, after China's encountering western modernity, entered the modern stage. By contrasting Chinese and Western cultures, a number of people with lofty ideals started the enlightenment which featured the overthrow of the monarchy and the vigorous development of science and democracy. With unprecedented momentum, the May Fourth New Culture Movement opened up the curtain of social ideological enlightenment of China, through which it tried to comprehensively transform the social culture and national psyche. The intention lay in the gradual realization of the nation's modernization, in which the country is prosperous and people are strong, featuring national salvation, self-improvement, revitalization, etc. At the same time, the May Fourth New Culture Movement also pushed the New Literature to embark on the historic journey of pursuing and developing modernity.

The practice pattern of new literary creation is the important carrier of modernity of Chinese literature. It carries both the modern thought and the modern manifestation, which are interdependent, jointly bearing the task of modernity enlightenment and promoting the development of New Literature. Since the New Culture Movement, holding highly the banner of "literary revolution" in a mutative way, the leaders of Chinese modern literature have actively advocated and written the practical course of the development of Chinese literature modernity in such fields as the creation of the "new form" of modern novels, the new poetry traditional trials of modern poetry, the evolution of texts of modern proses, and the modern practice of modern dramas, etc.

In the practice of the criticism theory of New Literary, in the face of a series of specific problems encountered in the process of modernity enlightenment of Chinese literature, there appear two schools of problem criticism and aesthetic criticism. The problem criticism has a practical attribute of instrumental rationality. It directly confronts the practical problems in the process of social and historical development, and perseveres in the problem focus and the problem solving of the rational principle.

Therefore it gradually becomes a kind of literary practice that occupies the dominant position in terms of modernity enlightenment, giving full play and exerting its infinite positive energy. Thus it constitutes a major driving force for the modern society progress. Aesthetic criticism is also a kind of theoretical practice relating to the modernity enlightenment of literature. It is more from the perspectives of the life meaning and life experience neglected by the question criticism or instrumental rationality. Mostly through the self-consciousness, subjective spirit or spiritual experience of the criticizing subject to reflect the social life and to comment literature phenomena, and through the subject consciousness which has the characteristics of subjectivity and impression, it ushers the literature and literary criticism to a personal and aesthetic literary space filled with emotion and imagination. This emotional criticism forms and question criticism are both opposite and complementary to each other, which jointly construct the dynamic structure in the development process of modernity enlightenment of Chinese literature.

目　录

Contents

Part III　Practice Attribute of Modernity of New Literary Criticism

绪　论

一　"现代性"与"启蒙"的关系

中国文学的现代性启蒙，作为一个实践的过程，既贯穿于新文学以来中国现代文学的历史，同时也是一个未竟的话题。这一话题，可以有不同的介入角度及言说内容。为了将问题说得集中而深入，我们选择探讨"现代性"与"启蒙"关系的角度，而后才是一些具体的问题。

"现代性"的概念在以往的研究中已经被过度使用，究竟有多少种现代性的界定已很难说清，而以"现代性"为核心的包括"现代""现代化""现代主义"等在内的概念不仅能将文学与文化、政治与社会、历史与现实融为一体，还能把东西方文化并置，展现一种全球化的景观，进而使现代性的言说充满复杂性与矛盾性。为了避免落入"现代性"歧义迭出的陷阱，我们直接从其与启蒙的关系入手，并将一些必要的概念融入其中。

现代性与启蒙的关系，总体上可从两方面说起：其一，是启蒙运动与现代性的关系；其二，是现代性自身的启蒙意识。发生于17—18世纪欧洲声势浩大的启蒙运动是文艺复兴后又一次影响深远的思想解放运动。它以"理性崇拜"为核心思想，宣传自由、民主和平等思想价值理念，有力地批判了封建专制主义、宗教愚昧及特权主义，"启蒙运动就是人类脱离自己所加之于自己的不成熟状态"。[①] 启蒙运动波及哲学、文学、历史学、伦理学、政治学以及自然科学等各个知识领域，促进了社会的现代化进程，传统的生活方式逐渐被现代化的生活方式所取代，公共领域和市民社会渐趋形成，新兴的资产阶级开始登上历史舞台。启蒙运动还为欧洲和北美的资产阶级革命（主要指法国大革命和美国独立战争）做了思想准备和舆论宣传，并导致社会主义的兴起……如果将社会现代化的进程理解为启蒙精神在社会各个层面的展开，那么，现代性问题显然是在启蒙运动到 19 世纪中叶这一特定的历史时期形成的："其理论的基本范式是一种转变论或过渡论，亦即人们深切地感受到从传统社会文化向现代社会文化的转型，并开始思考这一转型的不同意义。"[②] 这一时期许多思想家如卢梭、黑格尔、马克思等的思想都对理解现代性具有重要的意义，以至于后来的理论家认为"第一个提出今天意义上的现代性概念的是法国哲学家卢梭"，"卢梭乃是现代性批判传统的源泉，这种传统从怀旧的幻想到自我审视的精神分析，再到参与性民主等内容庞杂。他的痛苦既来自于个人的生活，也来源于对现代社会的转变的敏锐反应"。[③] 如果强调卢梭第一个提出今天意义上的现代性概念，则比波德莱尔于 1860 年提出"现代性"大约要早 100 年。现代性概念的提出究竟应当归于卢梭还是波德莱尔当然还需做历史化的考察并取决于言说者当时的立场，而这种考察本身就包含着对现代性概念的当代理解。但无论怎样，将现

---

① 〔德〕康德：《答复这个问题："什么是启蒙运动？"》，何兆武译，商务印书馆，1990，第 23 页。
② 周宪：《审美现代性批判》，商务印书馆，2005，第 13 页。
③ 周宪：《审美现代性批判》，商务印书馆，2005，第 13 页。

代性和启蒙运动最伟大的思想家之一联系起来，本身就证明了现代性与启蒙运动之间有着千丝万缕的关联。

"现代性"，就词源上说出自"现代"，而"现代"一词首先可以理解为一个与古代相对应的历史范畴。现代性作为表达现代历史和现代社会特性的理论术语，当其转化为历史概念或者说获取历史权利之后，不仅涉及现代社会的文化层次，而且可以作为现代社会自身不断现代化的过程。鉴于西方现代社会、政治、经济、文化等诸方面的发展都源于启蒙运动，所以说现代性在某种程度上可以作为启蒙精神的另一种表述。只不过，在现代性生成、发展并建构自己历史的同时，启蒙运动留下的重要思想遗产即促使人们摆脱蒙昧状态的启蒙思想和启蒙精神也同样会融入其历史进程。

无论是现代性，还是源自启蒙运动的启蒙，都在表现自身时体现为对某种理性目的或曰一种秩序的追求，这使得现代性和启蒙在建构自身历史时总是指向特定的对应物。就现代性而言，正如鲍曼所言，"在现代性为自己设定的并且使得现代性成为现代性的诸多不可能完成的任务中，建立秩序的任务（更确切地同时也是极为重要地说是，作为一项任务的秩序的任务）——作为不可能之最，作为必然之最，确切地说，作为其他一切任务的原型（将其他所有的任务仅仅当作自身的隐喻）——凸现出来"。① 现代性对统一秩序的追求，必然带来秩序和混乱的"辩证法"：秩序对混乱既排斥又依赖，并必然产生"秩序的他者"。"作为一个概念、一个幻象、一个目的，秩序只能被视为对全部矛盾性——混乱的随机性——的洞识。秩序在不断地进行着生存之战……秩序的他者是不确定和不可测性的不良影响。他者即是不确定性，是一切恐惧的源泉和原型。'秩序的他者'的转义是：不可界定性、不连贯性、不一致性、

———————

① 〔英〕齐格蒙特·鲍曼：《现代性与矛盾性》，邵迎生译，商务印书馆，2003，第 7 页。

不可协调性、不合逻辑性、非理性、歧义性、含混性、不可决断性、矛盾性。"① 现代性的上述倾向当然同样适用于启蒙，而后者总是在社会文化呈现偏执乃至失去理性的时候才凸显自身的意义和价值。然而，在经历启蒙运动这一特定历史时期之后，随着社会现代化程度的不断提高，启蒙所承担的价值理性正逐渐为工具理性所取代，科学技术成为衡量社会进步的重要标志，这当然是现代性的重要标志之一，但作为一个后果，它使启蒙越来越成为其内在的底色并肩负起未来社会蓝图规划的使命。

现代性自身的矛盾性无疑是一个值得深入探讨的问题，但限于篇幅，无法在此处一一展开。需要指出的是，现代性的矛盾性既表明现代性本身的不确定性，同时也反映出现代性具有复杂的内在构成，而两者结合在一起则使现代性在建构自我历史的过程中可以吸纳很多内容，由启蒙运动生发的现代性最终将启蒙作为其重要底色之一就是一个生动的例证。当然，鉴于现代性本身的复杂性，其表现启蒙的方式也不相同。卡林内斯库在《现代性的五副面孔》中曾强调"两种现代性"的冲突："无法确言从什么时候开始人们可以说存在着两种截然不同却又剧烈冲突的现代性。可以肯定的是，在十九世纪前半期的某个时刻，在作为西方文明史一个阶段的现代性同作为美学概念的现代性之间发生了无法弥合的分裂。（作为文明史阶段的现代性是科学技术进步、工业革命和资本主义带来的全面经济社会变化的产物。）从此以后，两种现代性之间一直充满不可化解的敌意，但在它们欲置对方于死地的狂热中，未尝不容许甚至是激发了种种相互影响。"② 卡林内斯库所言的两种现代性是人们对于现代性深入思考的结果，它们在不同理论家那里有不同的称谓，

---

① 〔英〕齐格蒙特·鲍曼：《现代性与矛盾性》，邵迎生译，商务印书馆，2003，第11页。
② 〔美〕马泰·卡林内斯库：《现代性的五副面孔》，顾爱彬、李瑞华译，商务印书馆，2002，第47—48页。

如卡林内斯库就将前一种称为"资产阶级的现代性",而将后者称为"美学的现代性"。结合不同理论家的描述及翻译,我们知道前一种还可称为"社会的现代性"或"启蒙的现代性",而后者则可以称为"审美的现代性"或"浪漫的现代性"乃至"文化的现代性",等等。前一种现代性"追求数学的精确、明晰和统一,追求形而上学和绝对,合理化和工具理性是其基本表现,它具体展现为社会生活的现代化",这种现代性"是资本主义发展的必然产物,是科技进步、工业革命、经济和社会急速变化的产物",而后一种现代性"是从启蒙的现代性中萌生出来的,受到启蒙精神的恩惠。但这种现代性却又不可避免地反对启蒙的现代性"。① 前一种现代性是启蒙运动的结果,以认知工具理性对社会的全面控制为标志,着力于社会美好未来的建设,具有明确的目的性和物质性;后一种现代性是反思前一种的结果,在文学创作方面导致了现代主义的诞生,具有鲜明的对抗性和反思性。两种相互对抗并相互依存,承担着不同形式的启蒙。

结合众多著名理论家对于现代性的阐释以及现代性理论在当下仍然具有的勃勃生机,在某种程度上,我们确实可以得出现代性是一项未完的工程的结论。现代性由于自身的矛盾性分为启蒙现代性和审美现代性两个重要维度,启蒙现代性和审美现代性的矛盾性使前者在追求理性化、秩序化和合理化的过程中时刻保持着对自身的反思,使后者在反思、批判及影响、引导的过程中,寄寓在各种艺术之中并表现出先锋、叛逆的姿态。审美现代性在特定情境下需要和启蒙现代性保持一致的关系,并通过艺术他律和自律结合的方式呈现美学上的时代性和自身的延续与发展。从这个意义上说,文学层面的现代性就其范畴而言,首先应是审美现代性,而后才是更为

---

① 周宪:《审美现代性批判》,商务印书馆,2005,第278页。

具体的问题。文学在呈现自然属性和社会属性时均具有启蒙价值，现代性的视域会将这种启蒙价值表现得更为生动、复杂，而启蒙也由此实现了从运动、思想、精神到意义、价值的"转换"。

只要对比康德和福柯对于"什么是启蒙"的回答，就会发现从启蒙运动到 20 世纪，启蒙发生了怎样的变化。福柯在《什么是启蒙？》一文中虽然谈论的是启蒙，但实际上是将启蒙和现代性置于一个论域，并再现两者之间的关系——

　　我知道现代性常常被说成是一个时代，或者，至少被说成是构成一个时代特征的一组特征；从它在日历上的位置看，在它之前，是多少有些幼稚或古旧的前现代性，在它之后，是莫测高深的和引起麻烦的"后现代性"。由此我们发现我们自己正在问这样的问题：现代性是否构成了启蒙的后果和它的发展，或者，我们是否把它视为是与 18 世纪的那些基本原则的断裂或偏离。

　　回到康德的文本，我不知道我们是否可以把现代性想象为一种态度而不是一个历史的时期。所谓"态度"，我指的是与当代现实相联系的模式；一种由特定人民所做的志愿的选择；最后，一种思想和感觉的方式，也是一种行为和举止的方式，在一个和相同的时刻，这种方式标志着一种归属的关系并把它表述为一种任务。无疑，它有点像希腊人所称的社会的精神气质（ethos）。因此，与努力区分"现代"与"前现代"或"后现代"相比，我认为试图找出现代性的态度——甚至从它形成开始——如何发现它自己与"反现代性的态度"的斗争是更为有益的。

　　……

　　现代性区别于时尚，它无非质疑时间的过程；现代性是一种态度，这种态度使得掌握现在的时刻的"英雄的"方面成为可能。现代性不是一个对于飞逝的现在的敏感性的现象；它是把现在"英雄化"的意志。①

　　之所以以如此大的篇幅引用福柯的话，是因为他在谈论"什么是启蒙？"时，将康德和波德莱尔联系在一起，并在强调"回到康德"关于启蒙论述的过程中考察了现代性——这种联系同样也将现代性和启蒙联系在一起，并高度强调现代性的现实性以及将现在"英雄化"的意志。"福柯奇特地把康德和波德莱尔连在一起，这表明他所关心的既不是康德对启蒙的论述的内容，又不是这个内容与康德的道德哲学的联系。他的着重点放在这个问题：当康德首先提出'什么是启蒙？'这个问题时，他究竟想要做什么？就像康斯坦丁·居伊（Constantin Guys）——在他的论文'现代生活的画家'中，波德莱尔对其作品加以考察的那位画家——试图在'转瞬即逝、变化无常、飘忽不定'的东西中抓住永恒的东西一样，康德就像福柯所理解的那样，也试图在他那个时代飘忽不定的争论中发现一种哲学含义。"② 由此回顾波德莱尔在《现代生活的画家》中那段对于"现代性"堪称经典的描述——

　　　　他寻找我们可以称为现代性的那种东西，因为再没有更好的词来表达我们现在谈的这种观念了。对他来说，问题在于从流行的东西中提取出它可能包含着的在历史中富有诗意的东西，从过渡中抽出永恒……现代性就是过渡、短暂、偶然，就

---

① 〔法〕米歇尔·福柯：《什么是启蒙？》（第 2 版），汪晖、陈燕谷主编《文化与公共性》，生活·读书·新知三联书店，2005，第 429—431 页。

② 〔美〕詹姆斯·施密特：《什么是启蒙？问题、情景及后果》，〔美〕詹姆斯·施密特编《启蒙运动与现代性——18 世纪与 20 世纪的对话》，徐向东、卢华萍译，上海人民出版社，2005，第 27 页。

是艺术的一半，另一半是永恒和不变。①

现代性的态度，即对于时间的把握和流动的特性，本身就包含着强烈的启蒙意识并有将其付诸实践的倾向。"启蒙"是现代性的有效特性之一。此时，"启蒙"不再是启蒙运动的后果，它只是借助了启蒙运动的某些经验资源和"启蒙"一词本身，是由现代性本质决定的。"现代性作为一种推动现代化的精神力量，具有三个层面，即感性层面、理性层面和反思—超越层面，这与人类一般精神的三个层面是一致的。"② 现代性的理性层面在外化时即为现代的启蒙，此时，它确实如康德所说的要"人类脱离自己所加于自己的不成熟状态"，并十分典型地呈现出封建时代向现代社会转型的时代精神及表现方式。因此，它是一种观念、一种立场，一种不断重生的意志；可以形成一种全新的思想，肯定实践者的行为，激励他们有勇气创造一个全新的生活乃至世界。③

二　中国文学现代性启蒙的整体阐释

1. 面向中国文学的现代性

在简明、扼要地论及现代性与启蒙的关系之后，我们要面对的

---

① 〔法〕波德莱尔：《波德莱尔美学论文选》，郭宏安译，人民文学出版社，1987，第484—485页。
② 杨春时主编《中国现代文学思潮史》（上），南京大学出版社，2011，第2页。
③ 值得指出的是，这样说并不是要简化对启蒙的理解。正如福柯在《什么是启蒙？》所言："康德立即指出了这个作为'启蒙'特征的'出路'是一个把我们从'不成熟'状态释放出来的过程。所谓'不成熟'，他指的是一种我们的意志的特定状态，这种状态使我们在需要运用理性的领域接受别人的权威……在任何情况下，启蒙被这些先在关系的限制所规定，这些先在关系与意志、权威和理性的运用相关。"启蒙在具体言说时还有很多内容或曰内在的制约因素，需要全面、具体的解析。汪晖、陈燕谷主编《文化与公共性》（第2版），生活·读书·新知三联书店，2005，第425页。

自然是中国文学的现代性启蒙。正如有些论者指出的："鸦片战争以降，随着西方列强船坚炮利叩开国门，现代性始遭遇中国。外患和内忧相交织，启蒙与救亡相纠结，灾难深重的中华民族在朝向现代的道路上艰难探索，现代化既是一种激励人建构的想像，又是一个迂回反复漫长的过程。无疑，在中国，现代性仍是一个问题。"①"现代性"在中国是一个复杂、独特的现象，首先与"现代性"作为一种"异质文化"，伴随着殖民活动而强行介入本土文化肌理的背景有关。"现代性"的遭遇催生了中国现代文学并在一定程度上制约了现代文学的面貌，但作为一个渐次发展的过程，它却潜含于现代文学之前的历史进程之中。透过晚清至五四时代的历史，我们不但可以深刻感受到"传统"向"现代"的转变，而且，显现于这一过程中社会文化与文学创作的启蒙意识与政治意识还充分表达了"现代性"与"传统"之间的对立关系。一方面，作为内在的本质属性之一，"现代性"的介入势必与传统文化之间形成张力乃至对抗，造就文化意义上的启蒙；另一方面，正如李欧梵指出的那样——现代社会历史"感时忧国"的主题也同样造就了现代文学"追求现代性"之后的诸多特点："第一，从道德的角度把中国看作是'一个精神上患病的民族'，这一看法造成了传统与现代性之间的一种尖锐的两极对立性：这种病态植根于中国传统之中，而现代性则意味着在本质上是对这种传统的一种反抗和叛逆，同时也是对新的解决方法所怀的一种知识上的追求……第二，中国现代文学中这种反传统的立场，与其说是来自精神上或艺术上的考虑（像西方现代派文学那样），还不如说是出自对中国社会—政治状况的思考。可以这样认为，中国现代文学的兴起，乃是国家与社会之间的鸿沟日益增大的结果：国家不能够采取积极的态度改弦更张，知识

---

① 周宪、许钧：《现代性研究译丛·总序》，〔美〕马泰·卡林内斯库：《现代性的五副面孔》，顾爱彬、李瑞华译，商务印书馆，2002，第1页。

分子因而感到愈来愈心灰意冷，他们对这个国家感到厌恶，转而成为中国社会的激进的代言人。"①

中国现代文学的现代性追求与西方文学的现代性有着很大程度上的不同。按照卡林内斯库的说法，"另一种现代性，将导致先锋派产生的现代性，自其浪漫派的开端即倾向于激进的反资产阶级态度"，"更能表明文化现代性的是它对资产阶级现代性的公开拒斥，以及它强烈的否定激情"。② 卡林内斯库强调的"另一种现代性"对"资产阶级现代性"的公开否定，揭示了两种现代性即"审美现代性"与"启蒙现代性"（即"资产阶级现代性"，或者说是指自启蒙运动以降逐渐发展起来的代表科学技术和代表资本主义文明进步的"社会现代性"，其强调的是工具理性和历史理性、必然、整体、技术等物质层面）之间的冲突。尽管，"审美现代性"是从"启蒙现代性"中发展出来，受到其精神的恩惠，但这种现代性又因张扬人文理性、个体精神、审美等精神层面而不可避免地反对"启蒙现代性"对人的精神压迫与物化倾向。"审美现代性就是在这种困境中应时而生的，它是伴随着启蒙现代性而产生的，是对启蒙现代性出现的问题的反思和批判。审美现代性以一种思维向后和意识向前的模式来规范、指引着启蒙现代性的发展。它总是以一种先锋的面孔、激情的思想和否定的立场出现在现代性理论中。"③
"审美现代性"对"启蒙现代性"的反思、反叛，导致了西方现代主义文学浪潮的生成及其在 20 世纪的汹涌澎湃、波澜壮阔。但在中国，现代性追求形成的表象与结果却并非如此。由于中国文学的现代性更多是在"启蒙""求强""救亡"的"国家想象"中，与

① 李欧梵：《现代性的追求》，生活·读书·新知三联书店，2000，第 177—178 页。
② 〔美〕马泰·卡林内斯库：《现代性的五副面孔》，顾爱彬、李瑞华译，商务印书馆，2002，第 48 页。
③ 胡鹏林：《文学现代性》，中国社会科学出版社，2007，"总序二"第 16 页。

中国近现代社会的现代化进程以相互支持、相互需求的"非对抗性"方式紧密地结合在一起的,所以,在相当长的历史中,现代文学的"审美现代性"与中国社会现代化的历史进程保持一致并成为后者的有效组成部分。现代文学的"审美现代性"承担着启蒙者的角色,这种现象就本质而言,自然体现了社会层面的启蒙现代性对文化层面上的审美现代性的必然规约,但此时"审美现代性"有着鲜明的主题化倾向和颂扬式趋向,其反思甚或反叛意识相对减弱,其个性、自主意识也会在许多历史场景下受到很大程度的限制。这种现象就历史而言,显然是与中国特定的社会、文化现实语境有关。国家富强、民族独立的社会文化主题需要文学自发地加以配合,启蒙思想、呼吁民众。而在此过程中,传统文化理念赋予中国社会和中国文学现代化进程的历史使命,恰恰是其曾经失去并不断希望通过追赶而重新返回的"中心化情结"①。

需要补充的是,在近年来中国文学现代性研究中,"文学现代性"的提出及阐释是值得关注的一个现象。"文学现代性就是 19 世纪中期以来在中国文学和西方文学中产生的对现代意识的追求、现代观念的转化和现代秩序的建构过程中形成的文学特质,表现在文学理论、文学观念和文学秩序三个层面。中国文学现代性稍晚于西方文学现代性,在 19 世纪后期到 20 世纪初期才突出地表现出来,20 世纪前期得到一定程度的发展,但由于战争和阶级斗争等各种

---

① "中心化情结",本书主要参考了张法《文艺与中国现代性》中的说法。张法认为:"中国传统文化给予中国现代性历程最大影响的是什么?答曰:中心化情结。"而"中心化情结"赋予中国社会现代化进程看似矛盾的表象,即"在后发现代化的国家中,没有哪一个像中国这样,出现由最先进的知识分子群体发动一场全盘否定传统文化的运动。因为任何一个国家都没有像中国这样出现传统和现代在观念和心理上的剧烈对峙。一方面,中国世界的中心化情结为保持重心对世界史进程的抵抗越顽强越持久,它就越把自己摆到现代化的对立面位置;另一方面,世界中国的中心化情结在以实现现代化来重返中心的过程中遭受挫折越多,就越是感到传统的负面'罪恶'。坚守传统和全面否定传统都源于中心化情结。而全盘否定传统透出的是深刻地意识到落后的急躁心态"。湖北教育出版社,2002,第 15、20—21 页。

因素的影响，直到 20 世纪后期才真正崛起并引起关注。""文学现代性不是审美现代性，审美现代性是与启蒙现代性相对应的，但是文学现代性却包含了两者：审美现代性是文学现代性的审美内核，是其审美动力机制的源泉，是文学审美想象空间建构的理念，它是转瞬即逝的；启蒙现当代性则是文学现代性永远保持其现代意识的外在条件，它是指向未来的，是永恒的。"① 按照逻辑关系理解，文学现代性应当在审美现代性的视域之内：审美现代性当然不只是要艺术地表现生活和理解世界，对启蒙现代性进行反思，还需要在表现、理解和反思的过程中，进入更为广阔的社会文化领域，是以，审美现代性当然应当包括文学等各种艺术的现代性。但"文学现代性"的出场仍具有现实意义：文学现代性更加具体、集中地探讨了中国文学的现代性，并将审美现代性作为审美内核加以精神化，它包含了启蒙和审美层面上的现代性，其实是道出了中国文学现代性的特点或者说是以中国文学现代性的追求为前提加以归纳的。而这一点，恰恰是我们谈论中国文学现代性时需要关注的。

2. "现代性启蒙"的内涵与指向

现代文学的历史发展告诉我们：中国文学的现代性与启蒙之间的关系远比西方的复杂与密切。现代文学自其诞生之日起就被紧紧地捆绑在中国现代化的历史车轮之上：从五四的文学革命到 20 年代中后期的革命文学，再到 30 年代抗日战争的爆发，40 年代延安文艺道路的确立……现代文学的发展总是紧紧跟随社会、时代的总体目标并必然为之服务。现代文学就其思想理论、文艺政策和创作层面而言，具有鲜明的功用意识和政治色彩，与其追求现代性的同时还要承担文化思想启蒙、成立新中国进而实现社会的现代化的任务有关。无论是社会现实、政治文化需要文学自上而下的启蒙，唤

---

① 胡鹏林：《文学现代性》，中国社会科学出版社，2007，第 3—4、39 页。

醒民众，还是知识分子作家期待通过创作由下至上响应时代的呼召，憧憬未来，表达自我对于时代、社会的现实关怀，现代文学的发展都无法摆脱外部文化环境的强烈影响，在自我发展的过程中不时呈现出功利性、工具化的特点。

如果说审美、功用可被分别视为文学的自然属性与社会属性，那么，过度追求文学的功用意识势必要以压抑文学的审美品格为代价。现代文学的审美现代性追求当然使其具有不断追求现代的动力，这一点，完全可以从 20 世纪 30 年代现代派创作的迅速崛起得到证明。但现代性在艺术上的审美理想在中国现代文学史上却"从未""真正胜利过"① ——政治的需要、时局的紧迫以及生存环境的不稳定，常常使作家无法安静地住在象牙塔内，按照自己的意愿进行创作。他们或是转变，或是介入，都在一定程度上削弱了现代文学的审美理想和审美现代性的自律意识。这使得中国现代文学的现代性追求最终包含了前文所说的"文学现代性"——启蒙现代性和审美现代性共同凝聚在"文学现代性"之中，使现代文学的现代性追求具有二元化的倾向：尽管，就西方现代派文学的发展情况来看，现代主义反思社会文化也常常会不由自主地呈现自身爱恨交织的立场，但在中国现代文学史上，这种关系呈现的主次关系是不同的，现代文学的发展首先要与社会现代化总体目标保持一致，而后才是关于文学自身的思考，这是现代文学现代性的突出标志之一。而此时，现代文学的发展虽在表象上呈现出"启蒙与救亡的双重变奏"，但其本身所要承担的文化启蒙意识，或者说更多时候要作为社会文化启蒙的重要组成部分及至成为宣扬政治文化思想之载体的身份却从未改变过。

值得指出的是，现代文学的现代性追求在其初始与发展阶段，

---

① 李欧梵：《现代性的追求》，生活·读书·新知三联书店，2000，第 240 页。

总是自觉或不自觉地借鉴了西方的社会文化和文学创作资源。五四时期的民主与科学、"人的文学"、"易卜生主义"以及 20 年代、30 年代现代派创作的勃兴，都体现了现代中国一度接受西方文化、思想，积极向后者学习的过程。"因此，在中国，'现代性'不仅含有一种对于当代的偏爱之情，而且还有一种向西方寻求'新'、寻求'新奇'这样的前瞻性。"① 对"新"的追求，是现代文学作家摆脱旧形式、踏上新文学之路的前提，同时，也是他们从西方文化中汲取营养的重要原因。不过，这种非完全自发式的实践也产生了如下的后果。

第一，现代作家自主意识不够充分，现代文学的创新意识较弱。现代文学就其生成和发展来看，是对传统文学的一次反叛。由于绵延几千年的文学拥有深厚的传统及影响力，所以，现代文学的反叛在其实践过程中难免体现出激进的姿态——从"断裂"传统的行为开始，只能使其汲取西方的文学资源，走学习异邦文学之路，但传统文化对作家又具有近乎与生俱来的影响力和制约力，是以，现代文学在其发端阶段就难免会表现出机械模仿，难于和本民族传统融合无间进而实现一种本质的、内在的更替与创新。在现代文学的初始阶段，除鲁迅、郁达夫等少数几位作家外，大多数作家在文学技巧上都呈现出李欧梵所言的"惊人的无能"②，这正是这种现实情况的生动写照。现代中国作家是通过不断实践，总结创作经验，调整、拓展现代文学的现代化进程。但是，与这一过程相比，现代文学所经历的外部环境在很多情况下对其产生了更为巨大的作用力，这使得现代文学在实现自身现代化过程的同时不得不适应外部社会对其提出的要求，现代文学承担的远远超过其自身的作用力，使其很难实现一种沉淀式的、融合式的再发展，绝大多数作家

① 李欧梵：《现代性的追求》，生活·读书·新知三联书店，2000，第 236 页。
② 李欧梵：《现代性的追求》，生活·读书·新知三联书店，2000，第 231 页。

虽有创新的理想，但并未实现写作上的别具一格和独树一帜。

第二，现代文学从一开始就与国家富强、民族独立等理想和目标紧密地联系在一起，甚至说这本就是中国社会现代化进程的重要组成部分。是以，从文学主题上说，现代文学的现代性一直就带有强烈的目的性，这是中国文学现代性启蒙的一个重要标志；而从技法上说，易于直接表现社会生活的现实主义则获得了得天独厚的条件。现实主义长期处于独尊的地位，一方面使其可以兼容其他创作方法，另一方面，则使浪漫主义、现代主义在处于从属地位的同时发展不够自由、充分。现代作家学习西方现代派技法，追求本土文学的现代意识和世界意识，却最终无法真正走上现代主义的道路。与现代性关系密切的现代主义文学长期处于非主流的地位，这不能不说明中国文学的现代性一直具有自己的特殊性及独特的发展轨迹。至延安文艺时期特别是《在延安文艺座谈会上的讲话》出现之后，现代文学已发生了前所未有的变化——文学活动的目的和作家的使命得到明确，作家的身份、主体意识也通过文艺政策宣传的形式得到重新解读，进而产生新的"启蒙效果"：之前的作家和艺术家需要改变自己的观念、立场才能生产出获得认可的作品或艺术品；之后的作家和艺术家可以直接遵循这样的原则，产生新的作家、艺术家和新的作品以及新的作品接受关系。而延安文艺所包含的不同层次的意义和价值，亦即其"意识形态症结和乌托邦想象"也得到确认："它一方面集中反映出现代政治方式对人类象征行为、艺术活动的'功利主义'式的重视和利用，另一方面也表达了人类艺术活动本身所包含的最深层、最原始的欲望和冲动——直接实现意义，生活的充分艺术化。从这个角度来看，延安文艺是一场含有深刻现代意义的文化革命。"延安文艺可以作为"反现代性现代先锋派"或者说有类似的精神特质，是因为"其之所以是反现代的，是因为延安文艺力行的是对社会分层以及市场的交换—消费原则的彻底扬弃；之所以是现代先锋派，是因为延安文艺仍然以大规模生产和集体化为其最根本的想象逻辑；艺术由此成为一门富有生产力的技术，艺术家生产的不再是表达自我或再现外在世界的'作品'，而是直接参与生活、塑造生活的'创作'"。① 新中国成立之后，由于在相当长的一段时间内，当代文学的发展完全继承了延安文艺的政策，以《讲话》为指导原则，所以当代文学的格局、人物形象以及创作方法等，就呈现出先验的确定。当代作家在追求文学艺术性时仍然怀有艺术本质内在的现代性冲动，但其已然是另一番面貌。这种情况，直到80年代中期"现代派"、"寻根派"和"先锋派"兴起之后，才真正得以改观。

三 "启蒙"的形态、特征与价值

无论具有怎样的独特性，现代文学的发展都可以通过现代性的追求加以考察。由于"现代性"本身是一个未尽的话题，所以对现代文学的现代性过程也应当持以动态的、不断反思的认知态度。启蒙是中国文学现代性的理性层面，是实现现代性的重要方式。中国文学的现代性启蒙，因涉及的内容具有层级性、复杂性等特征，所以只有置于具体的历史语境，具体问题具体分析，才能看到其特性和价值。

结合康德的"必须永远有公开运用自己理性的自由，并且唯有它才能带来人类的启蒙"，② 我们可以看到启蒙是理性的、反复思考

---

① 此处引文皆可见唐小兵《我们怎样想象历史》，唐小兵编《再解读：大众文艺与意识形态》，北京大学出版社，2007，"代导言"第5—6、9页。

② 〔德〕康德：《答复这个问题："什么是启蒙运动？"》，何兆武译，商务印书馆，1990，第25页。

后的结果。现代性的启蒙涉及社会、文化等各个层面，是一个关乎时代、思想、文化的问题。从这个意义上说，谈及中国文学的现代性启蒙也不可能是一个纯粹的文学命题。事实上，对于中国现代文学而言，启蒙作为现代性的理想层面，其曲折发展的过程一直和现代性有着惊人的相似之处。"启蒙思想的真正性质，从它的最纯粹、最鲜明的形式上是看不清楚的，因为在这种形式中，启蒙思想被归纳为种种特殊的学说、公理和定理。因此，只有着眼于它的发展过程，着眼于它的怀疑和追求、破坏和建设，才能搞清它的真正性质。"① 启蒙需要从动态的、社会化的、语境化的角度加以考察。若非要从文学的角度谈论启蒙，那么其最低认知层面至少应当包括：启蒙是文学自由理想与文学所处生存环境博弈的结果，是文学创作实绩与自我反思的结果；启蒙是多形态的，启蒙本身可分为人性、个性启蒙和民族意识启蒙，这些形态可以同时存在于文学创作的实践中，人性、个性觉醒是走向民族文化启蒙的出发点，民族文化启蒙是前者的集中体现，尽管两者同时出现时给人的印象常常是集体性的文化启蒙占主导，但其实两者从未分离。

综合以上所述，我们似乎不难得出新文学现代性启蒙的特点：它不仅有明确的目的性，有充分反映社会语境的时代性、革命性和意识形态性，而且还必然以实践性为旨归。新文学的现代性启蒙要通过实践实现其现代化的目标、体现文艺政策的功用性，并在适应时代、社会、政治、文化等外在环境的同时实现自身的发展。

20 世纪 80 年代，李泽厚在其著名文章《启蒙与救亡的双重变奏》中提出了启蒙与救亡的消长说，认为长期的政治军事斗争使救亡压倒了启蒙。这一看法在当时产生了重要影响，但从今天的角度上看，救亡压倒启蒙在很大程度上让我们忽视了启蒙，进而简约了

---

① 〔德〕E. 卡西勒：《启蒙哲学》，山东人民出版社，1988，"序"第 5 页。

对救亡的认识。事实上，启蒙本身就源自救亡，即使在抗日战争年代，启蒙与救亡仍共存于文学的实践活动之中，只不过，救亡在上升为全民族共同的主题之后，启蒙这一长远规划往往被现实急迫的任务所"掩盖"。在此前提下，我们有必要强调现代性启蒙的存在及其实践性，而如果从历史演进的角度看待这一问题，我们大致会看到其相应的阶段性。（1）从晚清至五四，是现代性启蒙的第一阶段。这一阶段的启蒙主要是参照西方启蒙文学的经验，进行本土的思想、文化改造，直至现代知识分子和新文学的诞生。（2）20世纪20年代至70年代末期，是现代性启蒙的第二阶段，也是其曲折发展的时期。五四新文化运动很快转向了政治运动，使启蒙转向了救亡，革命运动开始。此后的几十年间，思想文化意义上的启蒙抵不上革命斗争、救亡图强的现实需要。此时，现代性和启蒙只有在成为救亡手段时才有意义。"要民族独立，就要反西方，甚至肯定中国传统文化；要现代性，就要学习西方，甚至反对中国传统文化。在现代性与现代民族国家双重历史任务面前，现代民族国家显得更为紧迫、更为重要。在矛盾的抉择面前，中国人民选择了现代民族国家，而牺牲了现代性。"① 这是现代性不是出自中国社会自身发展的自然过程，而是在西方列强压迫下被迫提出的必然结果。此时，无论将其称为中国现代性还是反现代的现代性，都只是为了说明现代性的本土性与独特性。同样地，它也从不缺乏从主体角度思考和所要达到的一种启蒙效果，只是，此时的启蒙也是另一副面孔而已。（3）80年代以来，是现代性启蒙的第三阶段。这一阶段的启蒙从反思现当代文学的历史开始，重新接续了文学现代性和现代派的传统。启蒙意识的回归使文学在80年代产生了巨大的影响。进入90年代之后，随着市场化时代的兴起和各式传播媒介的不断

---

① 杨春时主编《中国现代文学思潮史》（上），南京大学出版社，2011，第12页。

繁荣，纯文学的启蒙价值开始分散、减弱，寄寓在形形色色的创作之中。对启蒙的认识开始深入，"文学需要回归文学自身"、关于文学启蒙研究的兴起，可称得上启蒙留给跨世纪中国文学的命题。

现代性启蒙在 20 世纪中国文学中的发展过程使其在每个阶段都有自己的时代主题及相应的运作机制，很难通过一篇文章做出完整的描述。但若从现代性启蒙对 20 世纪中国文学的影响方面加以考察，我们可以看到现代性启蒙的意义和价值。

其一，就现代文学的生产而言，中国文学的现代性启蒙主要显现了社会、文化、时代语境对文学的影响，且这种影响在很大程度上制约了现代文学的面貌与历史进程。民族、战争、革命等堪称国家主题的存在，使现代性启蒙常常呈现复杂、紧张的状态。现代中国社会的总体目标是将文学纳入自己的轨道，将文学启蒙赋予鲜明的政治文化意识，使后者的审美现代性无法自由地舒展，而这一客观前提显然也制约了现代文学生产的各个环节及最终的文本呈现。

其二，就现代文学的阅读、传播和消费而言，由于中国文学的现代性和中国社会的现代性联系十分紧密，所以在现代文学发展史上，我们很少看到文学与社会、文化之间的紧张关系，即很少会看到现代文学对现代社会扭曲、异化式的书写。在更多情况下，现代文学将启蒙理解为一种使命、一种责任，即可以同时也需要让广大读者了解时代，认识其正经历不断"现代"的过程，并将文艺方针、政策以形象的方式、喜闻乐见的形式告诉大众，进而实现文学在宣传、鼓动等方面的功用价值。

其三，就创作主体和部分创作而言，现代性启蒙曾使其获得了文学的现代意识，他们通过文学创作凸显文学的审美属性表达了对文学艺术的个性化理解。部分作家和部分创作关注人性、命运，开掘了心灵的密码和生命的体验，从而呈现了现代文学自己特有的表现力，实现了中国现代文学与西方现代文学的交流、对话。五四时代的文学、20 世纪 30 年代的现代派以及新时期以来的诸多文学潮流，都对中国文学的现代性追求有着重要的意义，而其通过文学自由发展表达启蒙理性的意识，也需要被历史铭记并进行文学史的总结。

第一编

新文学现代性启蒙的发端与发展

按照现代性的"求新""变化"特质，中国文学的现代性理当从五四文学革命算起，这一点，就现代性与中国文学的历史分期和现代文学的现代意识角度来说，也说得通。但作为一种渐进的过程，中国文学现代性显然要经历一个相当长的酝酿阶段。上述过程从近代中国自鸦片战争遭遇西方现代性，社会性质和文化发生一定程度的改变，进而影响到文学的变化上可以得到证明。同样地，从文学史自身发展的连续性和一致性方面也可以得到证明。对于王德威著名的同时又颇具争议性的提法，即"被压抑的现代性：没有晚清，何来'五四'?"[①] 我们认为：如果仅从晚清至五四的连续性角度考察，上述立论会很容易陷入不言自明甚至毫无意义的怪圈中去。王德威的提法其实是从动态的角度考察了中国文学现代性的发展轨迹[②]——他的所谓"被压抑的现代性"是要说明许多在五四新文学时代呈现的文学新质，实际上在晚清时代就已经出现，只不过在以往的研究中人们常常忽视这一点。以王德威为代表的观点在一定程度上启发我们考察中国文学的现代性要将目光放得更远、视野放得更宽；同样地，既然我们如此考察了中国文学的现代性，那么中国文学的现代性启蒙也应当如此。

---

①　王德威：《被压抑的现代性：没有晚清，何来"五四"?》，王德威：《想像中国的方法：历史·小说·叙事》，生活·读书·新知三联书店，1998。

②　关于王德威的这方面论述，具体可参见《被压抑的现代性：没有晚清，何来"五四"?》原文。此处，仅列举其中有代表性的一些观点。如王德威在文中指出的"所谓'被压抑的'现代性，可以指陈三个不同方向。（一）它代表一个文学传统内生生不息的创造力……（二）'被压抑的现代性'指的是五四以来的文学及文学史写作的自我检查及压抑现象……（三）'被压抑的现代性'亦泛指晚清、五四及30年代以来，种种不入（主）流的文艺试验……在现代文学发展已近百年的今天，我们对'被压抑的现代性'的挖掘，极有必要。既名'压抑'，上述诸般现象其实从未离我们远去，而是以不断渗透、挪移及变形的方式，幽幽述说着主流文学不能企及的欲望，回旋不已的冲动。准此，我们可以回到五四的前身——晚清，观察中西文学擦撞出的现代火花"。王德威：《想像中国的方法：历史·小说·叙事》，生活·读书·新知三联书店，1998，第12—13页。

第一章

"晚清的酝酿"的启蒙之路

从发生学的角度上说，中国文学的现代性启蒙可从启蒙运动对近代中国社会的影响谈起。17—18世纪欧洲的启蒙运动无疑对世界历史的现代化进程产生了深远的影响：启蒙运动不仅为法国大革命和美国独立战争提供了框架，而且通过文化传播对19世纪以后的亚洲国家产生了重要的影响。随着中国于19世纪遭遇西方现代性、进入近代阶段，一批仁人志士在严酷的现实面前，通过中西方文化的对比走上了文化与思想的启蒙之路。从这一时期林则徐、魏源以及洋务运动派的社会实践活动可知，近代知识分子或是通过介绍西方新思想，或是通过引进西方先进技术进行自救，渴望以"师夷制夷""中体西用"的方式达到"自强""求富"的目的。当然，结合近代社会的历史发展可知，集中反映启蒙运动对近代中国社会影响的是晚清的"戊戌变法"和之后的"辛亥革命"。考察"戊戌变法"至"辛亥革命"的历史，我们可以清楚地看到近代启蒙者正不断在学习和变化中走向成熟。以康有为、梁启超为代表的维新派和以孙中山为代表的革命派，虽在立场、目标以及实践形式等方面存在巨大差异，但就其主张来看，都自觉继承了启蒙运动留下的思想文化遗产。通过维新变法和资产阶级革命派的革命实践，近代中国社会不断接受西方启蒙思想的洗礼与冲击，并渗透于包括文学在内的社会各个领域。

正如以往很多研究者曾指出的，中国文学的现代性在晚清就已开始孕育。以王德威的研究为例，他曾以晚清小说的四个文类，即"狭邪、公案侠义、谴责、科幻"来说明"彼时文人丰沛的创造力，已使他们在西潮涌至之前，大有斩获"。① 以李欧梵的研究为例，他则从文学报刊的媒体作用入手，进而论及"中国的现代性不可能只从一个精英的观点来看待，精英只能登高一呼，至于社群共同的想像，其风貌和内容不可能是一两个人建立起来的，需要无数人的努力"。② 上述理路对于我们考察晚清的现代性都有启示意义和价值。鉴于篇幅限制的客观原因，同时，也鉴于现代性启蒙需要更为具体、深入的阐释，本部分主要围绕晚清的白话文运动、梁启超的文学实践以及王国维的文学观探讨启蒙运动对近代中国社会的影响和中国文学的现代性酝酿过程。

一 "白话文运动"的现代性启蒙意识

从语言方面讲，尽管"白话文运动"常常会让人联想到五四新文化运动，但白话文运动并非五四的"特产"。实际上，早在晚清时期，就已经出现了颇具规模的白话运动浪潮。晚清那批倡导变法维新的仁人志士，无疑是从"只有开通民智，才能使国家富强；而要开通民智，必须使人人通晓文字"③ 的逻辑序列中，看到了只有

---

① 王德威：《被压抑的现代性：没有晚清，何来"五四"？》，王德威：《想像中国的方法：历史·小说·叙事》，生活·读书·新知三联书店，1998，第16页。

② 关于李欧梵的研究，本文主要参考了李欧梵《现代性的追求》（生活·读书·新知三联书店，2000）中的一些论述，以及李欧梵《未完成的现代性》（北京大学出版社，2005）中的一些观点。

③ 夏晓虹：《晚清社会与文化》，湖北教育出版社，2001，第112页。

废除文言、推行语言改革的"白话文运动",才能进行新思想、新文化的传播,并达到启蒙的目的。因而,出现在这一时期颇具声势的白话浪潮,不但为文学语言层面上的变革起到了巨大的推动作用,而且,由于白话与文言在当时的"对话"往往与国家兴亡、民众教化等内容关系密切,是以这一运动本身及其相关的"内容"就隐含着较为鲜明的现代性启蒙意识。

作为既是维新派诗歌的前驱,同时又是"白话文运动"理论先导的黄遵宪,在1885年撰成并于日后风行的《日本国志》的第三十三卷中,曾联系日本语言变迁的历史,指出语言与文字"离合"的意义:"盖语言与文字离,则通文者少;语言与文字合,则通文者多,其势然也。"而为了达到二者"合一"的目的,黄遵宪又在"更变一问题,为适用于今、通行于俗者"的前提下进一步指出:"欲令天下之农工商贾、妇女幼稚皆能通文字之用,其不得不于此求一简易之法哉?"[1] 而作为维新变法重要领袖之一的梁启超,则在1896年的《沈氏音书序》一文的开篇处便提出:"国恶乎强?民智,斯国强矣。民恶乎智?尽天下人而读书而识字,斯民智矣。"[2] 接下来,他又援引黄遵宪的观点,对千百年来形成的"是以中国文字,能达于上不能逮于下"的现状深表忧虑。既然"国强""民智"与"读书""识字"的关系如此密切,那么,唯有达到"文与言合,而读书识字之智民,可以日多矣"[3] 的状态,使用文言合一的白话文文体,才可以达到强国、开民智的目的。黄、梁的主张,已涉及白话文应当在民众中广泛使用的问题,鉴于二人在当时的影响,他们

---

[1] 黄遵宪:《日本国志》卷三十三(学术志二·文学),陈铮编《黄遵宪全集》,中华书局,2005,第1420页。

[2] 梁启超:《沈氏音书序》,梁启超:《饮冰室合集》(文集之二),中华书局,1989,第1页。

[3] 梁启超:《沈氏音书序》,梁启超:《饮冰室合集》(文集之二),中华书局,1989,第2页。

的观点自然对宣传白话文运动产生一定程度的影响。

1898 年 8 月，裘廷梁《论白话为维新之本》一文为配合"百日维新"变法运动发表，对当时的"白话文运动"曾起到巨大的推动作用。在这篇具有纲领性意义的文章中，裘廷梁以"对比"的论述方式指出："有文字为智国，无文字为愚国，识字为智民，不识字为愚民：地球万国之所同也。独吾中国有文字而不得为智国，民识字而不得为智民，何哉？裘廷梁曰：此文言之为害矣。"而后，他又详细地列举了"白话"的八大益处，并最终得出结论："由斯言之，愚天下之具，莫文言若；智天下之具，莫白话若……吾今为一言以蔽之曰：文言兴而后实学废，白话行而后实学兴；实学不兴，是谓无民。"① 裘廷梁从维新与白话的关系入手，详细阐释了"崇白话而废文言"的意义。在他看来，文字是一个国家文明和人民智慧程度的重要标志。唯有进行真正的文字改良，实现文言合一，用简便易学的白话文代替文言文，才能使更多的人读书识字，掌握文化知识，造就出大批人才，达到国家富强的地步。

按照夏晓虹的看法，"白话文运动还有一个重要的理论支柱，即其时刚刚传入的进化论"。② 接受进化论的启发，改良派人士认为文言文变为白话文，是中国语文发展的必然趋势，同时也遵循各国文学史的发展轨迹。"文学之进化有一大关键，即由古语之文学变为俗语之文学是也。各国文学史之开展，靡不循此轨道。"③ 通过历史的、世界的纵横比较，晚清改良派人士为其倡导白话找到了有力的"抓手"，这一点，无论从晚清时代遭遇现代性，开启本土文学的现代性之路，还是从现代性的启蒙中都可以得到合理的解释。当

---

① 裘廷梁：《论白话为维新之本》，《中国官音白话报》第 19、20 期，1898 年 8 月。本处引文参见王运熙主编《中国文论选》近代卷（下），江苏文艺出版社，1996，第 30 页。

② 夏晓虹：《晚清社会与文化》，湖北教育出版社，2001，第 114 页。

③ 《小说丛话》"饮冰语"，1903，饮冰即梁启超。本处引文参见王运熙主编《中国文论选》近代卷（下），江苏文艺出版社，1996，第 306 页。

然，如果回顾晚清至五四的历史，那么，在这一时期"白话文运动"兴起的过程中，白话报刊的风起云涌也起到了不容忽视的作用。据有关研究者介绍，出版于清末最后约 10 年时间里的白话报纸和杂志约有 140 种之多。① 白话报刊的风行无疑为通俗语言的传播、使用提供了强有力的推动，大众的阅读习惯和阅读思维由此得以改变，且"通过对哲学、文学和艺术的批评领悟，公众也达到了自我启蒙的目的，甚至将自身理解为充满活力的启蒙过程"。②

通过以上论述，我们可以看到：发生于晚清的白话文运动，基本上属于资产阶级维新派启蒙运动的一个重要组成部分。"白话为维新之本"思想的诞生，表明当时资产阶级维新派对白话文的性质、意义、功用有着更加全面、深刻的认识。不过，必须看到的是，这一时期的白话文运动其自身也存有不可避免的历史隐患：由于白话作为一种开通民智的手段，在更多情况下是以文字启蒙的"角色/身份"指向一种拟想民众的理想状态，进而在呈现等级意识的过程中缺乏理论与实践上的深度，而对于当时大量或由国外输入、或由文人自造的"新名词"，在并未得到全社会普及、推广的前提下，也就会在"语意生疏"的状态中无法进入日常口语的行列，因此，属于真正现代意义的白话尚无法产生。维新派倡导的白话文运动最终在五四时代实现了全面的突破，获取了真正的现代意识，恰好形象地说明了中国文学现代性所必须经历的历史进程。

二 梁启超"新民"思想的形成

梁启超（1873—1929），是中国近代史上著名的维新派领袖，

---

① 陈万雄：《五四新文化的源流》，生活·读书·新知三联书店，1997，第 134—159 页。
② 〔德〕哈贝马斯：《公共领域的结构转型》，曹卫东等译，学林出版社，1999，第 46 页。

是 19 世纪末 20 世纪初最具感召力的启蒙思想家。他在政治、思想、文学、史学等多方面均取得了卓越的成就，是当之无愧的上承近代、下启现代的文化巨人，中国近现代著名的政治家或文学家从毛泽东、陈独秀、鲁迅到胡适、郭沫若都受到过他极深的影响。

自 1896 年《时务报》于上海创刊，梁启超应邀成为主笔，并迅速以鼓吹变法维新的政论文闻名全国后，他便一直坚持"开通民智""革新思想"的理想。结合梁启超所著文章看其思想观的构成，我们可以发现日本明治维新的成功经验以及此后形成的文化对其产生了至关重要的作用。日本明治文化究竟在哪些方面影响了梁启超的思想，由于此前学界多有论述，此处不再赘述。在此，我们只想说明梁启超学习日本明治维新以来的文化思想，与 19 世纪中叶以来中国知识分子普遍将目光转向西方、"师法西方"的思路一脉相承。梁启超当然知道日本的成功经验同样源自西方，怎奈英文远较日文更难掌握。何况，19 世纪末甲午战争的失败已足以给当时中国的知识分子以极大的刺激：日本与中国同处亚洲，同文同种，风俗习惯相近，却能在很短时间内摆脱沦为殖民地的危机，"脱亚入欧"、迅速崛起，成为亚洲强国、走上对外扩张的道路。因此，"学习日本成功经验，再通过日本来学习西方，在当时被认为是事半功倍的选择。在他们的提倡下，使得中国在'师法西方'的道路上产生了一个巨大的变化，即走上了一条以日本为中介的'师法西方'的道路"。①

1898 年"戊戌变法"（即"百日维新"）失败后，梁启超和康有为一道流亡日本。康、梁来日本，本希望取得日本政府的支持，帮助他们解救光绪皇帝。然而，到达日本不久，被他们给予厚望的大隈内阁倒台，新上台的山县内阁对康、梁态度十分冷淡。其结果

---

① 郑匡民：《梁启超启蒙思想的东学背景》，上海书店出版社，2003，"引言"第 1 页。

是康有为不得不踏上去欧美等国寻求援助之旅，而梁启超则留在日本，以《清议报》为阵地，开始了他的宣传工作。连番遭受打击，使梁启超认识到，改造中国并不能仅依靠一个光绪皇帝，而应该从教育民众做起。于是，他通过学习日本人的著作和译著，学习西方学说，开启他的"新民"工作。

对于日本经验的汲取、转化与应用，梁启超在学习过程中采用了"和文汉读法"①。用这种方法，梁启超声称能在很短时间内读懂日文。"当然，梁启超所谓的读懂日文自有他自己的含意，他的着眼点并不在于知道某个单词的读音，而仅是理解日籍的内容。"梁启超正是利用"和文汉读法"广泛阅读日本著作和日译的西方典籍，进而走上了"治东学"的道路。"而正是'东学'使他通过东籍，假途日本以了解西方，缩短了和西方的距离，拓宽了视野"。②在具体实践过程中，梁启超采用理解和发挥的形式，转输西方近代学说。值得指出的是，梁启超在自觉认同日本文化的过程中，带有强烈的现实感和明确的选择性，"不是所有的日本文化同时影响于梁启超，他也并非全面地接受日本文化。他所认同的，并且对他的新思想形成有决定意义的，仅仅是其中受西学影响新发生的部分"。③借助在日本接触的"西学"，梁启超迅速缩短了与西方最新思潮的距离。尽管这些带有"转输""融会"色彩的新思想，对于当时到过欧美、日本的人来说并不新鲜，但作为跨时代的文化巨人，梁启超显然做到了根据当时中国的国情和普遍的接受水平有所

---

① 指梁启超为了学习日文，利用中日文字诸多相通之处而研制出的应急方法。按丁文江、赵丰田编《梁任公先生年谱长编（初稿）》中的记录：1899 年，梁启超与同门罗孝高普往箱根，"习静读书"，"当时与罗先生共编有《和文汉读法》一书"；又有"当时先生有《论学日本文之益》一文，里面提到编著《和文汉读法》和几个月来读日本书籍获益很多的话"。参见丁文江、赵丰田编《梁任公先生年谱长编（初稿）》，中华书局，2010，第 80—81 页。

② 郑匡民：《梁启超启蒙思想的东学背景》，上海书店出版社，2003，"引言"第 2 页。

③ 夏晓虹：《晚清社会与文化》，湖北教育出版社，2001，第 36 页。

选择。"这样，对于日本来说可能是过时了的思想，在中国倒很可能是启蒙利器，是最新的思想学理。"① 而经梁启超所办的《清议报》《新民丛报》《新小说报》等刊物，在向国内传播新思想时，也随即产生了深远的影响。

三 "三界革命"的旧文学改革实践

在 19 世纪末 20 世纪初文化启蒙运动的影响下，带有鲜明启蒙主义色彩的文学创作也随即展开了。在资产阶级维新派看来，文学的主要功能是思想启蒙和救亡图强。为了达到这一目的，必须对旧文学进行改革。而由梁启超首倡的"三界革命"，便是在总结以往文学经验基础上，提出的具有纲领性意义的重要文论。

1. "诗界革命"

"诗界革命"是晚清社会思想变革在诗歌领域的反映。遭遇"现代性"之后的晚清诗歌，首先表现为在创作上出现一种"新话语"——这里所言的"新话语"不但表现为在诗歌创作中加入"新名词""新语句"，还同样表现为诗歌创作中的"新意境""新风格"，以及由此寄托与传输的新思想。比如，在因游历所得的《日本杂事诗》等描述域外景物的作品中，黄遵宪不但以"海外偏留文字缘，新诗脱口每争传。草完明治维新史，吟到中华以外天"②的方式介绍了大量诸如火轮舟、学校、医院等新事物，而且他的诗歌还在描述国外政治体制的过程中，寄寓了诗人在中外政治文化对比中的思考与理想。黄遵宪后在 1897 年写的《酬曾重伯编修（二

---

① 夏晓虹：《晚清社会与文化》，湖北教育出版社，2001，第 50 页。
② 黄遵宪：《奉命为美国富兰西土过总领事留别日本诸君子》（五首之三），黄遵宪著、钱仲联笺注《人境庐诗草笺注》（上），上海古籍出版社，1981，第 340 页。

首)》中写道:"废君一月官书力,读我连篇新派诗。"[1] 正式提出 "新派诗"的概念并承认自己此前的很多创作为"新派诗"。与 "新派诗"一致,在当时维新派知识分子探讨诗歌革新问题时,还 有"新学之诗"及"新诗"[2] 的提法。"新派诗"、"新学之诗"及 "新诗"概念的出现特别是实践,为"诗界革命"的出现奠定了 基础。

1899 年年末,梁启超在《夏威夷游记》(初名《汗漫录》)中 正式提出"诗界革命"的口号——

……余虽不能诗,然尝好论诗。以为诗之境界,被千余年 来鹦鹉名士(予尝戏名词章家为鹦鹉名士,自觉过于尖刻)占 尽矣。虽有佳章佳句,一读之,似在某集中曾相见者,是最可 恨也。故今日不作诗则已,若作诗,必为诗界之哥仑布、玛赛 郎然后可。犹欧洲之地力已尽,生产过度,不能不求新地于阿 米利加及太平洋沿岸也。欲为诗界之哥仑布、玛赛郎,不可不 备三长。第一要新意境,第二要新语句,而又须以古人之风格 入之,然后成其为诗。不然,如移木星、金星之动物以实美 洲,瑰伟则瑰伟矣,其如不类何。若三者具备,则可以为二十 世纪支那之诗王矣……

---

① 黄遵宪:《酬曾重伯编修(二首)》,黄遵宪著、钱仲联笺注《人境庐诗草笺注》(下), 上海古籍出版社,1981,第761—762 页。此处所引之诗为第二首。

② 指"诗界革命"正式开始之前,已有维新派知识分子着手进行诗歌变革的尝试。其中, 夏曾佑、谭嗣同创作了"新学之诗",也作"新诗"。在《饮冰室诗话》中,梁启超曾 回忆当时情景:"复生(谭嗣同)自喜其新学之诗。然吾谓复生三十以后之学,固远胜 于三十以前之学;其三十以后之诗,未必能胜三十以前之诗也。盖当时所谓'新诗' 者,颇喜捃扯新名词以自表异。丙申、丁酉间(1896—1897 年间),吾党数子皆好作此 体。提倡者为夏穗卿(夏曾佑),而复生亦綦嗜之……其余似此类之诗尚多,今不复 能记忆矣。当时在祖国无一哲理、政法之书可读。吾党二三子号称得风气之先,而其思 想之程度若此。今追而存之,岂惟吾党之影事,亦可见数年前学界之情状也。"梁启超: 《饮冰室合集》"文集之四十五"(上),中华书局,1989,第40—41 页。

时彦中能为诗人之诗，而锐意欲造新国者，莫如黄公度。其集中有《今别离》四首，又《吴太夫人寿诗》等，皆纯以欧洲意境行之，然新语句尚少，盖由新语句与古风格，常相背驰。公度重风格者，故勉避之也。夏穗卿、谭复生，皆善选新语句。其语句则经子生涩语、佛典语、欧洲语杂用，颇错落可喜，然已不备诗家之资格……复生本甚能诗者，然三十以后，鄙其前所作为旧学。晚年屡有所为，皆用此新体，甚自喜之，然已渐成七字句之语录，不甚肖诗矣……其不以此体为主，而偶一点缀者，常见佳胜……

吾论诗宗旨大略如此。然以上所举诸家，皆片鳞只甲，未能确然成一家言，且其所谓欧洲意境语句，多物质上琐碎粗疏者，于精神思想上未有之也。虽然，即以学界论之，欧洲之真精神真思想尚且未输入中国，况于诗界乎？此固不足怪也。吾虽不能诗，惟将竭力输入欧洲之精神思想，以供来者之诗料可乎？要之，支那非有诗界革命，则诗运殆将绝。虽然，诗运无绝之时也。今日者革命之机渐熟，而哥仑布、玛赛郎之出世必不远矣。上所举者，皆其革命军月晕础润之征也，夫诗又其小焉者也。①

透过这些文字，我们可以看到梁启超"诗界革命"宣言的内容主旨。（1）总结中国千余年来传统诗歌的创作经验，揭示"诗界革命"的历史必然性，即为了挽救"殆将绝"之"诗运"，及至实现"欲造新国"的抱负，必须进行"诗界革命"。（2）"诗界革命"的写作标准和评判标准，即引人注目的"三长"："新意境"、"新语句"与"古风格"。（3）只有学界输入"欧洲之真精神真思

---

① 梁启超：《夏威夷游记》，梁启超：《饮冰室合集》（专集之二十二），中华书局，1989，第189—191页。

想",才能实现"诗界革命"。这一点,既和梁启超一贯的启蒙、维新思想相一致,同时也符合具体写作、评价过程中的"新意境""新语句",而后者的"新",又是取自西方新思想、新事物、新知识、新名词的结果。(4)"革命"一词为"诗界革命"赋予了高亢奋进的基调,"革命""革命军"词语的使用,体现了梁启超对于诗歌地位即其应当为政治运动服务的一贯认识。

"诗界革命"的口号提出后,梁启超还曾于《清议报》和《新民丛报》上分别开辟"诗文辞随录"和"诗界潮音集"两个栏目,继续实践"诗界革命"的主张。后来的研究者在考证这段历史时曾认为:"诗界革命"盛衰史从1899年至1905年,可分为两个阶段:"从己亥(1899年)十一月至壬寅(1902年)冬季,是它被提出并向上发展的阶段;自此后至乙巳(1905年)是它由盛而衰,逐渐销声匿迹的阶段。梁启超先后主办的《清议报》和《新民丛报》是进行'诗界革命'的主要阵地。"[1] 到《饮冰室诗话》发表时,梁启超已将"诗界革命"的"三长"纲领,改为"以旧风格含新意境"[2],去掉了"新名词"一项。这一明显带有折中色彩的主张,结合维新派创作实际来看更易为读者普遍接受,但其革新意识明显减弱,"诗界革命"主张中"新""旧"之间的矛盾意识也由此逐渐显露出来。

2. "文界革命"

"文界革命"也是资产阶级维新派文学革新运动的一个重要组成部分,也是由梁启超在《夏威夷游记》中提出的。对比其他文学体裁,散文体更容易被用来宣传思想。这使得"文界革命"必然要

---

① 陈建华:《晚清"诗界革命"盛衰史实考》,陈建华:《"革命"的现代性——中国革命话语考论》,上海古籍出版社,2000,第202页。
② 梁启超:《饮冰室诗话》,梁启超:《饮冰室合集》(文集之四十五)(上),中华书局,1989,第41页。

以内容的革新为起点。尽管在提出"文界革命"口号时，梁启超的构想并不及"诗界革命"那样完备，但从其记述读日本政论家德富苏峰文章的感受——

> 其文雄放隽快，善以欧西文思入日本文，实为文界别开一生面者。余甚爱之。中国若有文界革命，当亦不可不起点于是也。①

我们可以看到：梁启超最看重的是德富苏峰能够用日文流畅自如地传达西方的文化精神；德氏善于将"欧西文思"转化为文章内容，使之成为传播西学思想的有力工具，是梁启超"文界革命"的"标本"。"文界革命"的内容确定后，其形式问题也随即产生。"'文界革命'在文章形式方面的主张，可以'俗语文体'概括表达，于此亦见出白话文运动的思想延续。"② 为了更好地宣传维新思想和开启民智，"文界革命"自然在形式上要求通俗易懂的文体。事实上，以思想启蒙为己任的梁启超，也在具体实践中注意到了文章需要浅显易懂。1902 年 2 月，梁启超在《新民丛报》创刊号上撰文，介绍严复所译《原富》时，在肯定"严氏于中学西学皆为我国第一流人物"之余，就曾指出"其文笔太务渊雅，刻意摹仿先秦文体，非多读古书之人，一翻殆难索解。夫文界之宜革命久矣，欧、美、日本诸国文体之变化，常与其文明程度成正例……况此等学理邃赜之书，非以流畅锐达之笔行之，安能使书童受其益乎?"③ 而在其他一些场合，他更是常言"俗语文体之流行，实文学进步之

---

① 梁启超：《夏威夷游记》，梁启超：《饮冰室合集》（专集之二十二），中华书局，1989，第 191 页。

② 夏晓虹：《晚清社会与文化》，湖北教育出版社，2001，第 135 页。

③ 孙应祥：《严复年谱》，福建人民出版社，2003，第 174 页。

最大关键也。各国皆尔，吾中国亦应有然"。① "欧西文思"与"俗语文体"的结合，即"文界革命"的基本主张。

"文界革命"的代表和实绩是梁启超和他的新文体。1896 年梁启超在办《时务报》时，就经常于报纸上发表笔锋犀利的文章，宣传维新思想。这些文章有很强的鼓动性和感染力，曾在社会上产生很大反响，当时就被人称为"时务文体"。戊戌变法后梁启超流亡日本，创办《清议报》，这时他更是在近距离接触日本文化后发展了自己的文体。其语言上的最大特点就是运用日本翻译西学的汉语词汇和模仿日本文体进行写作，此即梁氏自言的"新文体"②。"新文体"的目的是为维新变法和思想启蒙服务，因而具有鲜明的政论色彩。"新文体"饱含真挚而强烈的情感，是梁启超散文具有艺术魅力、容易感染读者的重要原因。"新文体"语言通俗、晓畅明白，充分体现了梁启超"文界革命"的理想和抱负。由于"文界革命"和提倡"新文体"本身已触及文体形式问题，所以"文界革命"的理论主张就为散文的发展铺平了现代化的道路，"文界革命"对于散文观念的自我启蒙和散文实践的文化启蒙均提供了未来之路，现代散文以崭新的面貌出现只需一个历史的机遇。

3. "小说界革命"

"小说界革命"口号的正式提出，源于 1902 年梁启超的文章《论小说与群治之关系》。但若追溯历史，其发轫期基本与"诗界

---

① 楚卿（狄葆贤）：《论文学上小说之位置》，《新小说》1903 年第 7 号。在文中，作者曾引用上述引文，其前有"饮冰室主人常语余"。
② 梁启超在《清代学术概论》曾言："为《新民丛报》、《新小说》等诸杂志，畅其旨义，国人竞喜读之。清廷虽严禁，不能遏。每一册出，内地翻刻本辄十数。二十年来学子之思想，颇蒙其影响。启超夙不喜桐城派古文，幼年为文，学晚汉魏晋，颇尚矜炼。至是自解放，务为平易畅达，时杂以俚语韵语及外国语法，宗笔所至不检束。学者竞效之，号'新文体'。老辈则痛恨，诋为野狐。然其文条理明晰，笔锋常带情感，对于读者别有一种魔力焉。"梁启超：《饮冰室合集》（专集之三十四），中华书局，1989，第 62 页。

革命""文界革命"同时。由于受到日本近代文化的影响,渴望在不同种类的文体中宣传改良思想,以梁启超为代表的维新派很早就关注小说革新的问题。1897 年,梁启超在所著的《变法通议·论幼学》中,从通俗易懂的角度论述了小说的社会作用:"上之可以借阐圣教,下之可以杂述史事,近之可以激发国耻,远之可以旁及彝情,乃至宦途丑态,试场恶趣,鸦片顽癖,缠足虐刑,皆可穷极异形,振厉末俗。其为补益,岂有量耶!"① 流亡日本后,梁启超更是在《清议报》上开辟了"政治小说"的专栏,先后刊载日本著名的"政治小说"《佳人奇遇》和《经国美谈》。在为栏目所作的《译印政治小说序》中,梁启超更是鼓吹"政治小说":"彼美、英、德、法、奥、意、日本各国政界之日进,则政治小说,为功最高焉……小说为国民之魂……"② 至 1902 年《新小说》创刊,开始连载梁启超的《新中国未来记》,"政治小说"的引进由翻译转为创作。在《新小说》创刊号上,梁启超撰写了著名的《论小说与群治之关系》一文。在文中,梁启超极力强调小说的社会政治作用,将传统观念中视为"小道""不登大雅之堂"的小说提到空前高的位置——

> 欲新一国之民,不可不先新一国之小说。故欲新道德,必新小说;欲新宗教,必新小说;欲新政治,必新小说;欲新风俗,必新小说;欲新学艺,必新小说;乃至欲新人心、欲新人格,必新小说。何以故?小说有不可思议之力支配人道故。③

---

① 梁启超:《变法通议·论幼学》,梁启超:《饮冰室合集》(文集之一),中华书局,1989,第 54 页。
② 梁启超:《译印政治小说序》,梁启超:《饮冰室合集》(文集之三),中华书局,1989,第 35 页。
③ 梁启超:《论小说与群治之关系》,梁启超:《饮冰室合集》(文集之十),中华书局,1989,第 6 页。

《论小说与群治之关系》是"小说界革命"的理论纲领。它不仅充分肯定了小说的文学地位，"小说为文学之最上乘也"，还论述了小说"支配人道"的"四种力"，即"熏""浸""刺""提"四种艺术感染力。这其实已触及小说的教育作用、认识作用、审美价值以及艺术鉴赏的问题。梁启超以"故今日欲改良群治，必自小说界革命始；欲新民，必自新小说始"作结，正式提出"小说界革命"，他的观点为资产阶级维新派的小说革新理论定下基调，在当时的文坛上产生了巨大的影响。小说创作与翻译的繁荣、小说文体地位的提升以及由此引发的文学创作内部格局与秩序的改变，传统小说观念的转变和小说理论的深入探索，小说刊物的大量涌现，专业作家的出现，特别是以《新中国未来记》为代表的"政治小说"的大量出现、晚清著名的"四大谴责小说"的诞生，等等，都可以作为"小说界革命"的实绩与贡献。

"三界革命"在分述时由于客观原因有先有后，但实际上，几乎是同时进行的。"三界革命"指向文学的各个方面，表明以梁启超为代表的资产阶级维新派对文学的高度关注。他们希望将文学作为启蒙思想、传输西方文化的重要媒介。同时，正是考虑到各文体的特征，晚清的知识分子在进行"文体革命"时各有侧重、相互补充。"三界革命"是遭遇西方现代性的结果，同时也是开启中国文学现代性的起点。其开启民智、救治社会、建立新国的目的，意欲以西方启蒙主义文化思想取代本土传统文学的价值观；其输入新思想、新名词，重新确立文学的主题与思想；其倡导白话文学，提倡言文合一，开创中国文学语言的变革，均对五四新文学的出场提供了重要的源头。"三界革命"的实践及经验，为中国文学走上现代性之路铺平了道路。

四　王国维"现代批评的开篇"

在梁启超《论小说与群治之关系》发表两年之后，王国维发表了他的《〈红楼梦〉评论》。在这篇文章中，王国维第一次"借用西方批评理论和方法来评价一部中国古典文学杰作，这其实就是现代批评的开篇"。[①] 此后数年里，王国维又相继完成了《论近年之学术界》（1905）、《屈子文学之精神》（1906）、《文学小言》（1906）、《人间词话》（1908）等文章。在这些文章中，王国维展现了与梁启超迥然相异的文学观，进而表达了中国文学从传统向现代转化过程中的"另一种可能"。

王国维（1877—1927），浙江海宁人。早年的王国维聪颖好学，在家乡接受传统文化教育、广泛涉猎各个领域为其日后治文史、考据之学奠定了坚实的基础。中日甲午战争之后，随着大量西方文化科学的输入，王国维开始接触到新的文化和思想，并逐渐产生了追求新学的愿望。1898 年，王国维到上海求学，先入《时务报》馆，后入东文学社。在日籍老师的教授下，接触康德、叔本华的哲学。"性复忧郁"且又在少年时期就表现出求新求异倾向的王国维在阅读叔本华的悲观主义唯意志论哲学过程中，与其心意相通、一拍即合。叔本华的悲剧主义哲学此后对王国维的人生观、世界观均产生了深远的影响，而王国维也由此为 20 世纪中国文学批评带来了西方审美现代性的思想与精神，进而形成了自己纯粹的文学自主理念。

历史地看，王国维在文学上的实践首先为中国文学引入了西

---

① 温儒敏：《中国现代文学批评史》，北京大学出版社，1993，第 1 页。

方的哲学和美学思想。王国维通过《叔本华之哲学及其教育学说》等一系列文章，首次向国人详细地介绍了叔本华、康德、席勒、尼采等人的思想，并将其运用于具体的文学批评之中。他的《〈红楼梦〉评论》借鉴了叔本华的理论，一改旧红学研究中的"考据"与"索隐"式的思路，而是从美学和艺术性的角度对作品进行系统而全面的分析。在同时代许多渴慕新潮、维新的人士只是在文学创作中引入一些新名词的前提下，王国维引入西方批评理论，充分显示了他在理论上的自觉和持有的世界性眼光，由此打破了传统批评的思维模式，实现了文学批评思维方法上的启蒙实践。其次，王国维在具体批评实践过程中，体现了一种自主的、无功利的文学观。王国维曾于1906年写下《论哲学家与美术家的天职》，该文将哲学、美术同政治区分开来，强调前者独立的价值。值得一提的是，王国维此时所言的"美术"是国内学界对英文单词"艺术"的通译。强调哲学、艺术的独立性特别是其可以超越"当世之用"的审美认识，使包括文学在内的艺术以及哲学思想体系从传统的"文以载道""经世致用"的文学工具论中摆脱出来，按照艺术自主、自律的方式建构属于其自身的理论体系，这种思路体现了审美现代性的实践逻辑，具有鲜明的现代意识。再次，拓展美学认知范围，提出"古雅"即"第二形式之美"的主张。王国维从康德的"美在形式"论出发，在《古雅之在美学上之位置》一文中阐释了"古雅"即"第二形式之美"的创论。通过"可爱玩而不可利用者是已"，王国维将艺术形式的审美价值和实用功利价值区分开来并突出了前者。"第二形式之美"是对康德美学思想的发展与补充，是王国维文学自主、无功利思想的重要组成部分。最后，"境界"说与中西理论的融合。王国维在《人间词话》中采用了传统词话的批评形式，阐释了以"境界"说为核心的词学理论。这部理论著作历来被认为是王国维融合中西文艺思想的杰作。通过对"境界"这一关乎文学作品本质的多角度阐释，王国维既涉及文学的创作方法，也涉及文学的鉴赏与接受，他强调的"真"与"自然"的美学思想并"回归传统"是中西文论有机融合的产物。

第二章

五四新文学的启蒙主义精神

　　五四新文化运动是一场影响空前的思想启蒙运动。它全方位地开启了中国社会的崭新时代。晚清以来一系列救亡图强运动（包括资产阶级维新派和以孙中山为领导的革命派）虽输入了西方新文化、新思想，推翻了两千年封建帝制，但并没有建立起一个真正现代意义上的民族国家。新文化运动的倡导者们在反思历史、社会和中国传统文化的背景下，意识到只有通过思想启蒙全面改造社会文化和国民心理，才能完成建立独立、富强、统一的现代民族国家的历史使命。就文学而言，新文化运动的倡导者继承并发扬了梁启超的文学改良思想，以突变的方式举起"文学革命"的大旗。经由文学革命的洗礼，中国文学实现了现代意义上的转型，掀开了崭新的一页。

一　"文学革命"：从白话工具到思想革命

　　按照胡适在《逼上梁山》中的说法，"文学革命"的口号在1915年夏天就开始提出；是年9月17日，胡适在《送梅觐庄往哈佛大学诗》中，"第一次用'文学革命'一个名词"①，可以视为"文学革命"的早期"记录"。但从后来历史发展进程来看，"文学革命"实际上应当是一个带有阶段性质的时间范畴，即一般来说，"文学革命"是新文化运动的重要组成部分，它有力地推动了新文化运动的发展；"文学革命"及至后来在各种文章中出现的"五四文学革命"的说法，不应当仅从具体的时间角度上加以理解。实际上，"文学革命"作为一个历史时期，主要涵盖 1915 年至 20 世纪 20 年代中期这样一个时间跨度，即其具体包括 1915 年文学新思潮的基本形成，1917 年文学革命理论倡导的正式出现，直至 20 年代初期新文学取得的显著实绩。

"文学革命"是新文学的发端，是中国文学走上现代化之路的标志。"文学革命"在特定的时代出现，自然与当时社会业已形成的进步文学思想有关。结合胡适 1916 年 4 月 5 日夜日记中的"文学革命，在吾国史上非创见也"之"见解"②，人们可以看到当时身在美国留学的胡适已受到杜威实验主义和达尔文进化论观念的影响。接受当时上述相对于国内的堪称进步的思想并付诸白话文运动的实践，就其结果来看，决定了胡适在文学革命时代"暴得大名"、成为重要文化领袖的事实。当然，若从胡适后来所言的"文学的生命全靠能用一个时代的活的工具，来表现一个时代的情感与思想。

---

① 胡适：《逼上梁山——文学革命的开始》，赵家璧主编《中国新文学大系·建设理论集（影印本）》，上海文艺出版社，2003，第6—7页。

② "见解"一说，见胡适《逼上梁山——文学革命的开始》，赵家璧主编《中国新文学大系·建设理论集（影印本）》，上海文艺出版社，2003，第10页。其内容在"文学革命，在吾国史上非创见也"的总括下，具体包括"韵文"方面已有的"六大革命"，即"《三百篇》变而为《骚》，一大革命也。又变为五言，七言，古诗，二大革命也。赋之变为无韵之骈文，三大革命也。古诗之变为律诗，四大革命也。诗之变为词，五大革命也。词之变为曲，为剧本，六大革命也。何独于吾所持文学革命论而疑之?"，还有"散文的革命"以及"活文学"的思想。关于上述引文，除《逼上梁山——文学革命的开始》外，可参见曹伯言整理《胡适日记全编（二）"1915—1917"》，安徽教育出版社，2001，352—356页。其题目归纳为《吾国历史上的文学革命》，时间为1916年4月5日夜。

工具僵化了，必须另换新的，活的，这就是'文学革命'"和"历史上的'文学革命'全是文学工具的革命"来看，[1] 胡适的"文学革命"主张更多集中于文学工具层面，是一场关于文学语言、形式的"革命"。相对于当时国内思想界、文学界来说，胡适的主张显得过于"温和"了。陈独秀在《新青年》上发表胡适的《文学改良刍议》之后，迅速写下并发表《文学革命论》一文，正式在国内打出"文学革命"的旗帜——

> 文学革命之气运，酝酿已非一日。其首举义旗之急先锋，则为吾友胡适。余甘冒全国学究之敌，高张"文学革命军"大旗，以为吾友之声援。旗上大书特书吾革命军三大主义。曰：推倒雕琢的、阿谀的贵族文学，建设平易的、抒情的国民文学；曰：推倒陈腐的、铺张的古典文学；建设新鲜的、立诚的写实文学。曰：推倒迂晦的、艰涩的山林文学；建设明了的、通俗的社会文学。

由于陈独秀认为"欲革新政治，势不得不革新盘踞于运用此政治者精神界之文学"[2]，因此，其"三大主义"在本质上就更注重创造新文学的社会性内容和政治性意图。显然，陈独秀是从社会斗争、思想启蒙的高度来认识"文学革命"的任务的，他把"文学革命"作为反封建文化和革新政治的一个组成部分。这种将不同层面的"革命"话语统摄为一体，即把"文学革命"纳入政治革命和思想革命的论述，在当时普遍感受危机和社会处于剧烈变动的形势下，无疑是具有极强的宣传力度的。

---

① 胡适：《逼上梁山——文学革命的开始》，赵家璧主编《中国新文学大系·建设理论集（影印本）》，上海文艺出版社，2003，第9—10页。
② 陈独秀：《文学革命论》，《新青年》第2卷第6期，1917年2月1日。

与五四时期的其他"政治文化内容"如"保守主义"和"自由主义"相比，以陈独秀等为代表的急进民主主义堪称这一时期"激进主义"的代表，① 同时也是最能反映五四时代精神的一个文化思想派别。早在《文学革命论》发表之前，陈独秀就先后以发表《东西民族根本思想之差异》《吾人最后之觉悟》《宪法与孔教》②等文章的方式，即分别从中西文化对比、要求"政治的觉悟"和"伦理的觉悟"、破除孔教之"三纲五常"思想三方面，进行了反对旧思想、旧传统的理论宣传和言论批判。到 1919 年发表《本志罪案之答辩书》时，陈独秀曾写道："追本溯源，本志同人本来无罪，只因为拥护那德莫克拉西（Democracy）和赛因斯（Science）两位先生，才犯了这几条滔天的大罪。要拥护那德先生，便不得不反对孔教，礼法，贞节，旧伦理，旧政治；要拥护那赛先生，便不得不反对旧艺术，旧宗教；要拥护德先生又要拥护赛先生，便不得不反对国粹和旧文学。"③ 至此，五四新文化运动思想启蒙的两个核心话语——民主与科学，终于在"追溯历史"的过程中得到归纳，而对这种话语的实施，不但导引了"思想革命"的进一步展开，同

---

① 关海庭主编的《20 世纪中国政治发展史论》中曾认为"五四政治文化的内容"主要包括"保守主义"（如"学衡派"等）、"自由主义"（如胡适、傅斯年等）、"激进主义"（如"无政府主义"、"急进民主主义"以及后来的"马克思主义"）这三派思潮。其中，对于"激进主义"，该书曾写道："激进主义是近代中国思想史上的重要现象，其时间之持久、程度之激烈、影响之深广，为世界现代化史上所罕见。激进主义作为中国启蒙运动的主导思潮，对于 20 世纪中国的政治发展影响很大。中国激进主义思潮主要是以对传统的否定出现在中国近现代政治发展过程之中。激进主义在'西优中劣'这样一个二元对立的分析框架中，对西方文明倾注了过分的厚爱，对中国政治文明的合理性则全盘摒弃，甚至对传统进行主观的修正和新的诠释，以适应激进批判的需要。它以革命的姿态破除一切旧的文化秩序，集反中国传统文化与反西方近世文明的意向于一身，谋求以社会整体的改造而非以个人主义的确立为其终极目的；对创造思想的主观追求超于对文化历史的客观考察。"关海庭主编《20 世纪中国政治发展史记》，北京大学出版社，2002，第 132—141 页。

② 这三篇文章，分别见《青年杂志》第 1 卷第 4 期，1915 年 12 月 15 日；《青年杂志》第 1 卷第 6 期，1916 年 2 月 15 日；《新青年》第 2 卷第 3 期，1916 年 11 月 1 日。

③ 陈独秀：《本志罪案之答辩书》，《新青年》第 6 卷第 1 期，1919 年 1 月 15 日。

时，也势必会在主张激进变革的社会力量中产生一种将"文学革命"纳入社会政治革命之中的思维惯性。

对于胡适以改革语言工具为第一步，即先从"文的形式"入手的主张，其实早在五四运动之前就已遭到了质疑。在《思想革命》一文中，周作人就曾认为："我想文学这事务，本合文字与思想两者而成。表现思想的文字不良，固然足以阻碍文学的发达。若思想本质不良，徒有文字，也有什么用处呢？……这单变文字不变思想的改革，也怎能算是文学革命的完全胜利呢？"因此，他在文章的结尾处主张："所以我说，文学革命上文字改革是第一步，思想改革是第二步，却比第一步更为重要。我们不可对于文字一方面过于乐观了，闲却了这一面的重大问题。"① 周作人的观点随即得到了另一位文学革命干将傅斯年的响应，不过，却已被纳入更为明确的思想、文化的轨道之上。在《白话文学与心理的改革》一文中，傅斯年就曾联系现实指出："到了现在，大家应该有一个根本的觉悟了：形式的革新——就是政治的革新——是不中用的了，须得有精神上的革新——就是运用政治的思想的革新——去支配一切。物质的革命失败了，政治的革命失败了，现在有思想革命的萌芽期。想把这思想革命运用成功，必须以新思想夹在新文学里，刺激大家，感动大家。"而其结论则是："真正的中华民国必须建筑在新思想的上面。新思想必须放在新文学的里面；若是彼此离开，思想不免丢掉他的灵验，麻木起来了。所以未来的中华民国的长成，很靠着文学革命的培养。"② 与傅斯年相比，同为北大学生、后与傅斯年等共同创办"新潮社"的罗家伦，在联系近代中国政治状况和文学思想变迁的背景下，指出"我们觉悟到以政治的势力改革政治是没有用的，必须从改革社会着手；改革社会必须从改革思想着手；但是改

---

① 周作人（仲密）：《思想革命》，《每周评论》第 11 期，1919 年 3 月 2 日。
② 傅斯年：《白话文学与心理的改革》，《新潮》第 1 卷第 5 期，1919 年 5 月 1 日。

革思想必须有表现正确思想的工具。况且我们现在觉悟到人生的价值了，尤不能不有一种表现'人生正确思想的工具'。所以我们大致都是主张'文学为人生的表现和批评，从最好的思想里写下来的'"。①

从上述文学革命倡导者们的言论可知：五四新文化运动中的"文学革命"既包括文学工具的革命，又包括思想、文化意义上的革命。"文学革命"的目的是通过新文学的实践改革思想，直至改革社会。"文学革命"时代的进步知识分子之所以高度重视文学的作用，与晚清以来各种政治派别的社会改革实践均告失败有关，同时，又与当时国内已形成的激进的反传统文化的革新思潮有关。国民需要思想启蒙，此时最有力的武器是可以传输新思想、可以普遍影响人心的文学。"思想革命是文学革命的精神，文学革命是思想革命的工具：二者都是去满足'人的生活'的。"② 值得指出的是，文学革命所要构建的文学既然是"新文学"，要承载思想革命的精神，那么，其本身也必然会有新的思想标准和艺术标准。从胡适在《文学改良刍议》中提出文学改良之"八事"，到陈独秀《文学革命论》中"三大主义"的"推倒"与"建设"，新文学明显带有从语言、形式、思想、精神等多方面突破了旧文学界限的意识。新文学通过全方位的革新与思想革命互为表里，其现代的启蒙自然也深入文学和思想的各个方面。

通过以上四个方面的论述，我们大致可以看到，在中国文学现代性追求的过程中，既有维新派的文学工具论思想，即通过文学革命使之成为宣传新思想、实现文化启蒙的途径和工具，又有王国维的文学自主、超功利式的理论主张。就时代文化语境而言，两者都不同程度受到西方文化思想的影响，但由于出发点和目的的不同，

---

① 罗家伦：《近代中国文学思想之变迁》，《新潮》第 2 卷第 5 期，1920 年 9 月。
② 罗家伦：《近代中国文学思想之变迁》，《新潮》第 2 卷第 5 期，1920 年 9 月。

同时又有身份的差异，所以两者对于文学价值、审美认识也有重大分歧。如果说梁启超的文学主张是以政治现代性追求为始、以社会现代性为目的，那么，王国维的思想则可追溯至西方的审美现代性并以此提供理论资源。这两种思路的差异是由中国文学现代性的冲突决定的。虽然从表面上看，王国维的主张不如梁启超的主张富有革命激情、能够鼓动人心，而社会形势及其发展道路也决定梁启超式的文学革命主张更符合中国的实际，但若从文学观念变革的角度看，王国维的主张才真正在告别传统的文学工具论过程中实现了现代性的启蒙。中国文学的现代性正是对两者进行了合理的继承与发展，才步入现代并实现启蒙的。

二 文学启蒙的构成与实践

"民主"与"科学"作为五四新文化运动的两个重要话语，对于整个社会的思想启蒙和文化启蒙产生了巨大的推动作用。这种影响力反映在文学之上，大致可以通过如下几方面实践加以展现。

1. 通俗与写实

新文学就其语言、形式来看，是白话在各体文学中的应用取代了旧文学。但相对于拥有几千年历史的古典文学而言，现代白话在文学创作中的应用仍处于改良、实验的阶段，需要不断扩展自己的表现力、提高文学本身的艺术性来证明白话及至白话文的意义和价值。结合胡适在白话文运动中一系列理论倡导和文学实践可知：胡适在倡导白话取代文言的过程中，其理论一直包含着文学世俗化的趋势；胡适"文学革命"的观念十分先进，关于白话文实践的理论阐释通俗易懂，但对于文学本身应有之审美属性的理解却存在很大的问题，他的白话诗创作以及他对文学本身的理解，已充分说明了他并不十分适合文学创作的事实。①

考察胡适的白话文理论和文学实践，有助于我们认识新文学在其初创期的艺术特征及可能的发展趋向。胡适在这一时期的创作很少从美的角度即艺术的角度切入，而更多地从启蒙教育的实用角度呈现文字与体裁的改良意义，既反映了胡适本人饱含理性精神与科学态度的内心世界，同时也在一定程度上反映了新文学在其起步阶段的探索过程。一方面需要使用白话表现时代生活，一方面要以通俗易懂的方式扩展乃至泛化文学的写作与阅读的权利。初创时代的新文学无论从理论倡导还是具体实践上，最终走向不折不扣的写实主义都具有内在的合理性。

仍以胡适为例，早在自觉提倡文学革命之前，胡适就在文学欣赏角度上显现出对写实主义的偏好。胡适在《文学改良刍议》中提出"八事"，并在《建设的文学革命论》中将其简约为"要有话说，方才说话"等四条，其根本原因都指向中国文学"大病"在于"缺少材料"。"如今日的贫民社会，如工厂之男女工人，人力车夫，内地农家，各处大负贩及小店铺，一切苦痛情形，都不曾在文学上占一位置"，然而，"今日新旧文明相接触，一切家庭惨变，婚姻苦痛，女子之位置，教育之不适宜，……种种问题，都可供文学的材料"。② 这些都在一定程度上说明，对写实主义的追求同样可

---

① 胡适的白话诗创作主要指《尝试集》，其艺术性究竟如何在以往的研究中多有论述，此处不再赘述。胡适对于文学的理解，可参考他写于 1920 年 10 月 14 日的《什么是文学——答钱玄同》一文。在该文中，胡适曾用"浅近的话"说明文学"好"与"妙"的三个条件："第一要明白清楚，第二要有力能动人，第三要美。"胡适：《什么是文学——答钱玄同》，欧阳哲生编《胡适文集》（卷 2），北京大学出版社，1998，第 149 页。胡适对于文学的理解和其在《四十自述》中所言的"二十五年来"，"抱定一个宗旨，做文字必须要叫人懂得，所以我从来不怕人笑我的文字浅显"（胡适：《四十自述》，欧阳哲生编《胡适文集》（卷 1），北京大学出版社，1998，第 80 页）一脉相承，但显然与文学应有的审美属性相去甚远。胡适对于"文学"的理解可作为其文学创作，如《尝试集》等艺术性的注脚。

② 胡适：《建设的文学革命论》，《新青年》第 4 卷第 4 期，1918 年 4 月 15 日。

以作为胡适倡导文学革命的原始动因。至《易卜生主义》一文发表时，胡适在借评价易卜生的文学和观念时得出："易卜生的文学，易卜生的人生观，只是一个写实主义……人生的大病根在于不肯睁开眼睛来看世间的真实现状。"① 这表明胡适在被易卜生作品深深触动的同时，十分注意其现实主义精神可以产生的实效性。不但如此，胡适还模仿易卜生写出了反映婚姻自由的话剧《终身大事》，他的诗《人力车夫》和小说《一个问题》，开创了草创期诗歌的写实主义之风和五四时期风行一时的"问题小说"浪潮，其独特的现实主义风格在现代白话文学诞生阶段影响重大并构成了历史的传统。

仅从白话的使用、写实主义以及"问题小说"提出社会问题等来看，我们就可以判定新文学在呈现这一倾向时具有现代的启蒙意识。但值得深入的是，新文学倡导者和实践者在此过程中的心路历程同样值得关注。在经历晚清以来多次政治变革的失败之后，中国知识分子终于决定进行他们的文学改造，"他们的实践始终与意识中某种特殊的目的相伴相随。他们推想，较之成功的政治支配，文学能够带来更深层次的文化感召力；他们期待有一种新的文学，通过改变读者的世界观，会为中国社会的彻底变革铺平道路"，这种心态不但顺而造就"现代中国文学不仅仅是反映时代混乱现实的一面镜子，从其诞生之日起一种巨大的使命便附加其上"②，同时，也可以视为中国文学现代性追求过程中的一个重要标志。以积极的介入和参与克服民初政治改革失败带来的挫折与主观上的疏离，白话的通俗和写实风格显得如此适合，至于白话的应用、写实同样需要技巧及其未来应如何发展，则显然不是此刻启蒙需要过多思考的问题了。

---

① 胡适：《易卜生主义》，《新青年》第4卷第6期，1918年6月。
② 〔美〕安敏成：《现实主义的限制》，姜涛译，江苏人民出版社，2001，第3页。

2. "人的文学"与"平民文学"

1918年12月，周作人于《新青年》上发表《人的文学》① 一文，举起"人的文学"的大旗。"我们现在应该提倡的新文学，简单的说一句，是'人的文学'。应该排斥的，便是反对的非人的文学。"何谓"人的文学"？"用这人道主义为本，对于人生诸问题，加以记录研究的文字，便谓之人的文学。"联系欧洲关于"人"的真理的发现，周作人"希望从文学上起首，提倡一点人道主义思想"。而具体至创作，周作人的"人的文学"又可分为"（一）是正面的，写这理想生活，或人间上达的可能性；（二）是侧面的，写人的平常生活，或非人的生活"。秉持人道主义的立场，周作人在新文学发轫期提出"人的文学"，可谓意义重大。"人的文学"不仅能够"扩大读者的精神，眼里看见了世界的人类，养成人的道德，实现人的生活"，而且，还包含着"一种个人主义的人间本位主义"。"人的文学"以"人"为主人公，以"人"的解放为目的，对封建时代文学束缚个性、泯灭人性给予了有力的回击。"人的文学"的出场，对于新文学的建设和发展产生了深远影响。五四时代的文学触及道德、婚恋、平等与爱等题材，就可视为"人的文学"启蒙的结果；"人的文学"是激励一代又一代作家进行创作的重要文学命题，中国文学的现代化进程从此和"人学"紧密地结合在一起。

《人的文学》之后，周作人又作《平民文学》② 一文。为了避免"平民"字面引起的误会，周作人在文中极力强调"平民文学"的"普遍"与"真挚"意义。"所以平民文学应该着重与贵族文学

---

① 周作人：《人的文学》，《新青年》第5卷第6期，1918年12月。本部分中的相关引文均出自该文。

② 周作人：《平民文学》，《每周评论》第5期，1919年1月19日，当时署名仲密。本部分中的相关引文均出自该文。

相反的地方，是内容充实，就是普遍与真挚两件事。第一，平民文学应以普通的文体，写普遍的思想与事实……第二，平民文学应以真挚的文体，记真挚的思想与事实。"除此之外，周作人还在文中指出"平民文学"在具体理解时容易被人"误会"的"两件事"："第一，平民文学决不单是通俗文学。白话的平民文学比古文原是更为通俗，但并非单以通俗为唯一之目的。因为平民文学不是专做给平民看的，乃是研究平民生活——人的生活——的文学。他的目的，并非要想将人类的思想趣味，竭力按下，同平民一样，乃是想将平民的生活提高，得到适当的一个地位……第二，平民文学决不是慈善主义的文学……平民文学所说，是在研究全体的人的生活，如何能够改进到正当的方向。"与《人的文学》相比，《平民文学》在发展"人的文学"的基础上，指向了新文学创作的精神层面和艺术层面。白话文学不是简单的通俗文学，白话文学应有自己艺术的美，"只须以真为主，美即在其中"。对比当时文学革命的倡导者仅从语言使用、文学的"新"与"旧"等角度思考文学革命的发展方向，周作人始终从文学自身独立性和艺术性的角度探究新文学"内部的问题"。这使得他的理论在更具建设性的同时明显比同时期的许多理论家深刻了许多，他的思想使文学启蒙由文学的外部走向内部、表面走向深层，进而实现了真正意义上的"文学"的"现代启蒙"。

　　《人的文学》《平民文学》《思想革命》是文学革命时期周作人三篇重要的理论文章，对新文学的发展具有重要的意义。除此之外，周作人在这一时期还有《新文学的要求》《个性的文学》两篇文章值得关注。《新文学的要求》原是周作人1920年1月6日在北平少年学会的讲演。在文中，周作人首先延续《平民文学》中的思路，按照"艺术的主张"，将文学创作分为"艺术派"和"人生派"。然后，他对两派加以分析——

艺术派的主张，是说艺术有独立的价值，不必与实用有关，可以超越一切功利而存在。艺术家的全心只在制作纯粹的艺术品上，不必顾及人世的种种问题……这"为什么而什么"的态度，固然是许多学问进步的大原因；但在文艺上，重技工而轻情思，妨碍自己表现的目的，甚至于以人生为艺术而存在，所以觉得不甚妥当。人生派说艺术要与人生相关，不承认有与人生脱离关系的艺术。这派的流弊，是容易讲到功利里边去，以文艺为伦理的工具，变成一种坛上的说教。正当的解说，是仍以文艺为究极的目的；但这文艺应当通过了著者的情思，与人生有接触。换一句话说，便是著者应当用艺术的方法，表现他对于人生的情思，使读者能得艺术的享乐与人生的解释。这样说来，我们所要求的当然是人生的艺术派的文学。在研究文艺思想变迁的人，对于各时代各派别的文学，原应该平等看待，各各还他一个本来的位置；但在我们心想创作文艺，或从文艺上得到精神的粮食的人，却不能不决定趋向，免得无所适从，所以我们从这两派中，就取了人生的艺术派。①

接下来，周作人在强调"我相信人生的文学实在是现今中国唯一的需要"的前提下，再度深入论及"人生的文学"。一面是分析两派的得失，取"人生的艺术派"之说；一面是立足现实，承认"人生文学"的地位。周作人表面上看似折中甚至自相矛盾的分析，其实反映了他对当时文坛的深刻认识。在新文学发展的最初几年，"为人生"的创作如"问题小说"等，已呈现出轻"情思"、重"说教"的倾向。因而，与其说周作人在分析两派问题后采取"中

---

① 周作人：《新文学的要求——一九二〇年一月六日在北平少年学会讲演》，周作人：《艺术与生活》，止庵校订，河北教育出版社，2002，第18—19页。

间道路"，不如说他采取了迂回的策略指出了在文坛占主流地位的"人生派"的不足。坚守从文学本体出发的启蒙主义价值观，周作人对于新文学中的功利主义始终抱着警醒的态度。至《个性的文学》一文，他的结论"（1）创作不宜完全没煞自己去模仿别人，（2）个性的表现是自然的，（3）个性是个人唯一的所有，而又与人类有根本上的共通点，（4）个性就是在可以保存范围内的国粹，有个性的新文学便是这国民所有的真的国粹的文学"① 已越来越体现出与当时文坛主流创作的疏离倾向。周作人的"个性的文学"观显然与那种纯粹尊崇个性、追求自我的创作有所区别。周作人理论家兼作家的身份和眼光，决定了他的言论具有普遍的意义。周作人是整个五四时代极少从文学本体角度思考新文学发展的理论家，他的纯然的文学启蒙观前后一致、自成体系，具有重要的参考价值和省思色彩。然而，从历史发展的角度来看，固守文学的非功利性立场，最终却使周作人的创作、主张及本人离主流文坛的距离越来越远，直至无法适应时代的需要。

3. 国民性的批判与反封建

"批判国民性主题的凸现，是五四启蒙主义文学有别于西方启蒙主义文学的独特现象。"② 国民性又可称作"民族性"，意为一国民众共有与反复出现的精神特质、性格特点、情感内蕴、价值观念、思维方式和行为方式等的总和，是一国大多数人的文化心理特征，是一种较为稳定的心理—行为结构。国民性的形成与国家的历史积淀有关，既有优点，也有缺点。但"批判国民性"自然指向的是其缺点的一面，即人们常常提到的"劣根性"。"批判国民性"主题在五四新文学中出现，可视为以文学创作批判传统文化的有效

---

① 周作人（仲密）：《个性的文学》，《新青年》第 8 卷第 5 期，1921 年 1 月。本处引文参见周作人《谈龙集》，止庵校订，河北教育出版社，2002，第 147 页。

② 杨春时主编《中国现代文学思潮史》（上），南京大学出版社，2011，第 264—265 页。

方式之一。它与近代启蒙运动中"开通民智"的思想一脉相承，却已深入人的灵魂层面，而其所具有的思想启蒙性质，构成了现代文学的一个基本特征。

批判国民性主题的开创者无疑是鲁迅。鲁迅1902年留学日本，本是学医。1906年在日本仙台学医期间，鲁迅偶然看到"日俄战争"幻灯片，"觉得医学并非一件紧要事"，因为"凡是愚弱的国民，即使体格如何健全，如何茁壮，也只能做毫无意义的示众的材料和看客"，"所以我们的第一要著，是在改变他们的精神"①，于是弃医从文。关于自己的小说创作，鲁迅后来在一篇文章中写道——

> 自然，做起小说来，总不免自己有些主见的。例如，说到"为什么"做小说罢，我仍抱着十多年前的"启蒙主义"，以为必须是"为人生"，而且要改良这人生。我深恶先前的称小说为"闲书"，而且将"为艺术的艺术"，看作不过是"消闲"的新式的别号。所以我的取材，多采自病态社会的不幸的人们中，意思是在揭出病苦，引起疗救的注意。②

通过阿Q的"精神胜利法"，鲁迅批判了奴性、愚昧；通过《药》中夏瑜的死，鲁迅批判了启蒙者被其启蒙对象吃掉的事实和"看客"；通过《狂人日记》，鲁迅以变相的方式讲述了"吃人"的历史；等等。从国民性的批判、"立人"的思想出发，鲁迅的作品很容易和反封建文化、礼教等联系在一起。他的《孔乙己》《祝

---

① 鲁迅：《〈呐喊〉自序》，原文写于1922年12月3日，后收入《鲁迅全集》（第1卷），人民文学出版社，1981，第416—417页。
② 鲁迅：《我怎么做起小说来》，《鲁迅全集》（第4卷），人民文学出版社，1981，第512页。

福》《故乡》等皆为这方面的代表作。关于鲁迅的创作，本书在后面的章节还会详细阐述。这里，仅以鲁迅的"国民性的批判"和反封建来论述五四新文学启蒙精神的一个方面。除鲁迅外，五四时期的"问题小说"和在鲁迅影响下、于这一时期出现的"乡土小说"均或多或少承担了上述主题。

第三章

双重变奏：启蒙与救亡的
历史辨析

按照时间的逻辑，在讲述晚清至五四中国文学的现代性启蒙之后，我们大致应当遵照线性发展的规律，描绘新文学的启蒙主义史，然而现代文学的实际并非如此。

启蒙文学代表了文学向现代性的积极迈进，但反过来未必如此，中国现代文学取决于中国社会现代化的历史进程，自有其特定的发展规律。启蒙为中国文学争取了现代性，但遵循特定规律的文学现代性却与现代民族国家的任务相冲突。1919 年巴黎和会召开，列强签署侵占中国权益的合约，在国内引发轰轰烈烈的五四爱国运动；1925 年"五卅运动"在上海爆发，更是逐渐将革命文学引向高潮。新文学在 20 年代经历了从"文学革命"到"革命文学"的转变，使五四启蒙主义即文学的现代性启蒙被"打断"，留下未完成的现代性。而文学现代性启蒙再起波澜，形成浪潮，则要等到 20世纪 80 年代才得以实现。

为了辩证而深入地描述上述过程，本章在讲述"从文学革命到革命文学"的前提下，辨析"启蒙"与"救亡"这一对重要命题，从而丰富中国文学现代性启蒙的历史认识。

一 从"文学革命"到"革命文学"

"从文学革命到革命文学"本是创造社成员成仿吾一篇文章的名字，该文写于 1923 年 11 月 16 日，后发表于 1928 年 2 月《创造月刊》第 1 卷第 9 期。其基本内容是站在无产阶级革命文学的立场，在回顾新文学发展史的过程中，指出"我们今后的文学运动应该为进一步的前进，前进一步，从文学革命到革命文学"，而革命文学的任务则是"以真挚的热诚描写在战场所闻见的，农工大众的激烈的悲愤、英勇的行为与胜利的欢喜！"[1] 客观地看，"从文学革命到革命文学"是对中国文学近十年发展的一次回顾，其重点在于顺应时代的一种"转变"与必然的"取代"。这样的概括与论说虽有明显的偏颇与缺憾，比如，该文对新文学运动的意义和价值估计不足，对许多对新文学运动做出过重要贡献的文学社团几乎只字未提，但就历史的角度来说，这篇文章确实指出了 20 世纪 20 年代文学发展的主要趋势。而此时，"从文学革命到革命文学"还可以有另一重理解，即五四启蒙主义文学正逐渐为革命文学所取代，新文学的现代性启蒙走向了另一条发展轨道。

"文学革命"中诞生的新文学启蒙浪潮，在历史进入 20 世纪 20 年代后势头开始减弱。1919 年爆发的持续数月的"五四运动"、20 年代初期中国的社会形势，均使民族救亡逐渐成为社会生活的主题。在此过程中，马克思主义的本土传播、俄国十月革命的"曙光"也逐渐使国内的思想界、文化界发生变化。对西方文化、思想的借鉴与输入逐渐从欧美转向苏俄，中国共产党成立后对文艺的一

---

[1] 成仿吾：《从文学革命到革命文学》，《创造月刊》第 1 卷第 9 期，1928 年 2 月。

系列主张，都对当时的文学发展产生了重要影响。从 1921 年西谛发表《血和泪的文学》倡导直面现实的"血和泪的文学"①，到郭沫若发表于 1923 年的《我们的文学新运动》"反抗资本主义"，要"爆发出无产阶级的精神"②，再到早期共产党人邓中夏、恽代英等发表多篇文章③，提出诸如"第一，须多作能表现民族伟大精神的作品……第二，须多作描写社会实际生活的作品……第三，新诗人须从事革命的实际活动"④ 的意见。

而在《革命与文学》一文中，郭沫若更是归纳出——

革命文学 = F（时代精神）

更简单地表示的时候，便是

文学 = F（革命）

的"数学的公式"，并开始清算个人主义、自由主义，且将浪漫主义的文学视为"早已成为反革命的文学"⑤。在文学革命向革命文学转变的过程中，1925 年爆发的"五卅运动"具有界碑的意义。正如瞿秋白在《国民会议与五卅运动——中国革命史上的一九二五年》中指出，"五卅运动的意义，正在于中国工人开始执行他的历史使命，领袖国民革命以解放中国民族和自己。中国的国民革命从五卅开始了！中国无产阶级力量的跃登历史舞台，使国民革命中充

---

① 西谛（郑振铎）：《血和泪的文学》，《文学旬刊》第 6 期，1921 年 6 月 30 日。
② 郭沫若：《我们的文学新运动》，《创造周报》第 1 卷第 3 期，1923 年 5 月。
③ 这些文章主要包括邓中夏：《贡献于新诗人之前》，《中国青年》第 10 期，1923 年 12 月 22 日；邓中夏：《新诗人的棒喝》，《中国青年》第 7 期，1923 年 12 月；恽代英：《文艺与革命（通信）》，《中国青年》第 31 期，1924 年 5 月 17 日；泽民：《文学与革命的文学》，上海《民国日报》副刊《觉悟》1924 年 11 月 6 日；蒋光慈（光赤）：《现代中国社会与革命文学》，《民国日报》副刊《觉悟》1925 年 1 月 1 日，后收入《蒋光慈文集》（4 卷），上海文艺出版社，1988；等等。
④ 邓中夏：《贡献于新诗人之前》，《中国青年》第 10 期，1923 年 12 月 22 日。
⑤ 郭沫若：《革命与文学》，《创造月刊》第 1 卷第 3 期，1925 年 5 月。

实了群众的革命力，帝国主义者和军阀的统治根本动摇"，并在文末将其历史地位定格为其"在中国国民革命史上，在世界的社会革命史上，实在占着和欧洲 1848 年及俄国 1905 年同等的重要地位"。① 革命史意义上的"五卅运动"时期大致可以从 1924 年底"国民会议促成会运动"开始，经历 1925 年初上海的"二月罢工"、5 月的"五卅惨案"，直至 1926 年北伐战争开始、省港大罢工结束，历时近两年，是由中国共产党领导的以工人阶级为主体的一次伟大的、群众性的爱国反帝运动。它大大提高了全国人民的觉悟程度和组织力量，在全国范围内为北伐战争准备了群众基础，并将国民革命推向高潮，从而揭开了 1925—1927 年中国大革命的序幕。在"五卅运动"期间，作家们广泛而深入地参与现实斗争，以笔为刃，奔走呼号；一些才华卓越的共产党青年骨干，也纷纷将精力转移至文学实际工作，为革命文学的理论和实践做出自己的贡献。

由"五卅惨案"引起的创作高潮、道路转变以及由此产生的"五卅运动"对于现代文学史的意义也在当时和后来的研究者那里得到了阐述。比如，在《中国新文学大系·文学论争集（影印本）》导言中，郑振铎就曾指出："把整个中国历史涂上了另一种颜色，文学运动也便转变了另一个方面……新文学运动的'第一个十年'，便终止于这样的一个'革命时代'里。"② 王哲甫在 30 年代所作的我国最早的一部现代文学史《中国新文学运动史》也是以 1925 年"五卅"为界，将 1917—1933 年十七年的新文学创作分为一、二期③。李何林在《近二十年中国文艺思潮论》中，也将"五

---

① 瞿秋白：《国民会议与五卅运动——中国革命史上的一九二五年》，《新青年》第 3 期，1926 年 3 月 25 日。
② 郑振铎：《中国新文学大系·文学论争集（影印本）》，上海文艺出版社，2003，"导言"第 16 页。
③ 王哲甫：《中国新文学运动史》，北平杰成印书局，1933。

卅"作为 20 年代文学的界标，并指出，"我们从'五卅'前一二年的文艺论文和创作里，发现'革命文学'的意识早已渐渐的潜在萌芽和滋长，不过促其长成并表面化的，是五卅运动以后罢了"①。"五卅运动"使"文学革命"时代的启蒙主义文学"中断"，此后，"革命"成为半个多世纪中国文学的关键词，并影响了 20 世纪中国文学的面貌。

二 "革命文学"的现代性与启蒙

如果从更为广阔的视野看待"革命文学"，那么不难发现："革命文学"自 20 世纪 20 年代出场之后，在相当长的时间里，始终占据着 20 世纪中国文学发展的主流。"革命文学"蓬勃发展首先与革命的形势有关，革命的社会形势为"革命文学"的发展提供了适当的时代文化语境；革命的领导者为"革命文学"提供了世界观和方法论的指导。尽管就"革命文学"的发展实际而言，不同时期的"革命文学"有不同的表现形式，但从其立场、方法和目的要求来看，没有发生本质的变化。"革命文学"为 20 世纪中国文学提供了重要的景观，这道景观就其发展过程而言本身就是中国文学现代性追求的重要组成部分和突出特点之一。

"革命文学"的实践表明其十分重视文化"启蒙"和"启蒙"本身的意识形态性。鉴于这一问题涉及范围较广，本文仅结合"革命文学"的立场、方法和对文学的要求来进行扼要的阐释。首先，

---

① 李何林《近二十年中国文艺思潮论》，原著 1940 年在上海生活书店出版，具体书写了 1919 年至 1937 年新文学的历史，本处引文主要参考《李何林全集》（第 3 卷）收录的重排版本，河北教育出版社，2003。其中，著者将 1919 "五四"至 1925 "五卅"的文学作为第一编，将"五卅"至"九一八"的"大革命时代"前后的革命文学问题作为第二编，引文可参见该书第 103 页。

就立场而言，"革命文学"具有鲜明的政治性、革命性、斗争性和批判性。早在1928年1月《文化批判》"祝词"中，作者成仿吾就在有感于救亡之急迫后指出——

> 《文化批判》当在这一方面负起它的历史的任务。它将从事资本主义社会的合理的批判，它将描出近代帝国主义的行乐图，它将解答我们"干什么"的问题，指导我们从那里干起。
>
> 政治，经济，社会，哲学，科学，文艺及其余个个的分野皆将从《文化批判》明了自己的意义，获得自己的方略。《文化批判》将贡献全部的革命的理论，将给与革命的全战线以朗朗的火光。
>
> 这是一种伟大的启蒙。[1]

以成仿吾等为代表的后期创造社成员，因掌握了无产阶级革命文艺理论（尽管这些理论在很多情况下是通过在日本接受、转译而来的）而充满信心。成仿吾强调《文化批判》可以提供"革命的理论"，为社会、文化各个领域的问题提供"方略"，并从意识形态的角度将批判的矛头指向了资本主义和帝国主义，其阶级立场由此可见一斑。与此同时，他将此视为"一种伟大的启蒙"，也是因为不满于国内文学无法适应现实斗争的需要，以及苏联、西欧特别是日本无产阶级文学运动的蓬勃发展。后期创造社成员们由于自认为找到了最先进的革命文艺理论而放弃了和鲁迅的合作，进而批判鲁迅，此外，他们还与太阳社为争夺革命文学的"发明权"也即为"领导权"而展开论战。发生于1928—1929年"革命文学"的论争，最终在中国共产党的指导下结束，革命作家团结起来，不仅扩

---

[1] 成仿吾：《祝词》，《文化批判》创刊号，1928年1月。

大了无产阶级革命文学的影响，传播了马克思主义文艺理论，而且对 30 年代左翼文艺运动的蓬勃开展，产生了深远影响。左翼文艺运动时代，由于文艺工作者通过实际斗争客观上认识到文艺本身所能起到的作用，但就立场而言，批判反动的、落后的文艺思想和文学创作以及由此彰显的政治性、革命性则是其一贯的特点。

其次，就方法而言，"革命文学"由于受到俄苏文艺的影响，对文学创作方法也提出了相应的要求。如果说新文学诞生初期，"为人生"的主张、写实之风盛行在很大程度上决定了现实主义创作占有主要地位，那么，在马克思主义文学观成为革命文学指导思想之后，现实主义也随即呈现出了意识形态的属性。从周扬《关于"社会主义的现实主义与革命浪漫主义"——"唯物辩证法的创作方法"之否定》① 一文的发表，到瞿秋白不久后指出，"马克斯和恩格斯对于文学上的现实主义，是非常之看重的……他们所赞成的是'客观现实主义的文学'。客观的现实主义的文学，同样是有政治的立场的，——不管作家自己是否有意的表现这种立场；因此，如果把'有倾向的'解释成为'有政治立场的'，那么，马克斯和恩格斯不但不反对这种'倾向'，而且非常之鼓励文学上的革命倾向"② ，再到毛泽东在 1938 年为延安鲁迅艺术文学院的题词中，提出"抗日的现实主义，革命的浪漫主义"，直至进入当代以后"两结合"的提出，不断"审美政治化"的现实主义逐渐成为革命文学时代最重要的创作方法。与之相应，浪漫主义同样被冠以"革命"二字并日渐成为现实主义的"伴生物"，而源自西方的现代主义则由于意识形态和社会属性的原因不断受到限制直至成为"潜

---

① 周扬：《关于"社会主义的现实主义与革命浪漫主义"——"唯物辩证法的创作方法"之否定》，《现代》第 4 卷第 1 期，1932 年 11 月。

② 静华（瞿秋白）：《马克斯、恩格斯和文学上的现实主义》，《现代》第 2 卷第 6 期，1933 年 4 月 1 日。

流"，这都说明了革命文学对于文学创作方法本身具有内在的规定性。而从结果来看，这种内在的规定性，不仅在很大程度上决定了新文学的面貌和所谓现代性的追求，而且促使其产生了相应的评价标准及阐释理论。

再次，就对文学的要求而言，"革命文学"出于革命实践的需要，突出强调了文学的功用性。文学应当顺应革命斗争形势，配合革命斗争的需要，在宣传革命思想、鼓舞革命士气的过程中实现对群众的启蒙，这是由革命的目的决定的。"革命文学"在理论主张上并未排斥文学的审美追求以及文学的自主性，但从其实践来看，上述过程却需要符合革命的标准。"革命文学"对文学的实际要求在很大程度上决定其创作必然会呈现出共同性甚至是公式化、概念化的倾向，不仅如此，"革命文学"还在其初始阶段存在片面夸大文学作用的倾向。"革命文学"充分反映了革命时代主题对于同时期文学的决定性影响，其思想、理论独尊其实与强调文学自律的审美现代性具有内在的冲突。然而，"革命文学"又因其符合现代中国文学现代化进程而履行了现代性的实践，"革命文学"高度重视文学的实际作用而实现了自上而下式的思想启蒙，而"革命文学"的文化领导权正是以这种方式得到贯彻与实现。

三 面向启蒙与救亡的双重变奏

《启蒙与救亡的双重变奏》是李泽厚发表于1986年的一篇名文，该文对于现代思想史上的启蒙和救亡进行了辩证的分析，对于人们认识两者的关系有着重要的意义。该文首先从"启蒙与救亡的相互促进"谈起，在这一部分，李泽厚如下论述颇为深入——

以上种种，使得这种以启蒙为目标以批判旧传统为特色的新文化运动，在适当条件下遇上批判旧政权的政治运动时，两者便极易一拍即合，彼此支援，而造成浩大的声势。五四运动正是这样。启蒙性的新文化运动开展不久，就碰上了救亡性的反帝政治运动，二者很快合流在一起了。

……

以专注于文化批判始，仍然复归到政治斗争终。启蒙的主题、科学民主的主题又一次与救亡、爱国的主题相碰撞、纠缠、同步。中国近现代历史总是这样。不同于以前的是，这次既同步又碰撞带来了较长时期的复杂关系。

首先，启蒙没有立刻被救亡所淹没；相反，在一个短暂时期内，启蒙借救亡运动而声势大张，不胫而走。救亡把启蒙带到了各外，由北京、上海而中小城镇。其次，启蒙又反过来给救亡提供了思想、人才和队伍。从北京到各地，那些在爱国反帝运动中打前锋作贡献的，大都正是最初接受了新文化运动启蒙的青年学生。这两个运动的结合，使它们相得益彰，大大突破了原来的影响范围，终于造成了对整个中国知识界和知识分子的大震撼。①

"启蒙和救亡"是中国社会现代化的两个重要任务，启蒙是手段，救亡为目的，中国现代思想、文学等都概莫能外。由于现代中国社会的情况，救亡在更多时候会起到压倒一切的作用，但这并不能说启蒙就没有自身的独立性。无论是启蒙还是救亡，一旦形成潮流、产生影响，都会有自己的传播过程，五四新文化运动是一场启蒙运动、"启蒙没有立刻被救亡所淹没"正在于此。

---

① 李泽厚：《启蒙与救亡的双重变奏》，原载于《走向未来》1986年创刊号。本处引文参见许纪霖编《二十世纪中国思想史论》（上），东方出版中心，2000，第76、78页。

由于启蒙本身就带有自己的目的性，所以启蒙在适当的背景下与救亡合二为一并不让人感到意外，然而，此时，我们又当如何认识启蒙呢？

除启蒙在向社会各界传播与渗透的惯性之外，救亡也能在很大程度上促进启蒙。对于五四新文化运动而言，1919 年的五四爱国运动，使青年们的思想和行为获得了全面的解放。他们得到了五四精神的鼓舞，进而深刻理解了五四的思想文化精神。上述过程对于社会群体文化心理和个体实践活动均有着前所未有的意义，而启蒙在一定时期内还能保持自己的力量，显然为人们改变思想、迎接新一轮的启蒙奠定了基础。

无论从思想文化来看，还是就文学创作而言，启蒙无疑都带着革新、改变的意识指向未来，启蒙潜含着鲜明的进步意识、理想意识，使其总是具有相对的合理性。然而，特定时代的社会形势、国家主题往往使启蒙还没有完成自己的使命，还没有全面实现，就被救亡所压倒。因救亡而形成的社会激进状态显然超越了启蒙所需要的社会文化状态。即使仅就文学而言，从 20 世纪 20 年代中期中国走上"革命的年代"，到 80 年代再度回归思想启蒙时代，启蒙都不是社会的主潮，文学的现代性启蒙同样也无法占据现代文学的主潮。但从研究和"历史后"的眼光来看，我们需要找寻启蒙在这些年代中留下的踪迹；同样地，如果我们将文学现代性及其启蒙意识理解为中国社会赋予的、特有的东西，我们便能理解启蒙与救亡的辩证关系：启蒙为了救亡，救亡需要启蒙。在救亡或曰革命占据主导地位的年代，那些可以启迪民众、唤起民众、鼓舞民众的文学同样具有启蒙的意义，启蒙是一个过程，是一种有效的方式，在救亡或曰革命的年代，启蒙的意义在于自上而下的实践，是救亡或曰革命式的启蒙。

从上述分析可知，80 年代的启蒙文学有重新接续五四启蒙文学传统的倾向，但更具有源自文本本身的自觉意识。80 年代以来的中国文学自觉吸收国外的现代文学思潮，在反思历史的过程中实现了文学的转型，并逐步与世界文学接轨，这不由得使人们对中国文学未来的发展充满期待。

第二编

新文学创作的现代性实践形态

文学创作的实践形态，是新文学现代性的重要载体。通过它，人们不仅可以读出现代的思想，还可以看到现代的表现形式。思想与形式相互依存，共同承担着现代性启蒙的任务，推动着新文学的发展。鉴于一种崭新样式的文学创作在其初始阶段最具典范意义，可以确立新的文学标准，所以本编在论述新文学创作的现代性实践形态时，主要采取从文体形式演变角度介入的方式，且着重强调新文学各文体在最初呈现时的状态及个案典型，并一一展开言说。

第四章

思想启蒙与小说 "新形式" 的创造

　　现代文学的小说创作，在呈现现代性特质时首先集中于思想层面，其次才是形式方面。上述特点在现代小说的初始阶段表现得尤为突出。1918 年 5 月，鲁迅在《新青年》第 4 卷第 5 期发表了日记体小说《狂人日记》。这是现代文学史上第一部白话小说，同时，也是第一部具有现代意义的小说。《狂人日记》以其 "表现的深切和格式的特别"①，为中国现代小说的创作与发展奠定了坚实的基础。谈及现代小说的现代性，离不开《狂人日记》开创的道路，更离不开现代文学的奠基人——鲁迅。

一　现代启蒙思想的 "缩影"

　　《狂人日记》是现代启蒙主义文学的杰作。借狂人之口，鲁迅写道："我翻开历史一查，这历史没有年代，歪歪斜斜的每叶上都写着'仁义道德'几个字。我横竖睡不着，仔细看了半夜，才从字

---

① 鲁迅：《〈中国新文学大系〉小说二集序》，《鲁迅全集》（第六卷），人民文学出版社，1981，第 238 页。

缝里看出字来，满本都写着两个字是'吃人'！"① "历史"因"没有年代"而具有普遍意义，其实反映了鲁迅对几千年来"吃人"的封建礼教进行的猛烈批判。小说中的"狂人"虽表面上是精神病患者，"语颇错杂无伦次，又多荒唐之言"，但实际上是一个叛逆者、一个觉醒者。"他"因叛逆、觉醒而敏锐地察觉到外界的危险，同时又能深刻地自省、解剖自己。"他"因孤军奋战而倍感精神上的孤独，但从未放弃抗争。"他"在结尾高呼"救救孩子……"，是将理想寄托于未来，进而确立了自己启蒙者的形象。《狂人日记》是鲁迅反思中国文化的结果②，在此过程中，鲁迅又明显受到了俄国果戈理和德国尼采思想的影响。"《狂人日记》意在暴露家族制度和礼教的弊害，却比果戈理的忧愤深广，也不如尼采的超人的渺茫。"③ 尽管传统封建文化是吃人的、腐朽没落的，但在现实生活中这种文化又被广大人民群众接受的背景下，鲁迅的《狂人日记》实现了"双向超越"："用新文化对旧文化的思想超越，用旧文化对新文化的现实性超越。"对比狂人，鲁迅是"终其一生站在现实的地面上为理想奋斗、身处传统封建文化之中寻求新的文化出路的文化战士。他是一个内在的狂人和外在的凡人的复合体，是一个'历史的中间物'，但这种'历史的中间物'意识恰恰是对现实和理想的双重超越"。④

作为现代文学的奠基者，鲁迅启蒙主义思想的形成可谓由来已久。鲁迅于1902年东渡日本留学，此次"东行"，对鲁迅一生都产生了重要影响。留日期间广泛接触日本与西方文化，一方面使鲁迅

① 鲁迅：《鲁迅全集》（第一卷），人民文学出版社，1981，第425页。
② 可参见鲁迅《致许寿裳》，《鲁迅全集》（第十一卷），人民文学出版社，1981，第353页。
③ 鲁迅：《〈中国新文学大系〉小说二集序》，《鲁迅全集》（第六卷），人民文学出版社，1981，第239页。
④ 王富仁：《〈狂人日记〉细读》，《王富仁自选集》，广西师范大学出版社，1999，第168页。

真切感受到民族危机的根本是民族文化的危机，另一方面，则是促使鲁迅做出了弃医从文、从事文学启蒙的人生选择。鲁迅后来在回忆中写到的"我便觉得医学并非一件紧要事，凡是愚弱的国民，即使体格如何健全，如何茁壮，也只能做毫无意义的示众的材料和看客，病死多少是不必以为不幸的。所以我们的第一要著，是在改变他们的精神，而善于改变精神的是，我那时以为当然要推文艺，于是想提倡文艺运动了"①，便生动地反映了这一"选择过程"。"提倡文艺运动"的鲁迅很早就于《文化偏至论》《摩罗诗力说》等文章中表现了自己的启蒙主义观念。《文化偏至论》在对比中西方文化历史与现实的前提下，反复强调"任个人而排众数""重个人""张大个人之人格，又人生之第一义也"②，显然是鲁迅重视个人自由意志、高扬个体精神力量之理念的外化。在此基础上，鲁迅提出了"是故将生存两间，角逐列国是务，其首在立人，人立而后凡事举；若其道术，乃必尊个性而张精神"③的"立人"思想。"立人"思想以"尊个性而张精神"为实现途径，以"立国"为目的，深刻反映了鲁迅思想的进步性与现代性。鲁迅深受尼采哲学思想的影响，却能针对中国现实提出"立人"的主张。他肯定尼采"超人"的思想，但从不盲目跟从，而是尽力克服其非现实性的局限。从这个意义上说，鲁迅确然可以称得上是近现代社会转型阶段一位深刻、卓越的思想家。如果一个人的文章可以反映其思想变化，那么，将鲁迅的文章按照年代顺序加以排列后，我们会发现：鲁迅首先是一位重要的思想家，而后才是一位文学家。深刻的思想使鲁迅的文学创作从一开始就展现出高度成熟的特点。

"立人"主张、启蒙意识必然使鲁迅的思想在展开时具有强烈

---

① 鲁迅：《〈呐喊〉自序》，《鲁迅全集》（第一卷），人民文学出版社，1981，第417页。
② 鲁迅：《文化偏至论》，《鲁迅全集》（第一卷），人民文学出版社，1981，第46—54页。
③ 鲁迅：《文化偏至论》，《鲁迅全集》（第一卷），人民文学出版社，1981，第57页。

的反抗性与批判性，这种思想观念就方向而言，与西方现代性一贯要求的渴望社会进步、坚持人的自由解放在总体上保持一致。但由于中西方文化背景的不同，深受中国传统文化影响且熟悉传统文化的鲁迅，在展示其现代个体观念时，首先采取了反抗、批判的态度直指封建传统文化，而后才是人的自由解放、社会的革新与进步。不摆脱传统礼教专制、封建群体主义的束缚，现代的思想观念就很难得以正常的发展。怀着这样的思想认知，鲁迅自然而然将其文学创作和唤醒民众、国民性批判有机地结合在一起。鲁迅是近现代杰出的启蒙者，终其一生都在坚守启蒙主义的立场。尽管他的思想在五四之后因社会形势、生存境遇的变化而发生改变，但直至生命的最后一刻，他都坚信启蒙的使命尚未完成。启蒙的韧性和深刻性，是鲁迅留给 20 世纪中国文化界和文学界一笔重要的遗产、一个世纪性的命题，至今仍闪耀着理性的光芒。

二 现代小说的形态及其表现力

关于鲁迅的小说，严家炎曾认为："鲁迅是一位一登上文坛就成熟的小说作家；他的作品大大缩短了我国建立现代小说的过程。""中国现代小说在鲁迅手中开始，又在鲁迅手中成熟，这在历史上是一种并不多见的现象。"① 鲁迅的《呐喊》与《彷徨》是中国现代小说的奠基之作，也是成熟之作，关于其艺术价值在以往的研究中多有论述，此处，仅围绕新文学现代性启蒙的角度谈谈其启示意义。

首先，就文体自身而言，鲁迅的启示意义在于其小说具有鲜明

---

① 严家炎：《〈呐喊〉、〈彷徨〉的历史地位》，《文学评论》1981 年第 5 期。

的独创性。鲁迅的小说从不自我重复，篇篇形态各异。这种现象的出现，既源于鲁迅对于生活的独特发现，同时也源于鲁迅本人高超的驾驭能力。从文体形式上说，在《呐喊》与《彷徨》中，既有《狂人日记》式的日记体小说、《伤逝》式的手记体，也有《阿 Q 正传》的正传体、《故乡》式的自传体、《社戏》式的回忆体小说；从叙事角度上说，既有第一人称的叙述，又有第三人称的客观描述；从叙事结构上看，有的采取生活横断面，有的近乎速写，有的多用对话，有的则探索主体的介入……鲁迅小说的独创性，使其成为"创造'新形式'的先锋；《呐喊》里的十多篇小说几乎一篇有一篇新形式，而这些新形式又莫不给青年作者以极大的影响，必然有多数人跟上去试验"。①

其次，就主题而言，鲁迅的小说几乎触及当时全部的社会现实。农民与农村题材、妇女题材、爱情题材、知识分子题材、革命者题材以及由此可以引申的婚恋、家庭、科举、封建礼教等，在鲁迅笔下都得到不同程度的书写，其小说主题的深广度由此可见一斑。当然，就"启蒙主义"的立场来说，鲁迅小说主题突出体现在"多采自病态社会的不幸的人们中，意思是在揭出病苦，引起疗救的注意"。② 而在这方面，"国民性批判"堪称鲁迅小说中最具启蒙色彩的主题。为了唤醒民众，为了能够实现"立人"的理想，重建国民的精神思想，鲁迅通过《孔乙己》《药》《阿 Q 正传》《风波》《祝福》等作品，深刻批判"吃人""看客""奴性""麻木""精神胜利法"等国民劣根性。鲁迅对国民性的批判性探讨，集中体现了他作为启蒙思想家的立场，其具体实践无论在当时还是在当下，都具有强烈的现实意义和生命力。

---

① 雁冰（茅盾）：《读〈呐喊〉》，《文学周报》第 91 期，1923 年 10 月。
② 鲁迅：《我怎么做起小说来》，《鲁迅全集》（第四卷），人民文学出版社，1981，第512 页。

再次，多种创作技法的应用。鲁迅小说融入多样化的写作技法。如在塑造人物方面，他就有"画眼睛"和"写灵魂"的方法——在《我怎么做起小说来》中，鲁迅曾认同"总之是，要极省俭的画出一个人的特点，最好是画他的眼睛"。① 在《〈穷人〉小引》中，鲁迅特别称赞陀思妥耶夫斯基的"显示着灵魂的深"、读来"令人发生精神的变化"的写作特点，进而赞许"将这灵魂显示于人的，是'在高的意义上的写实主义者'"。② 当然，鲁迅小说多样化的技法在新文学初始阶段，其意义更多体现在创作方法的多样性上。五四时代的文学在具体创作时一度提倡写实主义。鲁迅《呐喊》《彷徨》中许多小说就采取了严肃且冷峻的现实主义手法。但鲁迅的创作方法不是单一的，他的《摩罗诗力说》是一篇推崇以拜伦为代表的欧洲积极浪漫主义诗歌流派的论文。他的《伤逝》以及《故事新编》中的《铸剑》《奔月》《补天》等就是具有浪漫主义色彩的作品。除现实主义、浪漫主义之外，一向主张"博采众家，取其所长"的鲁迅还在自己的创作中运用了某些现代派的手法。如阅读《狂人日记》，就很容易让人联想到象征主义。值得一提的是，不同时代的读者阅读鲁迅的作品，关于其中的现代主义手法的理解也会有很大的差异性。当代作家莫言在谈论《铸剑》时就曾认为"《铸剑》里面包含了现代小说的所有因素，黑色幽默、意识流、魔幻现实主义等等都有……这篇小说太丰富了，它所包含的东西，超过了那个时代的所有小说，我认为也超过了鲁迅自己的其他小说"。③ 多种创作方法的汲取与应用，反映了鲁迅小说的开放性与非凡的转化力。鲁迅在新文学的初始阶段，就为中国现代小说带

---

① 鲁迅：《我怎么做起小说来》，《鲁迅全集》（第四卷），人民文学出版社，1981，第513页。
② 鲁迅：《〈穷人〉小引》，《鲁迅全集》（第七卷），人民文学出版社，1981，第104页。
③ 莫言：《说不尽的鲁迅——2006年12月与孙郁对话》，《莫言对话新录》，文化艺术出版社，2012，第193页。

来了多元化的创作技法、实践了种种可能，这自然是鲁迅对中国文学现代化做出的又一重大贡献。

最后，是《故事新编》的实验意义。《故事新编》收录鲁迅1922年至1935年所作小说八篇，1936年1月由上海文化生活出版社出版，可视为鲁迅晚年小说创作的结晶。在 "序言" 中，鲁迅曾提到 "只取一点因由，随意点染，铺成一篇" 的创作原则，同时也提到 "其中也还是速写居多，不足称为'文学概论'之所谓小说""不免时有油滑之处"① 的自我评价。上述说法综合看来，可以读出 "即使在生命的最后阶段，鲁迅仍然坚持自己艺术上的非正统性，仍然保持着强大的艺术创造力与活跃的想象力：他要对在《呐喊》、《彷徨》为他自己与中国现代小说所建立的规范，进行新的冲击，寻找新的突破"。② 毫无疑问，《故事新编》是一部实验性、探索性的作品。"《故事新编》这一文本充满着反经典、反规范的特征，但又为现代小说提供了一个不可逾越的'经典文本'。""《故事新编》的创作打破中国史传文学传统的'经史、虚实'规范的束缚，完成了对现代作家禁锢已久的历史想象方式的伟大解放，它的深刻的创新力是20世纪中国小说史上的一个典范。"③ 事实上，《故事新编》不仅打破了中国史传文学传统，而且革新并超越了中国小说的史传传统和神话传统。《故事新编》完全可以与当代的 "新历史小说" 进行跨越年代的 "对话"，从这一点上说鲁迅通过《故事新编》开创了现代小说中的历史叙事新典范毫不过分。无论相对于中国小说的传统，还是相对于鲁迅本人，《故事新编》

---

① 鲁迅：《〈故事新编〉序言》，《鲁迅全集》（第二卷），人民文学出版社，1981，第342页。

② 钱理群、温儒敏、吴福辉：《中国现代文学三十年》（修订本），北京大学出版社，1998，第386页。

③ 郑家建：《被照亮的世界——〈故事新编〉诗学研究》，福建教育出版社，2001，第327、264页。

的实验、超越意义都值得后人反复研究与深入挖掘。

总之，鲁迅在现代小说的形态及其表现力方面的实践，对于中国现代小说的发展起到了巨大的推动作用。虽然鲁迅对于小说的看法不过是利用它进行启蒙——"在中国，小说不算文学，做小说的也决不能称为文学家，所以并没有人想在这一条道路上出世。我也并没有要将小说抬进'文苑'里的意思，不过想利用他的力量，来改良社会"①，但无论从思想启蒙来说，还是就小说艺术而言，鲁迅都达到了前所未有的高度。鲁迅以其深刻的思想、高超的技法，开创了现代小说的传统，并不断丰富这一传统。鲁迅开创的现代小说传统还包括开现代乡土小说之风，他的《故乡》等为后来的乡土作家建立了规范，他对于"乡土小说"内涵的界定成为认识这一创作流脉的重要起点。限于篇幅，此处不再一一展开。

三　小说的现代性及其复杂性

历史地看，鲁迅小说的现代性既是借鉴外来文化的结果，同时也包含着对传统文化的批判继承。在鲁迅小说现代性的呈现过程中，现代意识、传统文化始终以复杂的状态交织在一起，而这种状态恰恰也在一定程度上反映了中国现代小说现代性发展过程中的问题所在。

部分学者在研究鲁迅小说的过程中，已注意到"复调小说"的现象："鲁迅小说里常常回响着两种或两种以上不同的声音。而且这两种不同的声音，并非来自两个不同的对立着的人物（如果是这样，那就不稀奇了，因为小说人物总有各自不同的性格和行动的逻

---

① 鲁迅：《我怎么做起小说来》，《鲁迅全集》（第四卷），人民文学出版社，1981，第511页。

辑），竟是包含在作品的基调或总体倾向之中的。"① 我们可以从很多角度探索鲁迅小说的"复调"，但显然，形成这一创作趋向的背后的思想观念是最重要的一个方面。在《呐喊》"自序"中，鲁迅曾写道——

> 在我自己，本以为现在是已经并非一个切迫而不能已于言的人了，但或者也还未能忘怀于当日自己的寂寞的悲哀罢，所以有时候仍不免呐喊几声，聊以慰藉那在寂寞里奔驰的猛士，使他不惮于前去。至于我的喊声是勇猛或是悲哀，是可憎或是可笑，那倒是不暇顾及的；但既然是呐喊，则当然须听将令的了，所以我往往不恤用了曲笔，在《药》的瑜儿的坟上平空添上一个花环，在《明天》里也不叙单四嫂子竟没有做到看见儿子的梦，因为那时的主将是不主张消极的。至于自己，却也并不愿将自以为苦的寂寞，再来传染给也如我那年青时候似的正做着好梦的青年。②

鲁迅后来曾在《鲁迅自选集》"自序"一文中重复了上述观点。应当说，经历晚清历次社会变革的鲁迅对现实是失望的、怀疑的，同时也是寂寞的、痛苦的。但对于那间"铁屋子"，鲁迅终究选择的是"呐喊"，选择写文章来唤起可能存在的"希望"。鲁迅曾不无真诚地自言"这样说来，我的小说和艺术的距离之远，也就可想而知了"③，其实已从侧面反映出他对自己小说思想与价值的一种认识。也许，游移于"失望"和"希望"之间的鲁迅有很多的

① 严家炎：《复调小说：鲁迅的突出贡献》，《中国现代文学研究丛刊》2001 年第 3 期。
② 鲁迅：《〈呐喊〉自序》，《鲁迅全集》（第一卷），人民文学出版社，1981，第 419—420 页。
③ 鲁迅：《〈呐喊〉自序》，《鲁迅全集》（第一卷），人民文学出版社，1981，第 420 页。

无奈和困惑，但他仍以抗争、呐喊克服自己内心的焦虑。鲁迅的内心世界由此显得矛盾重重。当然，如果结合鲁迅的生活历程来看，从旧时代跨入新时代的经历也会影响到其面向现实的复杂性。"有着众多的各自独立而不相融合的声音和意识，由具有充分价值的不同声音组成真正的复调。"① 鲁迅的内心世界决定了他的小说思想，决定了其小说在同一个人身上会有不同的声音。鲁迅在描述"狂人"、孔乙己时，都或多或少地写出了他们观念与性格的复杂性，比如"狂人"在揭露、批判"吃人"的同时，也曾反思自己在无意之中承担了"吃人者"的角色，比如孔乙己好吃懒做、迂腐、窃书但又心地善良、好为人师，时刻渴望保持读书人的尊严。不仅如此，鲁迅还在他们身上融入了自己的情感、态度。鲁迅在秉持新文化立场，渴望从理性的角度表达自己的某些思想时，总是会不自觉地表现出小说主导意识之外的某些不同的声音和价值，这使鲁迅的小说在特定的历史时期显现出现代性与非现代性游移的特点，而鲁迅小说现代性的复杂性也正在于此。

郑家建在研究鲁迅《故事新编》时，曾提出"从艺术形式（其中包括形式渊源、表现手法、艺术构思、艺术风格等层面）这一角度切入，可能将是把握 20 世纪中国小说类型与文学传统的历史联系的有效途径。更具体地说，这一研究思路围绕着三方面展开：（一）20 世纪中国小说类型在受到传统影响的同时，又是如何对这些传统进行创新。（二）这些经过转化和创新的传统又是如何内在地制约了 20 世纪中国小说类型的诗学追求。（三）'现代性'的小说诗学又是如何反过来影响、制约或深化了现代小说对文学传统的再发展、再阐释、再创造"。② 郑家建的思路既适合我们从传统

---

① 《巴赫金全集》（第五卷），河北教育出版社，2009，第 4 页。
② 郑家建：《被照亮的世界——〈故事新编〉诗学研究》，福建教育出版社，2001，第 336 页。

转化与现代性关系的角度考察鲁迅的小说，同时也适合我们从现代性多元发展的角度考察中国现代小说本身。中国现代小说现代性的症结问题之一就是如何改变古老的文化传统、改变固有的思维模式，这一前提使小说在走向现代的过程中始终同时面对着借鉴、汲取、转化和创新的问题。小说家渴望超越旧时代、进入现代，但无论是对于现实本身的忧虑，还是对于传统文化价值某些自觉、不自觉的认同，都决定了现代小说现代性的复杂性，上述过程从文学思想启蒙的角度来说也同样可以得到印证。事实上，鲁迅在《狂人日记》中将过去、未来的时间现时化，在《故事新编》中重估历史和文化本身的价值，本身就是要以繁复的方式表达自己的艺术思想。如果在上述过程中，我们可以将受外来文化资源影响，时空观念的转化，悲剧和喜剧、写实和象征等相互对应之手法的多重缝合考虑在内，那么，鲁迅小说的现代性在拥有复杂性的美学特质之余，必然还会有丰富性的一面。鲁迅小说常常造成某种解读上的困难，也难于使用"一元论"的思路去剖示其丰富的内涵，正与此有关。

第五章

新诗传统与新诗的现代性追求

谈及中国新诗的诞生，一般总会涉及以下两种讲述方式：其一是古典诗歌体制的僵化；其二是外来文化思想的刺激。两者的进一步结合则形成了晚清时期语言变革、诗歌观念的变化。然而，对于上述两种方式哪一种的作用更大，以往的研究很少涉及。历史地看，古典诗歌体制僵化这一属于文学内部的缓慢量变过程，正是在遭遇外来文化思想刺激的前提下，才最终完成自身的质变的，这一符合现代化逻辑的过程生动再现了遭遇"现代性"后新诗产生的意义和作用。因而，外来文化思想的刺激及其有效转化在中国新诗诞生的过程中起到更为重要的作用，自然就成为不争的事实。当然，随之而来的问题则是中国新诗的现代性会因其被动性、借鉴性而影响到新诗艺术的各个方面，并使新诗自其诞生之日起便具有鲜明的政治文化意识。

一 新诗"现代性"的构成

作为"现代性"的一种形态及其内在属性，中国新诗的"现代性"曾在其发展脉络中，以鲜明的求新、求变意识呈现出与"传统"的"疏离"与"对立"。但与西方美学和文学意义上的现代性具有浓重的个性色彩，以及不断通过现代艺术家的自身创作而达到反传统相异的是：中国新诗的"现代性"更偏重一种"当代的唯新意识"①，而在本土固有的传统文化和不断介入乃至征服的"异质文化"之间存有巨大张力并不断相互作用的现实条件下，包括语言、形式在内的文学不但要在改写、挪用甚至拼接的"转化"中，以间接肯定或曰预设对象的方式进行反传统的行为，同时还常常会在与本土的社会现代化进程紧密结合的过程中，呈现出一种鲜明的"使命感"和"群体意识"。当然，这种融合中的"求新""革命"乃至潜在的"中心化情结"对新诗历史的影响也是巨大的：从更为广阔的社会文化视角来看，由于存有更高级别的目标，所以新诗自身艺术上的现代性往往在承载诸如政治文化心理等诉求中被自觉或不自觉地"忽视"，而民族国家的现实问题、传统文化的潜在力量，恰恰是新诗现代化发展过程中身份复杂、道路曲折并不断产生论争的重要原因。

　　文学革命时代新诗的诞生自然会再次涉及语言和形式的问题，但由于这一时期的新诗是作为一种新的文学样式出现的，因而所谓隐含于其中的现代性意识首先就在于一种继承中的对比。如果仅从胡适《答梅觐庄——白话诗》引起的争论②来看待白话新诗的诞

① 关于"当代的唯新意识"以及"群体意识"主要是指区别于西方美学和文学现代性的一种说法。李欧梵在联系中西方对于现代性理解差异的基础上，曾认为："与此相反，中国人对现代性的理解，表现出某种明显的不同。自从清末以来，日益增长的那种'偏重当代'的观念（反对古代儒家那种偏重往古的基本态度）无论是在字面上，还是在象征意义上，都充满了一种'新的'内容：从1898年的'维新'运动到梁启超的'新民'观念，再到五四时期新青年、新文化、新文学的一系列宣言，'新'这个词几乎伴随着旨在使中国摆脱以往的镣铐、成为一个'现代'的自由民族而发动的每一场社会和知识运动。因此，在中国，'现代性'不仅含有一种对于当代的偏爱之情，而且还有一种向西方寻求'新'、寻求'新奇'这样的前瞻性。"见李欧梵《现代性的追求》，生活·读书·新知三联书店，2000，第235—236页。

② 胡适：《答梅觐庄——白话诗》，曾收入《胡适留学日记》，1917年6月发表于《留美学生季报》时曾署名《新大陆之笔墨官司》，梅觐庄即梅光迪。本部分主要参考1916年7月22日的《胡适日记》，此外，关于这场争论以及通信内容，《胡适日记》也有明确的记录，具体见曹伯言整理《胡适日记全编2（1915—1917）》，安徽教育出版社，2001。

生，那么新诗的历史或许多少存在几分"偶然"。不过，正如胡适晚年总结的那样："新文学是从新诗开始的。最初，新文学的问题算是新诗的问题，也就是诗的文字的问题，哪一种文字配写诗？哪一种文字不配写诗？"① 作为五四文学革命的发难者同时又始终以进化论观点看待文学的胡适，无疑是在历史认知的过程中，体味到了一种语言上的自觉。比如，在解释原本由于"游戏诗"而于《戏和叔永再赠诗》中初步提出的"方案"即"诗国革命何自始？要须作诗如作文"② 时，胡适就曾有"略谓今日文学大病，在于徒有形式而无精神，徒有文而无质，徒有铿锵之韵貌似之辞而已。今欲救此文胜之弊，宜从三事入手：第一，须言之有物；第二，须讲文法；第三，当用'文之文字'时不可避之"③ 的论述；1916 年由《答梅觐庄——白话诗》引起的争论最终将焦点落在"白话是否可以作诗"上，对此，胡适在回顾这段历史时曾坦言："白话文学的作战，十仗之中，已胜了七八仗。现在只剩一座诗的壁垒，还须用全力去抢夺。待到白话征服这个诗国时，白话文学的胜利就可说是十足的了，所以我当时打定主意，要作先锋去打这座未投降的壁垒：就是要用全力去试做白话诗。"④

在胡适"适时""有步骤"的身体力行下，白话新诗终于诞生了。随着《新青年》等不断刊登白话新诗和《尝试集》的出版，白话新诗作为一种文体最终得到了确立，进而在打破古典诗歌形式的过程中，显现出一种"反传统"的倾向。上述倾向就现代性的角

---

① 见胡适《新文学·新诗·新文字》，原为 1956 年 6 月在纽约的一次讲话，后收入《胡适学术文集·新文学运动》，中华书局，1993，第 280 页。

② 见曹伯言整理《胡适日记全编 2（1915—1917）》，安徽教育出版社，2001，第 287 页。原文作于 1915 年 9 月 21 日，诗前有"小序"："昨夜车中戏和叔永再赠诗，却寄绮城诸友。"

③ 见胡适《梅觐庄论文学改良》，作于 1916 年 2 月 3 日，曹伯言整理《胡适日记全编 2（1915—1917）》，安徽教育出版社，2001，第 336—337 页。

④ 胡适：《逼上梁山——文学革命的开始》，赵家璧主编《中国新文学大系·建设理论集》（影印本），上海文艺出版社，2003，第 19 页。

度而言，其"合法性"就在于其在历史化进程中"反叛传统标准"并最终"区别传统标准"：潜在于新形式诞生中的进化论观点，新诗与旧诗在语言和形式之间的张力以及影响，都反映了在经过几番洗礼的新时代语境下，思想与形式融合所隐含的时代精神需求。同样地，出现在这一时期的"新旧诗论争"、关于"《尝试集》的论争"等，也都表明破除文言形式后的新诗诞生，不但是以"文学史转折"的方式宣告了诗歌新纪元的开始，而且新诗的诞生关键还在于它作为裹挟于文学革命运动中的一部分所具有的思想文化意义。而这一点，又使五四新诗在与当时社会文化的对话中，显示出较为独特的面貌。

从新诗诞生期的"现代"意识看待其"现代性"的构成：语言的白话、形式的自由、手法的写实、主题内容的不断更新以及潜在的思想文化（如"人的文学""思想革命"等）俨然成为构成新诗"现代性"的重要内容。但正如现代性本身常常呈现的变动不居的状态一样，新诗的现代性也是一个不断变化的过程——20世纪20年代的新诗由于时代主题和诗歌审美艺术追求等因素，不但日趋呈现出与社会发展的一致性倾向，而且在诗歌艺术自身超越的机制下日趋呈现出多元发展的态势并最终和前者纳入同一轨道之中，而新诗现代性的构成及其追求、变化之路，恰恰构成了新诗自身的历史。

二 "现代性"与新诗的传统

"现代性"与新诗的传统就新诗理论批评的历史和现状而言，主要包括新诗与古典诗歌传统，以及新诗自身的传统问题这两个方面。为了能够更为清楚、深入地探究此问题，我们有必要首先列举

"九叶诗人"之一、学者郑敏先生在 20 世纪 90 年代之后的多篇文章的观点。1993 年第 3 期《文学评论》曾以头版头条的形式刊发了郑敏长达三万余字的论文《世纪末的回顾：汉语语言变革与中国新诗创作》，在这篇具有全面"清算"新诗历史的文章里，郑敏先生以拥有几千年历史的古典汉语和古典诗歌传统为背景，联系百年新诗的发展，从结构主义和解构主义的理论出发，认为百年汉语即白话文的发展存在着"语言的一次断裂与两次转变"，并对其中的第一次语言变革即五四时期由胡适、陈独秀所倡导的"白话文运动"以及新诗运动从盲目割裂传统、否定继承、产生巨大的负面影响等方面进行了重点的阐述，进而挑起了"关于新诗有无传统"的长时期的诗歌论争。至 2001 年，《粤海风》第 1 期发表了《新诗究竟有没有传统？——对话者：郑敏、吴思敬》，在这次对话中，郑敏再次强调新诗无传统，从而延续了当年的观点，并使"新诗有无传统"的论争一时成为热点。在回应"新诗有无传统"的文章中，臧棣的《现代性与新诗的评价》是一篇较为出色的文章。在这篇发表于《文艺争鸣》1998 年第 3 期的文章中虽没有直接提到郑敏的文章，但其"应当说，或多或少，新诗的评价问题始终牵动着我对新诗现代性的研究。而用新诗的现代性的框架以解决新诗的评价问题，也许是我们迄今所能发现的最可靠的途径。在我看来，新诗对现代性的追求——这一宏大的现象本身已自足地构成一种新的诗歌传统的历史。而这种追求也典型地反映出现代性的一个特点：它的评判标准是其自身的历史提供的"，无疑是回答"新诗有无传统"的有力措辞。立足"新诗的诞生及其所形成的历史，是以追求现代性为本源的"前提，臧棣主张"对新诗的评价及其所运用的尺度和标准，应从新诗对现代性的追求以及这种追求所形成的历史中来挖掘。对现代性的追求，既是这种评价的出发点，也是它赖以进行的内在依据"。而对于传统问题，臧棣则认为："现代性所设定的传统与现代的对立，只是一条界线。并且，历史地看，这条界线总在发生变动，从未稳定过。因此，我觉得不能从一部分诗人在传统问题上的选择和实践，来评价新诗的现代性问题，特别是新诗的发展模式。原因也许很简单，作为一种诗歌传统，新诗的现代性尚未完成……采用新的语言，借用新的诗体，实验新的技巧，在根本上，很可能并不构成对传统的反叛，而只是对传统的压抑机制所采取的一种拒斥或反抗的姿态。如果仅仅谓之于'新'，就能构成反对传统、甚至是摧毁传统的话，那么这样的'传统'也太没有内在的生机了。事实上，这样虚弱的'传统'根本就不存在。在新诗史上，'五·四'时期经常被描述成反叛传统的时期，也许，这是由于新诗的实践是新文化运动的一个组成部分造成的。"[①]

客观看来，臧棣以现代性的视野对新诗进行评价符合新诗历史提供的经验，而且在以这样的标准评价新诗时，臧棣还谈及传统的辩证认知，新诗诞生、发展过程中的文化倾向，新诗的现代性尚未完成等一系列给人以启示的话题。然而，新诗在现代性追求过程中在自身艺术性上存有多少合理性或曰几分成就及其引发的相关质疑，臧棣却由于文章的角度以及篇幅的限定而没有（或者说无法）在这篇文章中给予回答。显然，这种同样属于新诗现代性视野之内的问题同样是需要以现代性的角度加以辨识、反思的，否则，对新诗的评价就很难解释郑敏先生这样以一个仍在写诗的著名诗人的身份不断质疑新诗的现象。而有关这一点，本部分还会在最后进一步加以论述。

从上述引证回到新诗与古典诗歌传统和新诗自身传统的问题上来，我们首要解决的问题就是"传统"的问题。应当说，新诗被赋予现代性的框架使传统的问题凸显出来，但作为一个中性词，"传

---

① 臧棣：《现代性与新诗的评价》，《文艺争鸣》1998 年第 3 期。

统"自生成或者说被人们认识之日起，就一直如悬浮的空气一样在写作者的意识中弥漫，它可以不断被丰富、填充，也可以"一时代有一时代之传统"，但其自身不是一个僵化不变的东西。鉴于传统的如上特质，我们有必要破除传统发生绝对"断裂"或传统就是历史的主观印象。传统是由其领属者的历史实践提供的，已经为认识其资源、经验提供了历史依据。从唐诗相对于汉赋的变化以及后来宋词的出现及其在今天未受质疑、同样作为艺术高峰认识的事实，便不难理解新诗可以作为中国诗歌传统一部分的论断。而在新诗俨然成为诗歌历史主宰的语境下，诸多著名诗人同时是写古体诗的能手以及古体诗的创作今天仍在延续，则更能说明传统的延续性。由此可见，任何一种对于"传统丧失"以及"新诗的无传统"的判断都不是正确认识新诗传统问题的关键或曰根本的解决办法。传统需要历史化，也需要当代化、具体化，这才是认识传统的起点与归宿。与对传统的历史辨识相一致的，是新诗现代性追求过程中形成的自身传统问题。显然，中国诗歌传统在遭遇现代性这一"偶然事件"之后，变得和现代性本身一样不稳定起来，不但如此，新诗在现代性追求过程中实践的短暂、期待历史化又加重了这种主观上不稳定的感受。然而，这恰恰就是新诗的传统，恰恰是我们必须面对的现代性。我们在新诗的传统、历史和其现代性追求的同构过程中思考传统与现代性问题，其主客观限制、当事人的身份始终是思考上述问题时难以逾越的障碍。

三 从"现代性"到"审美现代性"

结合西方历史可知，"审美现代性"是侧重于文学思潮自身的一副面孔，它在整体上可以指自波德莱尔以来西方现代派、后现代派潮流的内在趋势与动力，并可以与"先锋派"（结合历史可知，19 世纪末期以来的各种现代派都可以称为先锋派）具有整体的含义。对比西方文学的"审美现代性"，中国新诗的历史显然也具有同样的过程。不过，由于新诗的发展趋势在总体上与社会现代化过程一致，所以新诗的"审美现代性"作为非主流、边缘化的部分，常常处于遮蔽的状态。这种极具文学审美意识、先锋意识但又由于历史原因而发展不够充分的"现代性"，在中国新诗的发展过程中集中体现在现代派以及具有个性艺术追求的创作之中。

现代派理论自新文学运动伊始便随翻译来到中国，但其自觉呈现于新诗创作却是在 20 世纪 20 年代。当时，李金发与后期创造社代表诗人如穆木天、王独清、冯乃超的创作都明显呈现了现代派特有的审美倾向。至 30 年代，戴望舒、何其芳、卞之琳、梁宗岱以及一批围绕于《现代》杂志的诗人在其创作上都具有现代主义倾向，这种倾向在 40 年代国统区诗歌创作中得以延伸、深化，继而产生了以"中国新诗派"（即后来的"九叶诗派"）为代表的西南联大诗人群。现代诗歌史范围内的现代派诗歌由于其表现文明的危机、人的异化的主题，主观性、抽象性、象征、玄思的艺术形式，现代、先锋、创造式的思维方式以及自由、超前的审美理想，而具有审美现代性的倾向。但由于更高级别社会目标的存在以及客观环境的制约，现代派诗歌发展不够充分，常常面临现实主义、浪漫主义的制约和兼容，最终使现代派诗歌成为边缘、非主流的位置。这一态势在新中国成立之后的诗坛曾长期延续，并带上各式标签。然而，作为一种"现代性"倾向，诗人们对于审美的追求从未放弃。至 80 年代，"朦胧诗""后朦胧诗""90 年代诗歌的个人化写作"最终以不可遏止的态势成为诗坛的热点，而与此相应的则是后现代性、先锋诗歌也逐渐成为评价新诗审美追求的称谓，并日趋呈现出疏离主流意识形态和审美自律化的倾向。

从新诗发展的历史来看，让审美艺术返回诗歌自身已成为一种历史趋势。在此前提下，新诗的审美现代性也逐渐脱离了往日完全依附于现代性的趋势，进而呈现出较为辩证、合理的态势。历史地看，新诗的审美现代性会按照自己的轨道不断延伸下去——只要新诗的审美追求不停，新诗的审美现代性就会呈现出日新月异的姿态，而此时，新诗审美现代性固有的前卫意识、叛逆性、探索求新的精神也决定了它与"先锋派"在精神上的"契合"："审美现代性"会和"先锋"一样因反叛社会对个体的压制而具有鲜明的自我意识和个人风格，但其本身也是对立统一的；新诗的"先锋"以"审美现代性"为内在的艺术冲动，在反思"启蒙现代性"的同时也反思自身，并不断衍化出新的面孔，而其在探寻、异化中呈现出的征候，恰恰与这种现代性的精神契合。

在明确新诗审美现代性精神指向的同时，我们还有必要涉及现代性、后现代性与审美现代性之间的关系。由于现代性理论在当代中国是按照"后现代性—现代性—审美现代性"的趋势被理论界言说，这种话语资源多源自西方，但言说顺序又与西方的"现代性—审美现代性—后现代性"形成一种具有"错位"关系的态势，决定了在本土语境下探讨任何一种现代性、后现代性、审美现代性都具有自身的独特性。以后现代性为例，这种在现代性阶段就开始孕育并呈现出反思、重写现代性倾向的理论术语，"其实就是现代主义时期审美现代性的基本精神的延续。或者更简单地说，审美现代性包含了后现代性的诸多基本精神"。① 显然，后现代性阶段审美现代性的基本精神依然会按照自身业已形成的轨道延续下去。同样地，历史进入后现代阶段，"先锋"并未因为意义的解构而丧失自

---

① 周宪：《审美现代性批判》，商务印书馆，2005，第288页。

己的实验精神：它可以改变自身的面孔存在于当下的语境之中。也许，此刻的先锋已变得隐晦曲折，但只要潜藏在诗人心底的探索精神没有磨灭，先锋的精神就会延续下去，而无论从审美现代性的角度还是从先锋的角度来看，新诗写作的迂回态势恰恰是新诗现代性的魅力与迷人之处。

从中国新诗的"现代性"追求反思其历史，则其既可以作为一种审美现代性的态度，同时也可以作为后现代知识立场的必然结果。审视新诗的历史不难发现：新诗的现代性作为20世纪中国社会现代性的一部分，虽对社会的现代化进程做出了应有的贡献，但其存在的问题也是显而易见的。首先，从新诗诞生期的经验我们就可以发现新诗包含着一个诗质世俗化、透明化的过程，为了让"引车卖浆者"都可以阅读甚至创作新诗，新诗大众化、平民化的趋势是不可避免的，这一点，完全可以在胡适的白话诗实践中找到明证。其次，与之相一致的，是对应于古典格律化的诗歌形式特征，新诗实践者有意借鉴欧化的策略，从而使诗歌的外在形式散乱化，语言白话化、口语化。最后，是在顺应社会现代化的过程中，曾长期过度突出诗歌的功用性，并形成与诗歌审美之间的二律背反，而诸多有真知灼见的理论建设和创作实践并未对新诗走向形成强有力的影响。上述前提造成的后果也是明显的：由于没有了相应的规范和自律化意识，80年代中期以后的新诗也逐渐变得没有创作的限度和边界，诗歌应有的审美自然属性正被某些低级的意象所取代；而在全球化语境下和网络技术兴起之后，盲目的实践、模仿又会加重这种现代性过程中的问题，因此，新诗常常遭受质疑也在所难免。

总之，中国新诗的"现代性"问题给我们提供的经验是多方面的，这些经验不仅需要在反思过程中历史化，而且其反思本身也是一个历史问题。现代性应当作为思考新诗历史问题的出发点，同时，也应当成为建构新诗若干方面内容的重要参照系统。当然，与现代性赋予新诗的广阔未来相比，新诗业已呈现的现代性冲动还很短暂、有限，而这一客观存在的现实，是否启示我们应持有一种宽容的心态去看待其进程，进而在关注其创造性、自律化的同时关注其现代性本身？

第六章

现代散文与现代文体的实践

"新文学的散文可以说是始于文学革命。"① 和其他文体一样，现代散文的出现，同样是现代性的结果。散文的现代性不仅体现在思想、情志方面，还包括具体呈现时的形态特征、话语方式以及语言质素等。现代散文就其发生、发展的历史来看，兼容了思想启蒙和艺术美感两方面的意义和价值。在与其他文体比较的过程中，散文的现代性自有其独特的表现。

一 现代散文观念的确立

现代散文的兴起，从中国文学遭遇现代性的视角看，可以从梁启超倡导"文界革命"开始理清脉络，梁启超提倡"新文体"孕育着散文的现代改良。当然，如果强调散文从古典形态实现了现代形态的转变，那么五四白话文运动自然具有"界碑"的意义。上述两种思路在具体展开时自然还有许多复杂的问题需要梳理，比如第一代散文家如鲁迅、周作人、郁达夫、朱自清等都曾提到现代散文

---

① 周作人编选《中国新文学大系·散文一集》（影印本），上海文艺出版社，2003，"导言"第1页。

受到英国随笔文体的影响以及其被称为"小品文"的问题。鉴于梁启超的"文界革命"前文已有论述,本章直接从五四白话文运动谈起。延续胡适《文学改良刍议》一文的思路,刘半农在《我之文学改良观》中针对散文的"改良"曾提出三条途径,即"第一曰破除迷信","第二曰文言白话可暂处于对待的地位","第三曰不用不通之文字"。强调"破除迷信"与胡适的"不摹仿古人"一致,但在具体解释时刘半农则认为"吾辈心灵所至,尽可随意发挥……吾辈欲建造新文学之基础,不得不首先打破此崇拜旧时文体之迷信,使文学的形式上速放一异彩也"[①]。呼吁散文改良是新文学倡导者"文学革命"的一个重要方面,其实质上是强调散文写作的自主性和独立性,这一点和当时文学追求自由、现代的总体目标一致。

对于现代散文的发生,鲁迅在 20 世纪 30 年代的一次回顾中写道——

> 到五四运动的时候,才又来了一个展开,散文小品的成功,几乎在小说戏曲和诗歌之上。这之中,自然含着挣扎和战斗,但因为常常取法于英国的随笔(Essay),所以也带一点幽默和雍容;写法也有漂亮和缜密的,这是为了对于旧文学的示威。在表示旧文学之自以为特长者,白话文学也并非做不到。以后的路,本来明明是更分明的挣扎和战斗,因为这原是萌芽于"文学革命"以至"思想革命"的。[②]

五四时期散文发达,甚至在成绩上超过小说、诗歌等其他文体,其主要原因在于散文比较灵活、自由,可以不受更多限制。当

---

① 刘半农:《我之文学改良观》,《新青年》第 3 卷第 3 期,1917 年 5 月。
② 鲁迅:《小品文的危机》,《鲁迅全集》(第四卷),人民文学出版社,1981,第 576 页。

然，就鲁迅的回顾可知，五四散文即现代散文在初创阶段同样受到了外来文化的影响。再者就是散文更容易体现新文学的实绩，并因为自由、灵活等，更易成为思想启蒙的有效载体。

尽管现代散文的发生得力于五四新文化运动，深受"德先生""赛先生"的影响并和"人的发现"保持一致，同时，现代散文也在一定程度上受到外来散文创作经验的影响，但对比新文学的其他文体，现代散文与传统散文关系最为接近。这一点，既与散文的体制有关，同时也与部分散文偏重个体情感有关。上述背景条件使现代散文在追求现代性的过程中理论批评与具体创作并重，且时刻与传统散文保持着微妙的关系。结合现代散文发生期的实际，我们可主要从周作人、鲁迅、朱自清三位代表作家的批评文章中解读现代散文的理论观念。

周作人于五四时期的散文观念集中体现在《美文》一文中。在周作人看来，现代散文是"记述的，是艺术性的，又称作美文"，"可以分出叙事和抒情，但也很多两者夹杂的"，"有许多思想，既不能作为小说，又不适于做诗，便可以用论文式去表他"。周作人的观点首先是将散文从文学上定位，其次，将散文从文体上加以定位，区分了散文与小说和诗歌。此外，在具体写法上，周作人还提出了"须用自己的文句与思想"。尽管《美文》篇幅不长，在反映周作人对于现代散文的认识时是简单式的、概括式的，但它的出现已反映出现代散文家对于散文创作的文体自觉。从现代散文的历史发展来看，众多读者接受了"美文"的提法，并使之成为现代散文的另一个称谓。"美文"之美的特质及其具体的做法，确然"给新文学开辟出一块新的土地"①。周作人后来提倡"言志"的小品文并加以实践，且开创了一类散文的风气，影响甚众，也与此有关。

---

① 关于周作人《美文》中的引文，均参见周作人《谈虎集》，止庵校订，河北教育出版社，2002，第29—30页。

与周作人相比，鲁迅的散文理论可以从《怎么写》一文谈起。在文中，鲁迅也探讨了散文的体裁问题，"所以散文作品中最便当的体裁，是日记体，其次是书简体"。但显然，鲁迅更重视散文的"真"。"日记体，书简体，写起来也许便当得多罢，但也极容易起幻灭之感；而一起则大抵很厉害，因为它起先模样装得真。"① 关心文章"怎么写"，就直接原因来看，自然与翻阅郁达夫《日记文学》有关。但从深层原因来看，却与鲁迅反思写作经验和现实语境有关。鲁迅的《朝花夕拾》就属于情真意切的回忆性美文。鲁迅在写《怎么写》一文的时候，正值其感受"无声的中国"的时候。为此，鲁迅曾言："我们要说现代的，自己的话；用活着的白话，将自己的思想，感情直白地说出来。""大胆地说话，勇敢地进行，忘掉了一切利害，推开了古人，将自己的真心的话发表出来。——真，自然是不容易的。"② 是以，对于"散文的体裁"，鲁迅认为"其实是大可以随便的，有破绽也不妨……与其防破绽，不如忘破绽"③。追求散文的"真""大可以随便的""忘破绽"，其实与周作人的"美文"思想一脉相承，且有一定程度的发展，值得散文写作者和研究者重视。

对比周氏兄弟，朱自清的散文观念更明显地从散文文本自身来考虑散文的发展。这一点，与朱自清长期从事学术研究工作不无关系。朱自清曾在《〈背影〉序》《什么是散文》等文章中表达了其对散文的看法。他高度评价五四至 20 年代中期散文的成就，"最发达的，要算是小品散文"④。同时，对于散文的兴盛，他又保持着相

① 鲁迅：《怎么写——夜记之一》，《鲁迅全集》（第四卷），人民文学出版社，1981，第 23—24 页。
② 鲁迅：《无声的中国》，《鲁迅全集》（第四卷），人民文学出版社，1981，第 15 页。
③ 鲁迅：《怎么写——夜记之一》，《鲁迅全集》（第四卷），人民文学出版社，1981，第 24—25 页。
④ 朱自清：《〈背影〉序》，《朱自清全集》（第一卷），江苏教育出版社，1996，第 30 页。

对客观的态度。"我以为真正的文学发展，还当从纯文学下手，单有散文学是不够的；所以说，现在的现象是不健全的。——希望这只是暂时的过渡期，不久纯文学便会重新发展起来，至少和散文学一样！"①朱自清写过诗、小说，后转而从事散文，加之学者身份，使其对散文有着自己独特的认识。他承认现代散文受外国的影响，但更强调历史背景同样不能抹杀，"中国文学向来大抵以散文学为正宗；散文的发达，正是顺势。而小品散文的体制，旧来的散文学里也尽有；只精神面目，颇不相同罢了"②。从历史和现实的角度谈论散文、看待散文的发展，使朱自清更注重散文的本体，进而对散文未来的发展做出有效的探索。

从上述三位散文代表作家的观念中我们可以看出：现代散文蕴含着鲜明的个人性和主体性；现代散文追求自由与个性，既与现代文学的发生、发展同步，又充分体现了现代散文的现代性表征。由于散文文体自由，相对容易掌握，所以现代散文自其诞生之日起，就从事者众多。现代文学的第一代作家大都涉足过这个领域。众多作家参与实践，自然为散文写作积累了丰富的经验。除周氏兄弟、朱自清之外，郁达夫、林语堂、梁遇春、梁实秋等都曾对散文的创作提出过自己的看法。如郁达夫在《中国新文学大系·散文二集》"导言"中曾将现代散文的特征归纳为：第一，"是每一个作家的每一篇散文里所表现的个性，比从前的任何散文都来得强"；第二，"是在它的范围的扩大"；第三，"是人性，社会性，与大自然的调和"。并且，他认为"散文上的幽默"③，可以视为一种对于散文历史和现状的总结。理论与实践并重，启蒙与艺术共存，使现代散文

---

① 朱自清：《〈背影〉序》，《朱自清全集》（第一卷），江苏教育出版社，1996，第32—33页。

② 朱自清：《〈背影〉序》，《朱自清全集》（第一卷），江苏教育出版社，1996，第30页。

③ 赵家璧主编《中国新文学大系·散文二集》（影印本），上海文艺出版社，2003，"导言"第5—10页。

的发展具有坚实的基础和广阔的前景。

二 现代散文的形制演变

1. 现代杂文

现代文学中率先兴起的散文作品，是夹叙夹议的杂感短论，可统称杂文。按照鲁迅的说法，即"其实'杂文'也不是现在的新货色，是'古已有之'的，凡有文章，倘若分类，都有类可归，如果编年，那就只按作成的年月，不管文体，各种都夹在一处，于是成了'杂'……作者的任务，是在对于有害的事物，立刻给以反响或抗争，是感应的神经，是攻守的手足"①。作为散文之一部，杂文因自由灵活、随性而谈，最能体现现代散文自由的精神。因此，称它是现代散文中最早兴起的类型并不让人感到意外。

杂文的发展，可以首先从《新青年》"随感录"谈起。1918 年 4 月《新青年》第 4 卷第 4 期设立"随感录"栏目，专门刊发文艺性的随感体文章即杂文。此后，以《每周评论》《觉悟》等为代表的许多进步报刊都开辟类似专栏。这些文章对于社会现实、文艺时政等进行了广泛的批评，对于进步思想的传播起到重要作用，产生了很大的社会影响。其中，《新青年》"随感录"作家群本身就是新文化运动的倡导者，李大钊、陈独秀、钱玄同、刘半农、鲁迅、周作人等的文章，充分体现了五四时代精神，且每人都有自己的风格。杂文及作家群的出现，不仅为现代散文的发展开辟了道路，同时也在充分显示白话文艺术特质的同时实现了散文层面上的现代性启蒙。

---

① 鲁迅：《〈且介亭杂文〉序言》，《鲁迅全集》（第六卷），人民文学出版社，1981，第 3 页。

杂文作为一种流派，在 20 年代的发展主要以"语丝"派为代表。"语丝"派以 1924 年创刊的《语丝》杂志为阵地，以鲁迅和周作人为主将，与《新青年》"随感录"创作有着较为明显的渊源关系。鲁迅曾将"语丝"的特色归结为"任意而谈，无所顾忌，要催促新的产生，对于有害于新的旧物，则竭力加以排击，——但应该产生怎样的'新'，却并无明白的表示，而一到觉得有些危急之际，也还是故意隐约其词"①。"语丝"除周氏兄弟外，还包括孙伏园、林语堂等撰稿人。"语丝"文体，以社会批评和文化批评为主，有明显的社会倾向；"语丝文体"的出现，使现代杂文有了进一步的发展。

谈及杂文的社会批评特点，不能不谈及鲁迅的杂文。鲁迅是《新青年》"随感录"的主将，是"语丝派"杂文的主将。对于现代杂文，鲁迅是开创者同时也是最有力的实践者。对于杂文，鲁迅既有自己的独特认识，如"我的杂文，所写的常是一鼻，一嘴，一毛，但合起来，已几乎是或一形象的全体，不加什么原也过得去的了"，"内容也还和先前一样，批评些社会的现象，尤其是文坛的情形"，"'中国的大众的灵魂'，现在是反映在我的杂文里了"，② 又有个性化的实践方式。鲁迅的杂文自由、极富创造力，在充分表达个人性的同时，具有批判性、论辩性、对抗性的特质。鲁迅在五四时代就开始了杂文创作，20 年代前期为"语丝"派主将，20 年代后期几乎将全部精力集中于杂文创作。杂文是贯穿鲁迅一生的创作，在其创作中占有重要比重。因为时代的原因，思想、文化的冲突需要鲁迅做出回答与回应，此时，天马行空、自由驰骋的杂文无

---

① 鲁迅：《我和〈语丝〉的始终》，《鲁迅全集》（第六卷），人民文学出版社，1981，第167 页。
② 鲁迅：《〈准风月谈〉后记》，《鲁迅全集》（第五卷），人民文学出版社，1981，第382—383、403 页。

疑是最适合鲁迅表达观点的文体。就内容而言，鲁迅的杂文涉及社会、历史、政治、思想、文化、人生、人性、宗教、艺术等各个方面，堪称中国社会的"百科全书"；就艺术而言，鲁迅的杂文如"匕首""投枪"，富有战斗性、批判性和韧性。鲁迅的杂文是鲁迅心灵的外化，充分显露鲁迅的思想。通过杂文，鲁迅自由地进入现代生活的各个领域，并在迅速回应和评判的过程中对现代生活产生影响，实现思想的启蒙。不仅如此，鲁迅还通过自己的实践经验，说明杂文作者在具体写作时"没有一个想到'文学概论'的规定，或者希图文学史上的位置的，他以为非这样写不可，他就这样写，因为他只知道这样的写起来，于大家有益"①。杂文是没有规范的，这使其在具体创作时既能与社会现实、思想、文化产生有机的联系，又寄寓着无限的可能。从这个意义上说，鲁迅开创的杂文传统是最具现代性气质的，鲁迅的杂文影响一代又一代读者和散文作者的意义也正在于此。

2. "言志"的维度

"言志"派散文是现代散文的另一个维度，其主要代表人物有周作人、林语堂、梁实秋、废名、俞平伯、梁遇春、钟敬文等也可算作这一派的散文家。在《近代散文抄》"序言"中，周作人曾言："小品文则在个人的文学之尖端，是言志的散文，它集合叙事说理抒情的句子，都浸在自己的性情里，用了适宜的手法调理起来，所以是近代文学的一个潮头。"②"言志"派散文将言说个人之志作为散文的标准，突出个人经验在散文创作中的意义，这使得"言志"散文多受制于作者本身的个人情趣爱好和价值评判标准，

---

① 鲁迅：《徐懋庸作〈打杂记〉序》，《鲁迅全集》（第六卷），人民文学出版社，1981，第291页。

② 周作人：《〈近代散文抄〉序》，周作人：《苦雨斋序跋文》，止庵校订，河北教育出版社，2002，第127页。

并由此蕴含着鲜明的主体性意识。周作人是新文化运动的重要推动者之一，同时又是现代文学史上重要的散文家。他既提倡"人的文学""思想革命"，又倡导"美文"创作，因此，他的"言志"散文必然会呈现出多面性，而这一点也可以作为现代散文现代性的多义性去理解。周作人的部分杂文、短论曾收入《谈虎集》《谈龙集》中。《谈虎集》"是关于一切人事的评论"。因涉及社会、思想、文化、反动军阀等内容，所以周作人又言："我这些小文，大抵有点得罪人得罪社会，觉得好像是踏了老虎尾巴，私心不免惴惴，大有色变之虑，这是我所以集名谈虎之由来。"①《谈虎集》以及《谈龙集》中的文章，是周作人从五四到 20 年代谈论时事的"结晶"，有尖锐的讽刺，有思想启蒙的作用，故常为他者所引用，其风格属于"浮躁凌厉"一路。

当然，"言志"的散文在周作人的创作中更多集中在"美文"上。这类散文风格"冲淡平和"，充分体现了周作人的艺术个性，在现代文学史上产生了很大的影响。周作人在生活上，有明显的"名士派""隐士派"的追求。这种追求反映在其散文创作上，即自然、平和、闲适的格调。周作人曾将自己第一部散文集定名为"自己的园地"，并认为"总之艺术是独立的，却又原来是人性的，所以既不必使他隔离人生，又不必使他服侍人生，只任他成为浑然的人生的艺术便好了"②。其实，这已道出了他文学追求的目的和理想。他的"美文"讲究絮语化、闲适化，具有很高的艺术品位。《故乡的野菜》《北京的茶食》《喝茶》《谈酒》《乌篷船》《苦雨》等，都是现代散文的名篇。在这些文章中，周作人的散文风格、文

---

① 周作人：《〈谈虎集〉序》，周作人：《谈虎集》，止庵校订，河北教育出版社，2002，第 2 页。

② 周作人：《自己的园地》，周作人：《自己的园地》，止庵校订，河北教育出版社，2002，第 6—7 页。

人心态表现得十分明显——

> 喝茶当于瓦屋纸窗下，清泉绿茶，用素雅的陶瓷茶具，同二三人共饮，得半日之闲，可抵十年尘梦。
>
> ——《喝茶》

> 坐在船上，应该是游山的态度，看看四周物色，随处可见的山，岸旁的乌桕，河边的红蓼和白苹，渔舍，各式各样的桥，困倦的时候睡在舱中拿出随笔来看，或者冲一碗清茶喝喝。
>
> ——《乌篷船》

胡适在《五十年来中国之文学》中曾结合"白话散文很进步了"指出，"近几年来，散文方面最可注意的发展乃是周作人等提倡的'小品散文'。这一类的小品，用平淡的谈话，包藏着深刻的意味；有时很像笨拙，其实却是滑稽。这一类的作品的成功，就可彻底打破那'美文不能用白话'的迷信了"①。胡适的说法凸显了周作人散文特别是其"小品散文"的意义和价值。这恐怕也是现代散文成功的另一重要方面。

3. 追求散文的表现力与文体的演变

郁达夫在《中国新文学大系·散文二集》"导言"中曾言："中国现代散文的成绩，以鲁迅周作人两人的为最丰富最伟大。"②的确，周氏兄弟的丰富、伟大源于他们对现代散文形制的开拓。现代散文由于体制自由、灵活，曾吸引一批又一批写作者涉足该领

---

① 胡适：《五十年来中国之文学》，欧阳哲生编《胡适文集3》，北京大学出版社，1998，第263页。

② 郁达夫：《中国新文学大系·散文二集》，上海文艺出版社，2003，"导言"第15页。

域，并取得丰硕的成果。在 20 年代，除周氏兄弟之外，还有以冰心、朱自清为代表的"文学研究会"散文，郁达夫为代表的"创造社"散文等创作。这些创作，都对现代散文的发展产生了重要的影响。冰心的散文，带着自然、母爱和童心，温婉自然、空灵澄澈，在当时广大青年读者群众中影响很大，有"冰心体"之称。郁达夫这么评价："冰心女士散文的清丽，文字的典雅，思想的纯洁，在中国好算是独一无二的作家了……我以为读了冰心女士的作品，就能够了解中国一切历史上的才女的心情；意在言外，文必己出，哀而不伤，动中法度，是女士的生平，亦即是女士的文章之极致。"① 此语不仅道出冰心散文的特质，同时也说出其对现代女作家散文创作的意义。朱自清的散文创作晚于周氏兄弟，也晚于同为"文学研究会"的冰心，但他取得的成就是引人瞩目的。其叙事散文《背影》，写景抒情散文《荷塘月色》《绿》《桨声灯影里的秦淮河》《春》等皆为公认的散文精品，此外，他还有《欧游杂记》等游记体散文。朱自清是现代散文史上极少的能用白话写作和古典散文名篇佳作相媲美的散文家。他的散文熔铸了古典散文和现代散文的精华，无论是写景抒情、怀人纪事，还是纪游抒怀，朱自清都能通过对白话娴熟的驾驭，写出现代散文的真善美。他的实践，丰富了现代散文的写作体制，提高了现代散文的艺术品位。他和冰心的散文，当时就被选入多种语文课本，后来一直成为散文选讲的范本，这对现代散文的传播具有积极的意义。

创造社的散文和其小说、诗歌有共同的特色，其中以郁达夫的成就最大。郁达夫很早就从事散文创作，《归航》、《还乡记》和《还乡后记》皆写于 20 年代初期，充满着浓郁的情感、羁旅的感伤和心灵的剖析。只不过，此时由于作者在小说创作上文名过大，所

---

① 郁达夫：《中国新文学大系·散文二集》，上海文艺出版社，2003，"导言"第 16 页。

以人们并未更多关注其散文。1935 年 4 月，郁达夫受上海良友图书公司邀请，编选《中国新文学大系·散文二集》，在该卷"导言"中，郁达夫集中表达了自己的散文观和对现代散文创作的一些看法。他将"散文的心"作为"一篇散文的最重要的内容"，有了"散文的心"，"然后方能求散文的体，就是如何能把这心尽情地表现出来的最适当的排列与方法"；同时，又在对比小说创作的过程中，强调"现代的散文，却更是带有自叙传的色彩了"①。郁达夫散文的"心体说"，和其多次强调的"自叙传"相互联系，充分显露了其散文的艺术特色。由于郁达夫过于在文章中凸显自我的情绪，以至于他的散文有时和小说创作难以区分，"小说散文化"和"散文小说化"会给人带来文体辨识的困难，并在不可避免造成艺术不均衡的同时人们对其评价不一。当然，这也可作为郁达夫独树一帜之处以及他对于现代文学的独特贡献。关于郁达夫的散文创作，还可以列举其在 30 年代大量创作的游记，如《感伤的行旅》《钓台的春昼》等。此外，郁达夫还对日记、传记文学情有独钟，如将这些创作归入散文文体，自然会为散文的理论探讨带来更多的言说空间。

回顾 20 年代至 30 年代散文的历史，我们可以看到，现代散文不仅繁荣，而且体式多样。但正如任何一种文体创作都离不开特定的时代，受时代风云限制，现代散文发展至 30 年代中后期，由于作家大都投身于抗战的洪流中，文学的公共性、社会性增强，所以散文开始对抒情加以放逐，其个人性也由此减弱。"言志"派散文、闲聊体以及追求性灵的抒情散文创作逐渐为叙事性散文、通讯特写、报告文学所取代。现代散文的发展、变化其实反映了社会现代化进程对文学的制约，现代散文也由此进入新的阶段，现代散文的

---

① 郁达夫：《中国新文学大系·散文二集》，上海文艺出版社，2003，"导言"第 4—5 页。

现代性由此进入曲折发展的时期，直到 80 年代才重新回归到审美探索的旅途上来。

三 现代散文的文体扩张

30 年代围绕小品文的问题曾产生过论争，其中一种意见是将"小品文"、"小品散文"和"散文"视为同一种体裁，而另一种意见则是将"小品文""小品散文"视为"散文"的一个品种。值得一提的是，从 40 年代开始，出于种种原因，很多散文批评家在阐释散文时，渐渐放弃了"小品文""小品散文"等提法，而通用"散文"这一概念。"小品文"的创作与理论在现代散文初期曾产生重要影响，但随着时代的发展渐渐退出舞台，上述演变趋势是现代散文自我演变的结果，与人们对于散文这一文体创作的认识有着密切的关系。

总体说来，对于现代散文的特征、体制和表现形式，众多人既为散文家又为研究者，他们之间的分歧并不大。随着创作与探索的深入，散文逐渐从文体对比中独立出来已成为一种共识："按诗与散文的分法，新文学里的小说、戏剧（除掉少数诗剧和少数剧中的韵文外）、'散文'，都是散文。——论文，宣言等不用说也是散文，但是通常不算在文学之内——这里得说明那引号里的散文。那是与诗，小说，戏剧并举，而为新文学的一个独立部门的东西，或称白话散文，或称抒情文，或称小品文。"① 同样地，现代散文在发展过程中包容更多文学体式也逐渐成为一种趋势。杂文、小品、随笔、速写、游记、日记、报告、通讯、特写、传记、书信等，都可

---

① 朱自清:《什么是散文?》,《朱自清全集》（第四卷），江苏教育出版社，1996，第 363 页。

被纳入广义的现代散文范畴，正说明散文"无所不包""无所不容"的特点。可以说，在现代散文的认知过程中，传统的散文观念、现代文体意识始终是其内涵与外延的决定性因素。现代散文正是在自由灵活、形式多样的过程中实现了语言和体制上的现代特性。至于其在此前提下实现现代思想的承载与传播，只是艺术地凸显了文学作为审美意识形态之一种的特点而已。

第七章

现代戏剧的现代性实践

关于新文学中的戏剧，在谈论时往往都取其狭义的理解，即专指与中国传统戏曲相区别的西方戏剧形式。在此前提下，言及 19 世纪末传入中国的话剧，它和现代性的结缘俨然是不言而喻的。与"诗界革命""小说界革命"相呼应，戏剧浪潮的兴起由于自身的表现形式、域外文化资源，在传播的过程中隐含着文化启蒙。为了区别中国传统的戏剧形式，现代戏剧的先驱们曾先后为其赋予多种命名。这些命名及其演变过程，本身就隐含着现代戏剧的现代性问题。

一 现代戏剧的命名、内涵与阶段性发展

话剧最初被称为"新戏"，其发生同晚清著名的"三界革命"一样，显示了中国文学向现代转型的趋势。晚清维新派为了实现社会变革的政治目的，十分重视思想启蒙和文艺宣传，他们将小说、戏剧的社会功能同救国图强联系起来。但从具体表现形式来看，最初的"新戏"只是在强调思想内容前提下的旧戏翻新。现存较早的话剧演出可上溯至 1899 年的上海学生演剧活动。该活动是

在当时上海的教会学校进行的，所演剧目皆为课本中的剧本，演出时用外语，是一种节日娱乐活动。戊戌变法后，受社会现实、新思想的影响，学生们曾结合戊戌变法六君子和义和团之时事，编成新剧试演，形成后来所谓"时事新戏"。因为这些"时事新戏"不用像传统旧戏那样讲究唱功、配器，具有很强的随意性，同时其时事性又能引起观众的兴趣，所以在当时上海逐渐形成了学生演剧的风潮。

"新戏"在发展过程中，有两个标志性的实践。其一是1905年，由汪笑侬筹集，陈去病、柳亚子创办的我国最早的戏剧杂志《二十世纪大舞台》。在《〈二十世纪大舞台〉发刊词》中，柳亚子在"张目四顾，山河如死"的前提下写道："南都乐部，独于黑暗世界，灼然放一线之光明；翠羽明珰，唤醒钧天之梦；清歌妙舞，招还祖国之魂；美洲三色之旗，其飘飘出现于梨园革命军乎！"并由此大声疾呼："今所组织，实于全国社会思想之根据地崛起异军，拔赵帜而树汉帜。他日民智大开，河山还我，建独立之阁，撞自由之钟，以演光复旧物、推倒虏朝之壮剧快剧，则中国万岁！《二十世纪大舞台》万岁！"[1]《〈二十世纪大舞台〉发刊词》观点鲜明，言辞激烈，可视为资产阶级革命派戏剧主张的代表作。

其二是1906年东京部分中国留学生成立春柳社，主要成员有曾孝谷、李叔同、陆镜若、欧阳予倩等。该社在《春柳社演艺部专章》中曾指出自己的活动方向："本社以研究各种文艺为的，创办伊始，骤难完备，兹先立演艺部，改良戏曲，为转移风气之一助"；"演艺之大别有二：曰新派演艺（以言语动作感人为主，即今欧美所流行者），曰旧派演艺（如吾国之昆曲、二黄、秦腔、杂调皆是）。本社以研究新派为主"；"本社无论演新戏、旧戏，皆宗旨正

---

① 柳亚子：《〈二十世纪大舞台〉发刊词》，《二十世纪大舞台》1905年第1期。

大，以开通智识，鼓舞精神为主。偶有助兴会之喜剧，亦必无伤大雅，始能排演"。① 春柳社的演剧主张，同上述资产阶级维新派、革命派的戏剧观一致。1907 年 2 月，春柳社首次公演《茶花女》，6月第二次公演《黑奴吁天录》。此后，又先后演出外国剧《鸣不平》和《热泪》（根据法国作家萨尔都《女优托斯卡》改编）。这些戏剧反抗压迫、力主抗争，对于青年知识分子具有鼓舞作用；其台词以白话为主，舞台艺术也尽量向西方写实戏剧靠拢。经由戏剧改良、学生演剧、春柳社活动，终于形成了有别于传统戏曲的"新戏"或曰"新剧"。

"新戏"之后的戏剧一度被称为"文明新戏"，简称"文明戏"。"文明戏"在辛亥革命前后一度达到高潮。春柳社同仁从日本归国后，同国内新剧积极分子合作，促进了"文明戏"的形成与发展。1907 年秋，受春柳社演出成功的鼓舞，革命家王钟声在上海组织春阳社，向社会公开招聘演员。春阳社曾于 1907 年在上海兰心大戏院公演《黑奴吁天录》，但春阳社的剧目更多是配合宣传革命的，其目的是发挥戏剧的社会教育功能，颇受广大民众和资产阶级革命派的欢迎。"文明戏"的产生与发展，是中国戏曲自身演变的结果，其中既有近代戏剧的改良，又有欧洲浪漫派戏剧和日本新派剧的影响。"文明戏"也按照传统戏剧以演员为中心、分角色，但其编剧方法却多采用欧洲戏剧的分幕制。"文明戏"是中国戏曲向现代过渡与转变的特殊戏剧形态，中西方戏剧方法与经验的杂糅是其突出的特点之一。至于因何称之为"文明戏"，现代戏剧家、戏剧理论家洪深的说法可以作为重要参考。洪深认为，"文明戏"中的"文明"既可能与从欧美文明国家介绍而来有关，也与剧本本身脱离"旧剧"、上升至文明层次有关，还可能与演出者本身有知

---

① 无名氏：《春柳社演艺部专章》，《北新杂志》第三十卷。本处引文参见王运熙主编《中国文论选》近代卷（下），江苏文艺出版社，1996，第 763—764 页。

识、有文化的"文明"程度有关，总之，"不论是什么动机，'文明'两个字，总是恭维的意思"，"决不是恶意的"。①不过，结合事实来看，"文明戏"的意义却远不止于此。随着辛亥革命之后社会革命形势转入低潮，"文明戏"也逐渐走向低落。新民社、民鸣社、春柳社等团体，为了迎合部分观众的需要，取得较好的市场收益，逐渐丧失话剧本身的艺术品格。此时的"文明戏"在剧情上趋于离奇、荒唐，艺术上粗制滥造，演员表演程式化、质量下降且常有道德堕落的事情发生。人们开始以鄙薄的口气将这些拙劣且带有几分胡闹的表演称为"文明戏"②。

在"文明戏"向现代话剧过渡的过程中，北方的南开新剧团的戏剧观念，对于摆脱"文明戏"的惯有模式具有重要的意义。南开新剧团不以营利为目的，也拒绝一般小市民观众的低级趣味。与南方"文明戏"相比，该剧团更多受到欧洲现实主义戏剧的影响。1918年，张彭春编导的五幕剧《新村正》在知识界产生强烈反响。当时几家有全国性影响的刊物如《新青年》《新潮》《每周评论》等，都曾热情肯定该剧的创作与演出。《新村正》显示了五四时期话剧的成就，曾被研究者认为"标志了中国文明戏的终结和现代话剧形态的开端"③。

现代话剧在五四思想启蒙与文化批判中获得了新的发展契机。在总结以往经验的基础上，五四新文化运动的倡导者们对传统戏曲进行了严厉的批判。陈独秀、胡适、钱玄同、刘半农、周作人、傅斯年、欧阳予倩等纷纷撰文，批判传统旧戏包含的封建内容。1918年10月，《新青年》第5卷第4期曾开辟"戏剧改良专号"。在

---

① 洪深：《从中国的新戏说到话剧》，孙青纹编《洪深研究专集》，浙江文艺出版社，1986，第176页。
② 严家炎主编《二十世纪中国文学史》（上册），高等教育出版社，2010，第150页。
③ 范伯群、朱栋霖主编《中外文学比较史（1898—1949）》（上卷），江苏教育出版社，2007，第181页。

《文学进化观念与戏剧改良》一文中，胡适就在坚持"文学进化观念"的前提下，指出"扫除旧日的种种'遗形物'，采用西洋最近百年来继续发达的新观念，新方法，新形式，如此方才可使中国戏剧有改良进步的希望"①。傅斯年则在《戏剧改良各面观》中强调"就技术而论，中国旧戏，实在毫无美学的价值"的同时，指出"旧戏是旧社会的照相，也不消说，当今之时，总要有创新社会的戏剧不当保持旧社会创造的戏剧……使得中国人有贯彻的觉悟，总要借重戏剧的力量；所以旧戏不能不推翻，新戏不能不创造"②。从上述观点可知，新文化运动的倡导者在对待旧剧改良时采取了进化论的观点，他们批判旧剧并将其作为封建文化的一部分。他们的批评涉及戏剧历史、社会、美学、思想、文化等各个方面，这一点和五四新文化运动倡导的思想革命一脉相承。

五四的戏剧改良在使中国戏剧走向现代化的过程中，一度深受北欧戏剧家易卜生的影响。1918 年 6 月《新青年》第 4 卷第 6 期曾推出"易卜生专号"，拉开了介绍、学习易卜生的序幕。这一期除了刊载胡适的名文《易卜生主义》之外，还推出了罗家伦与胡适合译的《娜拉》、陶履恭译的《国民之敌》、吴弱男译的《小爱友夫》以及袁振英的《易卜生传》。在《易卜生主义》中，胡适写道："易卜生的文学，易卜生的人生观，只是一个写实主义"；"易卜生把家庭社会的实在情形都写了出来，叫人看了动心，叫人看了觉得我们的家庭社会原来是如此黑暗腐败，叫人看了晓得家庭社会真正不得不维新革命：——这就是'易卜生主义'"③。"易卜生专号"的推出在五四文坛上掀起了"易卜生热"。这股热潮对戏剧产生的实际影响可包括如下几个方面。其一，是确立了功利主义戏剧观，

① 胡适：《文学进化观念与戏剧改良》，《新青年》第 5 卷第 4 期，1918 年 10 月。
② 傅斯年：《戏剧改良各面观》，《新青年》第 5 卷第 4 期，1918 年 10 月。
③ 胡适：《易卜生主义》，《新青年》第 4 卷第 6 期，1918 年 6 月。

戏剧成为启蒙社会的一种工具，注重戏剧的社会影响由此成为中国现代戏剧的主导思想之一。其二，建构了写实主义的美学体系特别是现实主义戏剧观，促进了现代戏剧写实性语言的应用，直接影响了五四时代戏剧的创作特点。其三，涌现了以胡适《终身大事》为代表的新型话剧，引导五四社会问题剧的风潮。其四，引发了翻译介绍外国戏剧理论和创作的热潮，促进了中国现代戏剧的多元化发展。

现代戏剧发展至五四阶段，还出现过"爱美剧"及倡导"小剧场"的阶段。"爱美剧"出现的直接原因是文明戏演员汪仲贤于1920年10月在上海上演改编自萧伯纳戏剧《华伦夫人之职业》的失败，以及由此引发的戏剧界的反思，但从戏剧内在发展角度来看，则是现代戏剧如何对待"文明戏"遗留的问题。1921年3月，五四文学革命后第一个戏剧团体民众戏剧社在上海成立，同时其还创办了现代文学史上第一个专业性的戏剧杂志《戏剧》月刊。民众戏剧社在当时开展的工作主要包括抨击传统旧戏和堕落的文明戏以及倡导新的戏剧，后者即"爱美剧"。"爱美剧"即"业余""非职业"的戏剧（"爱美"即 amateur 的音译），其最初倡导的宗旨是"以非营业的性质，提倡艺术的新剧"[①]。按照陈大悲的说法，"爱美剧"应当多靠知识分子尤其是青年学生，演出"爱美剧"不宜多用外来剧本而应注重独立创作。"爱美剧"演员虽非职业化，但不能把戏剧当作游戏，而应当有责任心，"爱美的戏剧家底惟一责任就是从戏剧艺术底一条路上引自己以及民众去实行个人灵魂底革命"[②]。"爱美剧"重视"小剧场"演出活动，形成了一套新的演出模式，对现代化与"剧场戏剧"的创作和表演产生了深远的影响。

[①] 《民众戏剧社宣言》，《戏剧》第 1 卷第 1 期，1921 年 5 月。
[②] 陈大悲：《爱美的戏剧》，《晨报》1922 年 4 月。本处引文参见王运熙主编《中国文论选》现代卷（上），江苏文艺出版社，1996，第 257 页。

现代戏剧经历上述几个阶段的发展，在 20 世纪 20 年代不仅诞生了一批优秀的剧目，诞生了一大批戏剧家，而且在实践与探索中形成了自己的理论观念。继"文明戏"、五四新剧建设、"爱美剧"等的命名和阶段性发展之后，戏剧家洪深在《从中国的新戏说到话剧》中提出话剧的概念："话剧，是用那成片段的，剧中人的谈话，所组成的戏剧"，"话剧的生命，就是对话"。① 从此，话剧的名称被确定下来，中国戏剧的现代发展实现了自我的建构。

二　现代戏剧现代性实践的独特性

从现代戏剧的命名、内涵与阶段性发展，我们可以看到：批判传统戏曲和借鉴外来文化资源，承载社会进步、文学革命和思想启蒙，是现代戏剧诞生和发展的两条内在的重要动力。从晚清资产阶级维新派倡导文学革命，到资产阶级革命派的反清排满，走上革命之路，再到五四时期以胡适、陈独秀、钱玄同等为代表的《新青年》，着力从外部以矫枉过正的方式强行推进戏剧的现代化之路，现代戏剧的现代化进程始终和思想启蒙、文艺变革等紧密联系在一起。戏剧由于其"高台教化"的直接性与直观性，历来为现代思想启蒙者所重视。从 20 世纪中国每一次大的思想启蒙运动戏剧都未曾缺席这一客观实际情况来看，所谓戏剧改良正是思想改革、文化启蒙的重要组成部分。现代戏剧从诞生到发展，都生动再现了现代性与中国文学交流、碰撞与融合的过程，同时，也体现了现代性弃旧图新的内在的规定性。当然，就文学的现代性而言，现代戏剧的现代性一直包含戏剧的自律和戏剧的工具化两个重要方面，现代戏

---

① 洪深：《从中国的新戏说到话剧》，孙青纹编《洪深研究专集》，浙江文艺出版社，1986，第 176 页。

剧正是在戏剧艺术内在演变和承载社会使命的过程中凸显了作为审美意识形态的属性。值得指出的是，由于现代戏剧在诞生阶段一直肩负着文化启蒙的使命，且和现代社会的现代化进程紧密联系在一起，所以启蒙就很容易成为现代戏剧的任务之一，并在发展中成为一种惯性。20 年代末期兴起的"无产阶级戏剧"，30 年代左翼文学对旧剧、戏曲的改编，以及抗战期间的戏剧，都因时代、社会的原因而使戏剧成为一种有效的宣传手段并在特定场景下具有工具的倾向，而此时对旧剧、戏曲改编的"旧瓶装新酒"，更是出于宣传、大众化的目的。

从某种意义上说，将戏剧作为启蒙的手段，没有过多观念与技巧上的难度。但与此同时，也应当看到：启蒙及其精神是现代戏剧渴望实现的目标之一并在具体呈现时有不同形态，但这并不能说明启蒙就是中国现代戏剧现代性的主要内涵，更不是它的全部内涵。现代戏剧一直有自己在艺术上的现代追求。从艺术的角度上考察，20 世纪初那些渴望迫切实现启蒙作用的戏剧作品，或多或少都有政治说教与化妆演讲的倾向。现代戏剧在初始阶段缺乏文采、艺术性匮乏，既与现代戏剧在引入过程中的本土化有关，同时也与其目的性的制约有关。这一点，从《新青年》杂志刊载的新文化运动倡导者关于戏剧的论述中可以得到明证。陈独秀的"吾国人识字之少，万国国民中，实罕有其俦。不但如此，此时北京鼎鼎大名之昆曲名角韩世昌竟至一字不识，又何怪目不识丁之行政长官盈天下也！更何怪不识字之国民遍国中也"[1]，与周作人在文章中所言的"民间有不识字不听过说书的人，却没有不曾看过戏的人，所以还要算戏的势力最大"[2]，甚至还有钱玄同的"中国的旧戏，请问在

---

[1] 陈独秀：《随感录（十）》，《新青年》第 5 卷第 1 期，1918 年 7 月。
[2] 周作人：《论中国旧戏之应废》，《新青年》第 5 卷第 5 期，1918 年 11 月 15 日。

文学的价值，能值几个铜子"①，都在一定程度上反映了旧戏批判和创建新戏的启蒙意义。现代戏剧包含语言、舞台、形式等多方面的革新，同时又因吸引观众而具有广泛的意义，使得倡导者们认为现代戏剧可以在更广大的范围内，以一种易于接受的方式去开启民智。

现代戏剧始于新思想的启蒙，后逐步进行戏剧艺术的探索。在五四时代，除了"易卜生主义"影响下的社会问题剧代表着现实主义的戏剧追求外，创造社以郭沫若为代表的浪漫主义戏剧追求，也丰富了现代戏剧的艺术探索。没有这些经验的积累，现代戏剧显然无法在 30 年代达到高峰。30 年代戏剧在"大众化"口号的倡导下，在具体主题表现上既有无产阶级戏剧、"国防戏剧"、农民戏剧等戏剧形式，又出现了职业化、商业性的"剧场戏剧"，现代戏剧由此不仅诞生了一大批优秀的剧作家、导演、演员，而且在产生大量优秀作品的同时形成了自己的观念，获得了稳定的观众群。19世纪末从国外引入的话剧，终于从生产到接受均完成了中国化。

抗日战争爆发后，戏剧出于现实的需要，一度呈现出如下几种态势。其一，是"广场剧"的总体繁荣。其具体表现是戏剧从城市剧场直接走上街头，走向农村和战地，剧本强调政治宣传、鼓动与教化，形式"公共化"、多短小精悍，可以就地演出，灵活多样。其二，在解放区，从舞台上一度上演中外名剧转为"民族化"问题的提出与实践，这种情况在"文艺为工农兵服务"的主张提出后得到强化，话剧工作者通过利用和改造民间形式对广大农民进行革命的启蒙教育，新秧歌剧《兄妹开荒》、歌剧《白毛女》等代表作正是在此背景下产生的。其三，在国统区和沦陷区（主要指上海"孤岛"），历史剧创作空前繁荣。由于历史剧能够借古讽今、借古喻

① 钱玄同：《随感录（十八）》，《新青年》第 5 卷第 1 期，1918 年 7 月。

今，且借助历史题材剧作者可以在针砭时弊的自由受到限制的背景下最大限度地发挥自己的创作自由，所以历史题材创作就成为一个重要方向并诞生了一批优秀剧作。从 40 年代戏剧的发展趋势可以看到，喜闻乐见的旧形式在现代戏剧创作中同样具有自己的价值，归根结底，这是由戏剧的时代性、观众的接受水平和戏剧传统决定的。上述事实在很大程度上对现代戏剧的艺术追求提出了如何改革与创新，如何古为今用、洋为中用的问题。戏剧作为舞台艺术，有着一般意义上的文学所不具备的直观性、可以直接与观众接触的特性，而这一特性，正可以作为思考现代戏剧发展的逻辑起点。

第三编

新文学批评的现代性实践属性

从某种意义上说，中国现代文学理论的理论属性或文本模式都不是纯粹理论性质的，而是批评性质的理论，甚至是批评意义的实践性理论，或实践性意义的批评文本。

一般说来，文学理论的首要属性当属理论性，但理论性与实践性又是相辅相成的。理论性集中体现为对于研究对象的普遍性意义的揭示，而实践性侧重于对研究对象的具体事实、个别现象的过滤或提炼。同时，文学理论特别是中国现代文学理论又必然携带着明显的现实性属性，它必须面向现实，直面现实的社会现象和文艺现象，求解现实中或文坛上的思想答案和理论，乃至文学方面的答案。于是，新文学理论特别是中国文学现代性启蒙进程中的理论形态、理论研究，特别是批评形态就必然蕴含着浓郁的实践性属性。

第八章

实践属性与现代文学理论的
批评性文本导向

中国现代文学理论的实践性本质使其文本呈现出一种批评性的表现模式或文本书写模式。

置身于中国社会现代性启蒙的历史进程中，面对着文坛上思想论争的热情激烈、接连不断，面对着作家队伍的日益发展壮大、文学作品的日益丰富繁荣，现代文学理论必然要回答文学如何存在、如何建构、如何发展等现实性的问题，这就使得新文学理论必然携带着理论实践性的现实导向以及相关的特征。

因为，任何文学理论、文学批评都不是孤立存在的，都与其存在的社会现实有着不可分割的隶属关系，包括与其所依附的文化母体之间所发生的各种历时性的纵向关系或共时性的横向关系。而且，越是在社会生活发生翻天覆地的变化的历史转型时期，社会语境的转变越是能够强有力地激活文学活动，使文学活动发生惊世骇俗的变化，随之而来的是批评活动越发显得活跃。或者说，一方面，文学理论的繁荣，在相当大程度上取决于当时社会生活的某种体制性变化，或是社会历史的时代性、现实性因素激活了文学活动、文学批评的生成功能。另一方面，文学理论的本质属性也正在于利用其所蕴含的理论实践性、理论指导性来面对社会现实、面对文学现象而产生的价值。

一　实践性与新文学现代性启蒙中的批评理论

在中国新文学现代性启蒙的发展进程中，文学理论的实践性属性决定了其理论阐释方式或理论书写模式是一种批评理论或理论批评。

美国著名文学理论家雷·韦勒克和奥·沃伦曾经说过，关于文学的基本原理与判断标准的研究，与关于具体作家作品的研究包括文学现象的个别研究以及编年史式的系列研究不同，两者之间是应该有所区别的："似乎最好还是将'文学理论'看成是对文学的原理、文学的范畴和判断标准等类问题的研究，并且将研究具体的文学艺术作品看成'文学批评'（其批评方法基本是静态的）或看成'文学史'。当然，'文学批评'通常是兼指所有的文学理论。"[1] 无疑，我们无法严格地区分文学理论、文学批评、文学史等概念，但相比较而言，文学理论的理论性更强一些，更多地注重深度研究和创新性探索，更多地涉及文学原理的普遍性意义或一般性规律的研究。文学批评则大多是针对文学现象而展开，其指向较为具体，针对性较强，实践性的价值和意义较为突出。

细数五四以来中国现代文学史上的文学理论文本形式，其主要表现为文学理论论争、创作经验谈、作家作品论等文学批评的样态，其中无论哪一种文论形态，其文本模式都主要是批评性质的理论，都蕴含着极为浓厚的实践性属性和实践性逻辑，也昭示出新文

---

① 〔美〕雷·韦勒克、奥·沃伦：《文学理论》，刘象愚等译，生活·读书·新知三联书店，1984，第31页。

学理论的实践性原则和实践性意义。

首先，中国新文学的实践性属性决定了其理论文本必然携带着强烈的问题意识，因而建构了一种以批评为本质的理论批评或批评理论。它立足社会现实实践和文学现实实践，积极地从现实出发，敏锐地提出客观实践和自我实践中的问题，主动地甚至是全力地去解决问题，从而积极地去实现为现实服务的目的。它们没有携带很多西方世界哲学理论、文学理论那样的纯粹学理因素，也并不专注于去探究事物的存在之理或抽象的玄学思辨，而是表现出鲜明的社会实践性和现实指向性，表现出强烈的主体意向性和现实应用性。它们大多是源于社会现实的实际需求，并从国家前途、民族生存和自我人生的立场出发，关注周围现实和切身利益的问题，关注当时文坛的发展现状和文学实绩，并具体地提出问题、写出观点、阐释思想，从而在新文学现代性启蒙的艰巨历程中开拓出一片自由言说的思想空间，梳理、廓清一些分歧混乱的思想观点和文学观点，从而建构起一些新的价值取向和审美理想。

例如，中国现代文学史上风起云涌的文学论争和文学思潮、蓬勃繁荣的文学社团和文学流派，都生成于中国社会和中国文学现代性启蒙的现实性需求之中，都蕴含着广博而厚重的社会实践性、文学实践性和作家主体实践性。李何林在编著《近二十年中国文艺思潮论》时，也曾特别强调注重文学论争、文学思潮之中文学理论的实践性意义，"文艺思想固时时受着现实的政治经济社会和其他文化的影响，而文艺的浪潮也在激荡着、推动着、或影响着政治社会和其他文化。在中国的现代史上做了很好的工作，占着光荣的一页……兼之中国社会的复杂性，所以每每一种文艺思想问题已经争论过一番，解决过一次了"[1]。

---

[1] 李何林编著《近二十年中国文艺思潮论》，陕西人民出版社，1981，第13页。

每逢文坛出现了一些新人、新作品，或者发生了一些引人关注的文学事件、焦点问题，作家和理论家都纷纷写文章，声明自己的看法，或赞赏、声援，或批评、拒斥。例如，20 世纪 20 年代初，郁达夫的小说《沉沦》问世后，众说纷纭。周作人写了《沉沦》积极地为郁达夫进行辩护，针对那些"诲淫诲盗"的恶名，周作人指出，这种所谓"不道德的文学"，"实在是反因袭思想文学，也就可以说是新道德的文学……所描写是青年的现代的苦闷，似乎更为确实"①。刘大杰一方面批评了"中国的国粹"，批评他们认为描写了妓女就是"不道德"的认知偏颇，另一方面又具体指出了郁达夫的"文句""深刻而有力"，创作了大量"给与我们以新生命的作品"，② 但也有"庸碌"的《迷羊》。黎锦明认为，作品中"公开的性的讨论"和"一无顾忌的真实"，"实是一件有伟大性的工作"，其中"真实的情感的启示比《呐喊》那较明显的激动，尤其来得深远"。③ 此时，成仿吾、茅盾、钱杏邨、沈从文、邵洵美、韩侍桁等人都纷纷表述自己的看法。后来，邹啸收集了 30 多篇相关文章，编辑了《郁达夫论》，由上海北新书局于 1933 年 7 月出版发行。又如五四新文化运动初期，青年诗人汪静之的爱情诗集《蕙的风》出版后，有人指责它像《金瓶梅》一样"败坏道德教化"，鲁迅、胡适、朱自清、周作人、宗白华、刘延陵等作家纷纷站出来说话，朱自清认真辨析了"美与爱"和"血与泪"之间的关系："我们现在需要最切的，自然是血与泪底文学，不是美与爱底文学；是呼吁与诅咒底文学，不是赞颂与咏歌底文学。可是从原则上立论，前者固有与后者并存底价值。因为人生要求血与泪，也要求美与

---

① 周作人：《沉沦》，邹啸编《郁达夫论》，上海北新书局，1933，第 65 页。
② 刘大杰：《郁达夫与迷羊》，邹啸编《郁达夫论》，上海北新书局，1933，第 108—109 页。
③ 黎锦明：《达夫的三个时期》，邹啸编《郁达夫论》，上海北新书局，1933，第 53—54 页。

爱，要求呼吁与诅咒，也要求赞叹与咏歌：二者原不能偏废。"① 胡适明确指出，"社会进步的大阻力"便是这种"冷酷的不容忍"，"我们对于一切文学的尝试者，美术的尝试者，生活的尝试者，都应该承认他们的尝试的自由"。②

其次，中国新文学的实践性属性决定了其理论文本的内涵必然蕴含着浓郁的主体性意蕴，因而形成了一种以批评者主体的体验性为主导的批评理论。在这里，文学批评文本是作家理论家自我主体实践性活动体验的表现，或是批评主体与批评对象之间相互关系的一种文学解读、审美辨析。此时，作者的主体自我大多积累了或丰富或深刻的人生实践和文学实践，并从这些实践性的经验、体验出发，来鉴赏、评论文学对象。此时，作为文学批评对象的作家作品、文学现象大都是经由作者主体实践性体验过滤的对象，是他们曾经经验的、切身体验的对象，也是他们所理解的对象。相比较而言，在传统解释学意义的文学批评中，客观性因素和理论性色彩更多一些，而在这种从批评主体的实践体验或实践逻辑出发的文学批评中，无论是作为批评主体的实践性体验，还是作为批评对象的作家作品和文学现象，都是非实体性的存在更多一些，或者客观存在性更少一点、更薄弱一些，即使是批评对象也多表现为一种批评主体所理解的对象，它作为一个事件、一种行为或一部作品，大多携带着较多批评主体的实践性体验和实践性逻辑。

例如李长之1935年出版的《鲁迅批判》一书，不仅是遵从作为批评主体的作者自我的实践性体验的认知逻辑来审视作为批评对象的鲁迅，而且对鲁迅及其作品的评析同样取自鲁迅作为作家自我主体的实践性体验。文章的思想观点不是源于某种哲学理论或文学原理来审定作家，而是从作家生活实践和文学实践的具体经历出

① 朱自清：《〈蕙的风〉序》，汪静之：《蕙的风》，上海亚东书局，1922。
② 胡适：《〈蕙的风〉序》，汪静之：《蕙的风》，上海亚东书局，1922。

发，从作家主体行为的实践性经历和实践性体验出发，从作家精神主体的本质性属性和整体性特征出发来认识作家、分析作品。文章首先从鲁迅生存的时代环境和生活道路来确认鲁迅"精神进展"的几个阶段，然后从精神、感情和人格等方面概括出鲁迅精神主体的主要特征，继而从其精神主体的实践性体验或实践性逻辑中去推导出作品的价值和意义。李长之认为，鲁迅之所以成为中国文学史上划时代的、最煊赫的代表者，是"人得要生存"的生存实践使然，由"小康而堕入困顿"的"奚落和讽嘲"等"生存"因素"绘就"了其思想性格的主要特征。他是情绪的、内倾的、执拗的，在他的灵魂深处没有"休闲"，没有"世故"，"他所有的，乃是一种强烈的情感，和一种粗暴的力……别人感不到的，他感到；别人不以为大事件的，他以为大事件；别人以为平常，他却以为不平常；别人以为不值一笑，他却以为大可痛哭……所以他才比普通人感到的锐利，爆发的也才浓烈，于是给通常人在实生活里一种警醒、鼓舞、推动和鞭策"①。正是凭借着这种自我主体实践所获得的情绪感觉，依据着主体实践逻辑的思维方式和情感轨迹，再加上其惊人的超越的天才，铸成了"诗人的鲁迅"和"战士的鲁迅"的伟大的永久艺术。

又如批评家李健吾，同样也特别重视文学批评标准和批评过程中的自我实践体验和自我人生存在。他强调，文学批评的原则应该是"自我"的，文学批评的方法应该是"一种印象的印象"，批评家须"走回自己的巢穴"，"往批评里放进自己"，"拿自我做为创作的依据，不是新东西。但是拿自我做为批评的根据，即使不是一件新东西，却是一种新发展。这种发展的结局，就是批评的独立，

---

① 李长之：《诗人和战士的鲁迅：鲁迅之本质及其批评》，《李长之批评文集》，珠海出版社，1998，第108—115页。

犹如王尔德所宣告，批评本身是一种艺术"。①

最后，中国新文学的实践性属性使其理论文本携带了强烈的问题意识和浓郁的主体性倾向，因而其批评理论的书写方式大多表现为现实性、功利性和体验性、感悟性等特征。源于新文学现代性启蒙历程中社会发展实践的现实性、问题性需求，源于作家和理论家批评主体的实践性体验，新文学批评理论文本的书写原则大多是实用性的、即时性的，其批评视角大多源自批评主体主观自我的体验、印象或感悟，其语言风格大多是自然平易、亲切随和的，其文体形式也大多是一些时评、短论、杂文、序跋等即时性、随感性的文字，很少有西方文艺理论那样建立在纯粹理性基础上的学理性哲学思考和严密逻辑思维中的抽象性理论思辨。

二　主体性与现代文学批评理论的理性存在

文学主体性，构筑的主要是以人为中心的研究系统，特别强调作为创造主体的作家或批评家的主体性存在及其实践活动。

在中国现代文学理论批评的主体实践活动中，作家或批评家的主体性也大多表现为实践主体和精神主体两个方面。一方面，作家和批评家作为一种实践性的存在，在文学批评和诸种文学实践过程中与批评对象、实践对象之间形成了一种特定的主客体关系，其中，批评家自身是作为一种主体而存在的，他们按照自己的方式去行动，因而他们是实践的主体；另一方面，作家和批评家在认识过程、表现过程和批评过程中与认识对象、表现对象、批评对象之间也形成了一种特定的主客体关系，在这期间，他们仍然是作为主体

---

① 李健吾：《自我和风格》，《李健吾文学评论选》，宁夏人民出版社，1983，第215页。

而存在的，他们按照自己的方式去思考、去认识、去表现、去批评，因而他们也是精神主体。还可以说，由于批评理论的作者是作为新文学现代性启蒙实践的主体而存在的，其批评理论或批评模式自然也是其实践主体和精神主体的主体性表现，是批评主体的一种自我追求的理想目标或自我实现的表现形式。

新文学批评理论中的主体性存在是异常凸显的，它集中表现为批评主体存在形态的强大、主动、积极、活跃。

无疑，批评是批评者的批评，批评的主体性存在所凸显的是批评者自我的主体意识和文学批评的独立性本质。在新文学批评理论中，批评主体意识表现出一种历史性的、空前的强化和张扬。在这里，批评者作为批评的主体存在，在从事文学批评的时候，不再完全站在一种纯粹客观的立场上去面对原著或批评对象，也不再追求对于作者或文学作品的无条件的"忠实"，而是以一种主体性的位置甚至是一种居高临下的位置去审视批评对象和从事文学批评，因而具有一种绝对强势的话语权；在这里，批评者在批评过程中熔铸进了批评主体自我的思想、情感和体验，他们以个体自我的主体意识、人性存在、人生体验等去理解、阐释、鉴赏作家作品、文学现象，因而也构成了一种批评主体与批评对象之间所进行的交流或对话；由于批评主体摆脱了对批评对象的依附，而是以其所拥有的独特的思想、人性、人生去解读批评对象，因而形成了一种属于批评者自己的对于人生、对于艺术的创造性的阐释或体悟，从而使批评成为一门独立的艺术。

批评也是理解的批评，是批评主体对于批评对象的理解和批评。在批评过程中，批评主体与批评对象之间形成了一种理解、沟通的相互交往关系，并且在这种相互关系中居于一种绝对的主体位置。这种批评主体的积极存在，引导批评主体和批评对象乃至接受者之间形成了更为主动的共生互补关系。一般说来，批评者所面对并投入其中的世界总是他们所理解的世界，他们对于他们所理解的世界产生认知并进行批评。一方面，这种理解使批评主体的理论视域与经验视域都获得了一种对象性的活跃机会，而相应的理论观点与经验理解被对象所激活，因此获得了对象性的形态。批评主体的理论或经验的对象性形态便是对批评对象达成的理解，这种理解既是批评产生的基本条件，也为批评提供了更为准确、更为活泼的充分营养。另一方面，经由理解而产生的批评，使被批评的文本在理解中生成了某些原本没有的新东西，批评主体也在批评的文本理解中使既有的经验和理论积累产生了原本没有的新东西。这种在理解基础上生成的批评理论既是对被批评文本的丰富，也使接受者的接受能够在更真实、更新鲜、更丰厚的阐释或解读的基础上展开，更是对批评理论的充实、拓展或不同程度的更新，起到了一种新的理论建构的作用。

在新文学的理论发展史上，李健吾的文学观点可谓主体性批评理论的系统性建构。首先，他强调，批评的本质就是批评者主体的自我追求、自我实现、自我发现或种种"自我忠实的表现"："批评的成就是自我的发见和价值的决定。发见自我就得周密，决定价值就得综合。一个批评家是学者和艺术家的化合，有颗创造的心灵运用死的知识。他的野心在扩大他的人格，增深他的认识，提高他的鉴赏，完成他的理论。创作家根据生料和他的存在，提炼出来他的艺术；批评家根据前者的艺术和自我的存在，不仅说出见解，进而企图完成批评的使命，因为它本身也正是一种艺术。"[①] 他解释，衡量一个批评家的重要原则，便是批评主体的"自我的存在"，它应该以尊崇自我为原则，以表现自我为方法，运用批评家自我的价值观念、审美取向和艺术情趣去批评、鉴赏文艺作品，从而使一篇

---

① 李健吾：《李健吾文学评论选》，宁夏人民出版社，1983，"序一"第1页。

或一部批评著述鲜明地呈现出批评家自我的价值、发现或风格。其次，批评的依据应该是批评主体自我的人性的存在，"批评之所以成为一种独立的艺术，不在自己具有术语水准一类的零碎，而在具有一个富丽的人性的存在……这只是另一股水：小，被大水吸没；大，吸没小水；浊，搅浑清水；清，被浊水搀上些渣滓。一个人性钻进另一个人性，不是挺身挡住另一个人性"①。再次，批评主体所从事的批评还是一个自我存在与表现自我相互矛盾、碰撞、融会的过程，这也是一种"努力征服自我"的过程，因为自我也是一个矛盾的结合体，它需要时时更新，需要不停地迎接新的挑战。"自我，一个人最大的反叛，需要许多年月来认识，需要许多灯火来摸索，最后到手的不是克服，而是合作，而是表现和自我的相好无间。不打不成交。"② 最后，这种以自我主体性存在为依据的文学批评，充分借鉴和吸收西方印象主义大师法朗士、勒麦特以及唯美主义代表王尔德等人的文学理论，使批评作为一种独立的艺术而问世。如李健吾所说："拿自我做为创作的依据，不是新东西。但是拿自我做为批评的根据，即使不是一件新东西，却是一种新发展。这种发展的结局，就是批评的独立，犹如王尔德所宣告，批评本身是一种艺术。"③

在这里，需要特别强调的是，新文学批评理论中批评主体存在的性质是理性的。作为批评主体的新文学作家和理论家在从事文学批评或文学创作的时候始终倚重思想的理性力量。尽管，他们是那么热切地渴望构建自我主体批评的艺术独立性，是那么强烈地追求批评者主体的自我存在或自我实现，但其批评主体的存在性质大都呈现出一种理性的自觉。他们大都始终不渝地执着于理性主义的思

① 李健吾：《爱情三部曲》，《李健吾文学评论选》，宁夏人民出版社，1983，第9—10页。
② 李健吾：《里门拾记》，《李健吾文学评论选》，宁夏人民出版社，1983，第134页。
③ 李健吾：《自我和风格》，《李健吾文学评论选》，宁夏人民出版社，1983，第215页。

想立场，不屈不挠地恪守着新文学现代性启蒙的伟大方向和伟大实践，坚定不移地探索着现实主义的文学观念和创作原则。例如，李大钊曾说："宏深的思想、学理、坚信的主义，优美的文艺，博爱的精神，就是新文学运动的土壤、根基。在没有深厚美腴的土壤的地方培植的花木，偶然一现，虽是一阵热闹，外力一加催凌，恐怕立萎！"① 鲁迅也曾反复地宣称："我也并没有要将小说抬进'文苑'里的意思，不过想利用他的力量，来改良社会……说到'为什么'做小说罢，我仍抱着十多年前的'启蒙主义'，以为必须是'为人生'，而且要改良这人生。"②

以鲁迅为代表的新文学作家大多同时也是思想家，当他们作为批评主体而存在的时候，其思维活动的方式大多是理性的，他们大多依据一种清醒的理智力量或凭借一种理性思维的思想力量来面对客观现实和文学现象。

第一，就我国新文学发展的社会历史环境来讲，突出地表现为一种呼唤理性的时代特征，批评家包括作家的主体理性得到广泛的张扬。在我国 20 世纪二三十年代的社会现实中，政治斗争和阶级矛盾纵横捭阖，没有现代科技革命的迅猛发展所带来的物质文明和精神文明，对于当时的中国人来说，迫切需要的不是个体自我内在的五花八门的精神追求，而是作为人的自我的最基本的生存权利，他们迫切渴望的是在众多的迷惘与困惑中理出一条救国救民的求生之路。随之而来的文学的主要任务是反帝与反封建，是现代性的思想启蒙。于是，现实环境的客观性需求迫使作家和思想家们不得不选择理性地去面对。

第二，就我国新文学批评家乃至作家的思维方式来讲，我国传

---

① 守常：《什么是新文学》，《星期日》社会问题号，1928 年 12 月 8 日。
② 鲁迅：《我怎么做起小说来》，鲁迅等：《创作的经验》，上海天马书店，1933，第 1—4 页。

统的精神文化的一个突出特点是"天人合一""体用不二",这既是人生哲学,又是人生方法论。这种物质与精神、本体与功用、理性与感性、个体与群体之间的和谐统一也在某种程度上影响了新文学批评理论,使其不可能走向纯粹的抽象和超验。他们大多继承了我国传统哲学的人文性质,他们更多的是关注人生之道、人性之理,即便是新文学现代主义对西方理论和艺术的引进,也并不是纯粹的原来意义上的非理性主义的那些理论和思想,而是被糅入了介绍者自己的认识和体验,或者说介绍者仅仅是取其所理解的部分或取其所需要的部分,甚至成了中国化的柏格森哲学、弗洛伊德主义。他们从事文学批评活动的立场和原则都在于要借助批判理性的思想力量去解读、完成新文学现代性启蒙的伟大历史实践。或者说,他们立足自己所生存的现实,理性地直面各种严峻的社会问题和人生问题,理性地把握自己存在的价值和位置,理性地执着于反帝反封建的历史使命,理性地去探索和表现各种现实的黑暗、人生的血泪乃至自我的苦闷,理性的立场和理性的思想认知已经不可回避地、无所不在地熔铸到新文学的理论批评和文学作品中了。

第三,就我国新文学批评家乃至作家的思想价值取向和文学创作理念来讲,其主旋律始终是主体自觉的理性精神,即现代性思想启蒙和现实主义的创作精神。以五四新文学为例,从表面上看,以文学研究会为代表的人生派和以创造社为代表的浪漫派相互对立、各执己见。前者广泛地接触并表现了现实社会各个领域的各种问题,写出了被侮辱者、被损害者的穷苦生活,从人生、教育、妇女、家庭、习俗等角度去揭露现实、批评社会,表现出强烈的人道主义倾向,并尊崇写实的创作方法,恪守现实主义的立场;后者更多的是写自我个体的经历体验,其追求多是人的社会价值、人的尊严、人的七情六欲的合理发展,在审美追求方面更自由、更浪漫,表现出浓郁的诗化、抒情化、情绪化的艺术倾向。但究其实质,双方都没有脱离主体理性的基本存在，他们都表现出深刻的真实观和悲剧意识，都携带着鲜明的功利观和批评意识。文学研究会提倡的"再现说"，强调客观现实的真实，强调写实，注重对劳苦大众和平凡小人物的描写，表现的是社会悲剧；创造社提倡的"表现说"，强调内在心理的真实，强调主观情感的真实抒发，注重对知识分子个体自我的现实苦闷的描写，表现的是心灵悲剧。双方都是社会历史转型期的先行者，都是以觉醒了的现代意识去观照现实的社会生活、道德文化、行为模式，他们或者更贴近社会的现实生活，或者更贴近人的心灵，但都在传统的或封建的习以为常的生活习俗、思想习惯中看见了"真实"，看见了悲剧，从而都以一种自觉的主体理性去热烈呼号、沉痛控诉、执着探索，都表现出鲜明的积极入世的态度和强烈的振兴民族的使命感，都携带着明显的平民性和社会进取性，携带着浓郁的功利观和批判意识。

三 体验性与现代文学批评理论的感性表述

应该说，在新文学批评理论中，理性和感性是并存的，两者之间既相互对抗，充满了矛盾，又相互依存，协同发展，形成一种批评主体的理性存在和感性表现相辅相成的话语形态。由于批评主体的强势存在和积极作用，一方面其表现出一种极为强势的自觉的、清醒的、思索的理性精神，另一方面其切入视角、阐释模式和书写方法也渗透着较浓郁的主体自我的主观性、体验性的色彩，表现出一种活泼的感性体验的叙述方法。

新文学批评理论的主体性存在表现在其阐释模式、书写形式等方面，主要是主观性、感觉性因素的积极主动的投入。虽然，批评主体的存在性质、认知模式大都受到理性的制约，但是他们对自己的思想观点和文学现象的解读和表述并不遵循纯粹理性的逻辑推理或抽象严谨的学理思辨方法，而是多从主体自我的主观性感觉体验出发，写下自己心中的各种印象、体会或感悟。

首先，印象式批评、感受式鉴赏成为新文学批评理论中主体存在的一种重要表现形式，这是批评主体的一种感性的情感表述方式。文学评论家李健吾曾明确强调批评理论和批评形式中主体印象感觉的重要意义。"美丽的感觉引导我前进"，批评家所能做的不外乎是把主体自我对于作品在某一时间的印象"凝定下来"，因为"批评是一种印象的印象……不判断，不铺叙，而在了解，在感觉"。① 其 1936 年出版的文学评论集《咀华集》《咀华二集》，介绍和评析了巴金、沈从文、曹禺、卞之琳、何其芳、李广田、萧军、叶紫、夏衍、茅盾等多位作家的理论及创作，所呈现的大都是这样一种印象式批评、感受式鉴赏的文本模式。他自述在写这些文学批评时主要源于自我"直觉的美感"，他没有使用"坚定的理论辅佐"，也不去推断几种条理分明的抽象结论，只是和作者也是和读者一起去感觉去体验，然后在自己印象最深刻或"顿悟"最强烈的地方留下自己的感悟，成其所谓一种"灵魂的奇遇"。五四时期创造社的理论家和作家也曾以一种极端的方式来强调这种诉诸感情、诉诸内心的感性表现方式。成仿吾解释："文学是直诉于我们的感情，而不是刺激我们的理智的创造；文艺的玩赏是感情与感情的融洽，而不是理智与理智的折冲。文学的目的是对于一种心或物的现象之感情的传达，而不是关于它的理智的报告……文学始终是以情感为生命的，情感便是它的终始。"②

其次，新文学批评理论文本大多采用一种内在性的叙事视角，这是源自批评主体主观自我内在心理的一种印象性、感觉性的书写

---

① 李健吾：《自我和风格》，《李健吾文学评论选》，宁夏人民出版社，1983，第 214 页。
② 成仿吾：《诗之防御》，《创造周报》第 1 期，1923 年 5 月。

视角。一方面，批评者对作家作品的阅读分析大多从作家主体精神的主观性视角，或作品中人物心理活动的内在性视角切入，从而分析作品、审视文学现象；另一方面，批评主体的评论鉴赏也大多是从批评者自我主体的实践性体验或主观内在的情绪性感觉出发，并用感觉性、情感性的美丽文字记述下来。李健吾的文学批评大多采用这样一些内在体验性的视角，他在评析沈从文小说《边城》的时候，是从作者的创作心理切入的："他有美的感觉……他不分析；他画画，这里是山水，是小县，是商业，是种种人，是风俗是历史而又是背景……他对于美的感觉叫他不忍心分析。"[1] 他在解说废名小说《桥》时，既写下了作品中人物寂寞灵魂的"美丽的独语"，又同样用抒情的笔致写下了自己的内心感觉："最寂寞的人往往是最倔强的人。有的忍不住寂寞，投到人海寻话说，有的把寂寞看做安全，筑好篱笆供他的伟大的徘徊……寂寞是他们的智慧。"[2] 他介绍萧乾的创作的时候，既从萧乾心灵的内在视角赞赏其"是一个意象创造者"，有"一颗艺术自觉心"，总是努力把"视觉的记忆和情绪的记忆"合在一起，去面对去描写人生的忧患和命运的无常，去描写"心灵的错落"，又从接受者内在心理的感受视角找到了作家与读者之间内在心灵脉搏的共振："作者似乎接受所有的因子，撒出一面同情的大网，捞拾滩头的沙石，于是我们分外感到忧郁，因为忧郁正是潮水下去了裸露的人生的本质……此其所以现实主义的小说，几乎没有一部不深深拓着忧郁的印记。"[3]

再次，新文学批评理论文本大多呈现一种形象性、抒情性的书写风格，这也是源自批评主体自我人格的内在心灵律动，或源自其理想追求中的一些情感性、浪漫性的因素。这些批评文字的书写很

---

① 李健吾：《边城》，《李健吾文学评论选》，宁夏人民出版社，1983，第53—54页。

② 李健吾：《画梦录》，《李健吾文学评论选》，宁夏人民出版社，1983，第128—129页。

③ 李健吾：《篱下集》，《李健吾文学评论选》，宁夏人民出版社，1983，第74页。

少有枯燥晦涩的抽象玄思，也很少有科学严谨的逻辑推理，而大多朴素平实、直抒胸臆，甚至有一些美丽潇洒、浪漫淋漓的"美文"或散文诗，他们从容地议论，随意地落笔，洋洋洒洒，神采飞扬，表现出美妙绮丽、令人心醉的"文采与意想"。①

例如林徽因的批评理论和批评文本，其语言文字的形象性和感觉体验的美感丝毫不逊于诗，既鲜明地表达了自己的现代主义、浪漫主义、现实主义三者兼容的诗学观，也在字里行间携带着浓浓的象征意蕴，荡漾着华美的浪漫文采。她在谈如何写诗时说：写诗是"潜意识的浮沉"，须"忠于情感"，"忠于意象"，"忠于那一串刹那间内心整体闪动的感悟"，"这感悟情趣的闪动——灵感的脚步——来得轻时，好比潺潺清水婉转流畅，自然的洗涤，浸润一切事物情感，倒影映月，梦残歌罢，美感的旋起一种超实际的权衡轻重，可抒成慷慨缠绵千行的长歌……但这美感情趣的闪动，若激越澎湃来得强时，可以如一片惊涛飞沙……身受者或激昂通达，或禅寂淡远，将不免挣扎于超感情，超意象，乃至超言语，以心传心的创造"。② 苏雪林论沈从文的小说创作，同样是用形象的文字和生动的语言，寥寥数语，既准确地概括出沈从文小说的主要特色，也犀利地指出了其文学史的基本定位，并在很大程度上影响了后人对沈从文的接受和评价。苏雪林说："我常说沈从文是一个新文学界的魔术家。他能从一个空盘里倒出数不清的苹果鸡蛋；能从一方手帕里扯出许多红红绿绿的缎带纸条；能从一把空壶里喷出洒洒不穷的清泉；能从一方包袱下变出一盆烈焰飞腾的大火，不过观众在点头微笑和热烈鼓掌之中，心里总有'这不过玩手法'的感想。沈从文之所以不能如鲁迅，茅盾，叶绍钧，丁玲等成为第一流作家，便是

---

① 鲁迅：《中国小说史略》，《鲁迅全集》（第八卷），人民文学出版社，1957，第55页。
② 林徽因：《究竟是怎么回事》，《大公报·文艺副刊》1936年8月30日。

被这'玩手法'三字决定了的!"①

李健吾的文学批评也是形象性的、抒情性的语言,是"心象"表述。他的文笔就像抒情的散文或散文诗那样充满了诗情画意,流淌着心灵的律动,他常常是用形象的文字和生动的比喻把自己对作品的体悟描述出来,使其既携带着深刻的象征意蕴,也荡漾着浪漫华美的文采。面对叶紫这样一位左翼革命作家的小说,他也不是运用理性的文字说明它的内容如何的革命,思想如何的先进,而是运用了生动的比喻:"叶紫的小说始终仿佛一棵烧焦了的幼树,没有《生死场》行文的情致,没有《一千八百担》语言的生动,不见任何丰盈的姿态,然而挺立在大野,露出棱棱的骨干,那给人苦壮的感觉,那不幸而遭电殛的暮春的幼树。它有所象征。这里什么也不见,只见苦难,和苦难之余的向上的意志。"② 又如,李健吾在评价萧乾的小说时的文笔也是极为美丽的:"这种神秘而实际单纯的心田把他们和儿童纠结在一起:一种神圣的火燃起另一种神圣的火……即使属于短篇,也象一座神坛,为了虔心瞻拜,红毡远远就得从门口铺起。"③ 可以说,以鲁迅为代表的众多的文学评论家都为我们留下了数不胜数的文采飞扬的精湛"美文"。他们随想所至,信笔写来。虽然寥寥几笔,却鞭辟入里,一针见血,成为永存史册的名言经典。

---

① 苏雪林:《沈从文论》,《文学》第 3 卷第 3 期,1934 年 9 月。
② 李健吾:《叶紫的小说》,《李健吾文学评论选》,宁夏人民出版社,1983,第 162 页。
③ 李健吾:《篱下集》,《李健吾文学评论选》,宁夏人民出版社,1983,第 72 页。

第九章

问题批评与现代文学理论实践的
启蒙性、现实性功能

  中国现代文学理论是中国社会现代性启蒙发展历程中关于文化、文学方面的思想荟萃或精神提炼。那么，提炼什么、如何提炼便涉及哪些问题可以引起理论的关注，并因此促成一种思想理论的诞生甚至引发一系列的思考、阐释。也正是这些理论问题的提出、解答乃至论争，促进了中国现代文学理论体系的建构，因而现代文学理论建构的链条或者说中国现代文学理论发展的主旋律是问题批评。固然，现实社会和文学现象中的哪些情况可以构成理论问题，或者说文学理论应该对现实实践中的哪些思想问题和文学问题进行关注、进行提问或进行批评，这也不是理论文本自身可以解决的，即文学批评理论的问题生成不可能是孤立的精神现象。客观世界的现实环境和文化环境、批评者的主观精神状态乃至批评对象等方面的诸多因素作为一种实践力量，共同推动着问题的提出和批评的展开，检验着文学理论的问题式研究。在中国现代文学史上，有热闹的文学思想论争，有纷繁的文学思潮流派，也有很多文学理论经典的问世。其中，文学论争中的理论博弈主要指向客观现实视域下中国文学现代性启蒙语境中的问题性聚焦，文学思潮流派的思想分歧则更多地体现为批评主体的批评意识中关于文学现代性启蒙实践的一种现代批评主体的问题性求解，文学理论经典则涵盖了客观世界和精神主体双重领域的对于现代批评理论体系的问题性建构。

一 文学思想论争与现代社会
语境的问题性聚焦

在中国现代文学史上，文学论争更多体现为文学思想的论争，因而它与问题性、实践性的不解之缘是显而易见的。而且，问题性与实践性两者之间也不可避免地存在着一种不可解的相互依存关系。在实践中产生问题，关于问题的聚焦、求解、应答又反过来发挥着指导实践的理论思想作用。

中国现代文学史上的文学思想论争是一种颇为典型的问题式批评，也是一种最直接、最鲜明的批评本体的理论建构形式，同时还是现代文学批评理论形态中最生机勃勃、最切实、最具体的实践性追求。这些文学思想论争的本质属性就在于以问题为聚焦，以批评为本体，以实践为目的。它们诞生于社会现实与文学现实的实践性需求，运用着批评的工具，应答着求解着扑面而来的各种问题，直接服务于中国文学现代性启蒙的伟大宗旨。

首先，文学思想论争的本质属性是实践的，它诞生于实践之中，并直接为实践服务。因为思想理论的诞生，大都不是其理论体系内部孤立的自身运作的发展结果，而是诞生于客观现实的实践之中，诞生于现代社会具体语境的实践之中。新批评派代表人物瑞恰兹曾用语境理论来解释："我们有知觉、有反应，它的特性不仅有它的现实原因，而且还有它的历史原因。知觉从来不是对个别的、孤立的事物而言；知觉把它所感知到的任何事物都看做某类事物中的一例。所有的思维，从最低级的思维直到最高级的思维，不管它的发展程度如何，都是对事物进行分类的结果。"① 在瑞恰兹的语境理论看来，文本中的词的意义代表了多种"同时复现的事件"，它是复杂环境相互作用的结果。其一，有它从过去发生的一连串复现的组合中所获得的意义，即时代发展脚步中全部历史留下痕迹的复杂"历史问题"的纵向意义；其二，也有受具体的现实环境影响所产生的意义，这种具体的特殊语境又使其获得更丰富的意义以及更活泼的表达能力；最终，其意义的庞杂繁复或变动不居的最后确定正是通过上述纵横呈现的两种语境的相互作用来实现的。在中国现代文学理论发展史上，表现为文学思想论争的批评理论的产生和建构，同样不是孤立绝缘的存在，不是单凭批评理论体系自身内部的运作来完成的，而同样是依赖上述多重复杂语境的相互作用而产生和发展的。或者说，中国社会现代性启蒙实践中的诸种问题促进了现代文学批评理论的诞生，而现代文学批评理论的生成也正是在于求解中国现代社会实践之中"启蒙之道"的诸种问题。

其次，文学思想论争的表现形式是一种问题式批评，其主要表现为两种或多种矛盾对立的思想观念和文学主张之间的分歧、辩驳、抗争。这种以问题为聚焦的文学思想论争凸显了现代文学批评理论体系中的核心性问题或核心性的思想观点。也可以说，现代文学批评理论是以现代文学启蒙中的问题来引导和建构的，自然也是一种问题式批评。这种关于问题的批评，同样蕴含着瑞恰兹语境理论中的"上下文"的内涵以及"同时复现"的多种"事件"，既有纵向的关乎历史遗留痕迹、关乎传统文化遗产等方面的问题，也有横向的关乎具体现实中的政治、思想、文化、文学诸多领域的诸多实践性问题，这些纵横交错、纷繁复杂的问题都是作为"语境"中的问题而从四面八方聚集在一起，或从各自不同的视角出发而产生

---

① 〔英〕瑞恰兹：《论述的目的和语境的种类》，赵毅衡编《新批评文集》，百花文艺出版社，2001，第331页。

碰撞，新文学的批评理论也正是为了解答这些问题而批评并建构自己的问题式理论体系的。自然，这些问题的生成和求解，也并没有脱离实践性的本源。它既是源于客观世界中的或历史或现实的实践性问题，也是源于思想理论者实践体验中的问题式运作。思想理论者的问题式研究诞生于他对于自己置身其中的现实环境、文化状况包括历史传承中的各种问题的一种理解、一种思考，或者说思想理论研究者并不是根据理论文本而提出思想理论研究的问题，这些问题大都是来自他所置身其中的各种社会生活实践和思想文化实践，是纵横复现、相互作用的语境所聚焦的问题，或语境现实要求他予以理论解答的问题。于是，中国现代文学批评理论正是这样一种问题式语境中的关于语境实践中问题的聚焦和求解。

最后，文学思想论争的论争过程，作为问题性语境中的具体问题的问题性呈现，体现了中国文学现代性启蒙发展实践中的实践性成果和实践性意义。文学思想论争，可谓中国现代文学史上一道独特的风景线。或是源于中国社会现代性发展历程中的实践性需求，或受现实政治斗争、思想斗争诸多因素的波及，或来自中西文化、新旧思想的碰撞，中国现代文学史上出现了许多文学思想论争，其次数之多、言辞之尖锐、内容之丰富，实属世界文学发展史上罕见。这些频繁而无休止、激烈而复杂的文学思想论争，贯穿中国现代文学发展历史的始终，凸显于中国社会历史发展转型中的几个重要历史时期，遍布于文学思潮、文学社团、文学流派等各种文化活动中的各个角落，渗透于文学理论和文学创作等各种文学文本的价值取向、审美追求之中，也极大地影响着作家思想家的自我身份、创作道路等主体性行为的存在样态。或者说，在中国文学现代性启蒙的历史实践中，文学思想论争是不可避免的，甚至是不可缺少的，通过各种性质、各种形式以及各个方面问题的激烈论争，一些适应历史发展前进趋向的思想主张、文学理念乃至审美倾向得到认同，得以确立其价值和地位，乃至发扬光大，反之则受到不同程度的批判、抑制，甚至因此而销声匿迹。

由此说来，由文学思想论争而昭示的中国文学现代性启蒙历程中批评理论的问题式建构具有双重的实践性意义。一则，中国文学现代性启蒙过程中批评理论的建构是诞生于问题式的语境之中；二则，由问题式语境而引发的文学思想论争作为一种问题性的聚焦，提出了或提炼了中国文学现代性启蒙发展实践中的具体问题、核心问题，并由此而展开激烈的讨论、论争，从而引发了更广泛、更深入的求解、求索。

中国社会现代性发展的历史进程，遍布着荆棘，时刻遭遇着艰难险阻，特别是每一次社会发展和文学发展的历史转型都是艰苦卓绝的。客观世界的现实语境充斥着形形色色的问题，这些问题的出现是社会历史发展的必然，它不能回避也无法回避，它是深刻尖锐的，也是丰富复杂的，它充满了矛盾和对抗，也充满了困惑痛苦乃至无法逾越的怪圈。正是这些问题的必然性和繁复性引发了思想界和文学界的激烈思想论争。或者说，每一次文学思想论争的起因各不相同，但每一次都是缘起于其特定语境现实的问题式需求，都是现代性启蒙发展历程中现实实际的政治需求、社会需求、文学需求等具体实践性的问题性聚焦、问题性求解。

以五四时期的文学思想论争为例。一方面，五四新文化运动时期的多种文学思想论争，都缘起于社会历史现代性发展进程中的问题语境。它们都源于世界视域下的问题语境，西方国家科技文化的迅速发展，改变了世界的结构，中华民族被迫走上了文化反省和比较选择的十字路口。同时，也是源于中国本土的问题语境，辛亥革命使中国历史翻开了新的一页，旧的政治秩序和道德秩序彻底瓦解了。但民国的建立，没有带来任何意义的民主和富强，也没有带来任何新的社会理想和新的行为规范。此时，到处是军阀混战，还有袁世凯篡位和张勋复辟等倒行逆施，封建统治中那些最为腐朽黑暗的沉渣在新的形势下甚嚣尘上地泛滥开来，尊孔复古的浪潮卷土重来，整个社会弥漫着令人窒息的黑暗氛围。此时，那些受到西方资产阶级民主思想影响的先进知识分子已经痛切地认识到，启蒙的课题与救亡的责任已经义不容辞。如胡适所说："在'五四'之前，我们一般人还在国外留学的时候，一般年轻人注意中国文艺的问题、文学的问题、中国的文字问题、中国的教育问题、中国的思想问题、中国的社会问题，特别是中国的文学问题、文艺的问题，……也就是中国文艺复兴问题。"① 于是，以启蒙和救亡为宗旨的五四运动、新文化运动和文学革命顺应历史发展的进步趋势应运而生；于是，围绕着革命还是守旧、尊孔还是反孔、文言还是白话等诸多问题的文学思想论争接踵而至。另一方面，五四新文化运动时期的文学思想论争，也是中国社会历史现代性发展进程中的问题性聚焦，这是中国现代文学批评理论在中国社会现代性启蒙历程中的具体实践，它实践性地呈现了中国现代文学批评理论的启蒙性、现实性功能。如果说，五四运动的伟大意义在于它是一场史无前例的关乎民族前途、国家利益等政治思想领域的历史变革，那么新文化运动和文学革命同样是一场关乎中国命运的文化思想和文学形式方面的历史巨变。置身于五四新文化运动之中的中国现代文学批评理论，同样发生了一种历史性、现代性的伟大转型，这是一种从古典走向现代、从贵族走向国民、从典雅走向世俗的历史转型。正如陈独秀在"文学革命"大旗上的书写："旗上大书特书吾革命军三大主义。曰推倒雕琢的阿谀的贵族文学，建设平易的抒情的国民文学。曰推倒陈腐的铺张的古典文学，建设新鲜的立诚的写实文学。

---

① 胡适：《五四运动是青年爱国的运动》，姜义华主编《胡适学术文集·新文学运动》，中华书局，1993，第302页。

曰推倒迂晦的艰涩的山林文学，建设明了的通俗的社会文学。"①

在新文化运动和文学革命中，文学革命先驱者高举着思想启蒙的大旗，坚持着理性主义批评的立场。他们的思想武器是"改弦更张""新陈代谢"的历史进化论，他们的指导思想是"民主"与"科学"的理论纲领。为此，他们积极地宣传西方资产阶级启蒙时代所提倡的人权平等、个性解放等"自主之权"和"独立自由之人格"的思想主张；他们努力地批判中国历史传统中陈腐的封建制度和提倡孔孟之道的伦理道德，批判封建迷信、偶像崇拜、愚昧盲从等；他们急切地抨击以孔子学说为代表的封建专制体制和封建文学传统，抨击封建文学中的古文和八股文，积极倡导白话文。在他们看来，新文化运动和文学革命的"中心理论"有两个："一个是'活的文学'，一个是'人的文学'。"② 这两者从形式与内容、文学与思想、文学与政治多个方面构成了文学革命的问题性指向，也构成了其批评精神的核心内涵，其中诸种因素之间紧密关联、相互影响，"形式和内容有密切的关系。形式上的束缚，使精神不能自由发展，使良好的内容不能充分表现。若想有一种新内容和新精神，不能不先打破那些束缚精神的枷锁镣铐"③。胡适从"一时代有一时代之文学"的历史进化论立场出发，认为文言文已经成为"消极""腐败"的形式，丧失了"价值"和"生命"，所以无论是"文学"还是"国语"都"必须用白话"。他连续写了《吾国文学三大病》《白话文言之优劣比较》《文学改良刍议》《建设的文学革命论》等很多文章来倡导白话文和文学形式的革命。他提出，文学改良须从"八事"入手，即"须言之有物""不模仿古人""不作

---

① 陈独秀：《文学革命论》，《新青年》第 2 卷第 6 期，1917 年 2 月 1 日。
② 胡适：《〈中国新文学运动小史〉自序》，《中国新文学运动小史》，台北启明书局，1958。
③ 胡适：《谈新诗》，《星期评论》纪念专号，1919 年 10 月 10 日。

无病之呻吟""不用典""不避俗字俗语"等，"然以今世历史进化的眼光观之，则白话文学之为中国文学之正宗，又为将来文学必用之利器，可断言也"①。陈独秀从形式与内容、文学与政治等诸种因果关系方面彻底否定了封建旧文学："其形体则陈陈相因，有肉无骨，有形无神，乃装饰品而非实用品。其内容则目光不越帝王权贵，神仙鬼怪……此种文学，盖与吾阿谀夸张虚伪迂阔之国民性，互为因果。今欲革新政治，势不得不革新盘踞于运用此政治者精神界之文学。"②

　　史无前例的五四文学革命以及文学革命中惊世骇俗的提问历史性地呈现出来，每一个有良知有思想的知识分子都必然会直面这些自己所置身其中的语境中的问题。面对五四文学革命先驱者如此激越如此犀利的思想观点以及如此彻底的不妥协的批判精神，来自社会上文坛上诸多不同声音的论战自然在所难免，于是，这种文学革命与文学复古之间的激烈思想理论论争此起彼伏，其中代表性的论争主要有三次。

　　第一次是五四文学革命初期新文学与复古派的论争，代表人物是林纾。林纾是古文家、翻译家，清末资产阶级改良运动中的新派人物。他主张维新、宣传爱国，翻译介绍了大量西方文学作品，到晚年思想则转向保守。在文学革命期间，林纾以封建复古派的面孔出现。他坚定地笃信，只有以孔孟、庄周思想为代表的伦理道德和古文才是"真学术""真道德"，并声称要"抱残守缺，至死不易其操"。他陆续写了《论古文之不当废》《论蔡鹤卿书》等文章，认为新文化运动和文学革命是"覆孔孟，铲伦常"，"若尽废古书，行用土语为文字，则都下引车卖浆之徒，所操之语，按之皆有文

①　胡适：《文学改良刍议》，《新青年》第2卷第5期，1917年1月1日。
②　陈独秀：《文学革命论》，《新青年》第2卷第6期，1917年2月1日。

法……据此则凡京津之稗贩，均可用为教授矣"，① 并发表了文言小说《荆生》《妖梦》讽刺胡适、陈独秀、钱玄同反对孔教和提倡白话文的言论，攻击以北京大学为代表的"白话学堂"。针对林纾的言论，新文学阵营给予了有力的回击。李大钊在《新旧思潮之激战》中痛斥林纾的倒行逆施："宇宙的进化，全仗新旧二种思潮，互相挽进，互相推演，仿佛像两个轮子运着一辆车一样……我正告那些顽旧鬼祟，抱着腐败思想的人……总是隐在人家的背后，想抱着那位伟丈夫的大腿，拿强暴的势力压倒你们反对的人，替你们出出气，或是作篇鬼话妄想的小说快快口，造段谣言宽宽心，那真是极无聊的举动。"② 蔡元培写了《答林君琴南函》，表示支持新文化运动，申述了北大的办学原则和思想立场：循"思想自由"原则和"兼容并包主义"，"无论为何种学派，苟其言之成理，持之有故，尚不达自然淘汰之运命者，虽彼此相反，而悉听其自由发展"③。鲁迅在《新青年》上发表了一系列《随感录》，斥责那些封建复古派"明明是现代人，吸着现代的空气，却偏要勒派朽腐的名教，僵死的语言，侮辱尽现在，这都是'现代的屠杀者'"④。陈独秀、钱玄同等人也都纷纷撰写文章。《每周评论》第12、13号转载了林纾的《荆生》，并逐条评点批驳，该刊第17、19号还刊载了各地批判林纾的文章。在新文学与林纾的论争中，新文学取得了决定性的胜利，初步扫清了新文学发展的障碍。最后，林纾也不得不自叹"吾辈老矣，不能为正其是非，悠悠百年，自有能辨之者"⑤。

第二次是1922年新文学阵营与学衡派的论争。学衡派代表人

---

① 林纾：《致蔡鹤卿书》，《公言报》1919年3月18日。
② 守常（李大钊）：《新旧思潮之激战》，《每周评论》第12号，1919年3月9日。
③ 蔡元培：《答林君琴南函》，《北京大学日刊》1919年3月21日。
④ 唐俟（鲁迅）：《随感录五十七　现在的屠杀者》，《新青年》第6卷第5期，1919年5月。
⑤ 林纾：《论古文白话之相消长》，《文艺丛报》1917年4月。

物有梅光迪、胡先骕、吴宓，他们在南京东南大学创办《学衡》杂志，并多从美国留学归来。他们以"学衡"的面貌出现，以"学贯中西""博古通今"的资格自诩，宣称自己的思想立场是"论究学术。阐求真理。昌明国粹。融化新知。以中正之眼光。行批评之职事。无偏无党。不激不随"①。他们攻击新文学运动者"非思想家乃诡辩家""非创造者乃模仿者""非学问家乃功名之士""非教育家乃政客也"。他们强调"古文或骈体"乃"文学正宗"，古文与白话"盖文学体裁不同。而各有所长。不可更代混淆，而有独立并存之价值。岂可尽弃他种体裁。而独尊白话"②。他们攻击文学革命倡导者"武断""肆行谩骂""新式学术专制"：斥作文言者"桐城谬种""选学妖孽"，妄造名词"贵族文学"与"平民文学"、"死文学"与"活文学"，"言政治经济。则独取俄国与马克思。言哲学则独取实验主义。言西洋文学。则独取最晚出之短篇小说独幕剧及堕落派之著作……彼等不容他人。故有上下古今。惟我独尊之概"。③ 学衡派的理论观点自然遭到了新文学阵营的猛烈反击。鲁迅说："夫所谓《学衡》者，据我看来，实不过聚在'聚宝之门'左近的几个假古董所放的假毫光；虽然自称为'衡'，而本身的称星尚且未曾钉好，更何论于他所衡的轻重的是非。"④

第三次是 1925 年新文学阵营与甲寅派的论争，甲寅派代表人物是章士钊。章士钊时任北洋政府教育总长兼司法总长，其言行直接受到北洋军阀政府政治势力的支持。章士钊站在维护封建教育体制、维护中国传统文化的立场上，连续写了《评新文化运动》《评新文学运动》等文章，企图从逻辑学、语言学以及中西文化发展史

---

① 《〈学衡〉杂志简章》，《学衡》第 1 期，1922 年 1 月。
② 梅光迪：《评提倡新文化者》，《学衡》第 1 期，1922 年 1 月。
③ 梅光迪：《评今人提倡学术之方法》，《学衡》第 2 期，1922 年 2 月。
④ 风声（鲁迅）：《估〈学衡〉》，《晨报副刊》1922 年 2 月 9 日。

等角度来赞美文言文、诋毁白话文，以此论辩白话文不能取代文言文的优质地位。在他看来，文言与白话的区别是文、野之分，是高雅与粗俗之分，"今白话文之所以流于艰窘。不成文理。味同嚼蜡。去人意万里者。其弊即在为文资料。全以一时手口所能相应召集者为归"①。"吾之国性群德，悉存文言，国苟不亡，理不可弃。"② 面对章士钊的言论，新文化阵营中的各派作家不约而同地纷纷写文章进行驳斥。胡适的《老章又反叛了》、沈雁冰的《文学家的反动运动》、徐志摩的《守旧与玩旧》、成仿吾的《读章氏〈评新文学运动〉》、郁达夫的《咒甲寅十四号的评新文学运动》等，从不同角度批驳甲寅派的复古论调。其中最有力的抨击来自鲁迅，他连续写了《十四年的"读经"》《答 KS 君》《再来一次》《古书与白话》等杂文，揭露甲寅派"读经救国"理论的自相矛盾。鲁迅说，尊孔、崇儒、专经、复古的实质只在于"怎样敷衍，偷生，献媚，弄权，自私，然而能够假借大义，窃取美名……这一类的主张读经者，是明知道读经不足以救国的，也不希望人们都读成他自己那样的；但是，要些把戏，将人们作笨牛看则有之，'读经'不过是这一回耍把戏偶尔用到的工具"③。在新文学阵营的有力回击之下，随着北洋军阀政府的倒台，甲寅派也就销声匿迹了。

综观新文化运动和文学革命中纷繁激烈的文学思想论争，多个复古派各有不同，林纾是清末举人，是名副其实的封建国粹派代表，其复古言论是一种散发着封建遗老气息的封建正统观点；学衡派的代表人物都是欧美留学生，他们利用西方世界资产阶级的文化理论来保护封建旧文学和文言文，并且坚决反对马克思主义在中国的引进传播；甲寅派的章士钊则是站在政府权力和统治秩序的立

---

① 行严（章士钊）：《评新文化运动》，《新闻报》1923 年 8 月 21—22 日。
② 章士钊：《评新文学运动》，《甲寅周刊》第 1 卷第 14 号，1925 年 10 月。
③ 鲁迅：《十四年的"读经"》，《猛进》第 39 期，1925 年 11 月 27 日。

场，从整顿学风的视域出发，强制推行复古主义，反对新文化运动。这些论争者身份不同、思想视域不同，但论争的焦点都在是尊孔还是反孔、是维护文言文还是倡导白话文的问题上，这正是中国社会特定语境下的问题性聚焦。在这翻天覆地的历史转型期，中国历史上最后一个封建王朝被推翻了，持续了两千多年的封建社会制度和价值体系彻底崩溃了，这必然会引发中国人在政治立场、思想观念、思维方式、文化文学等方面的重新选择、重新定位。于是，如何对待以孔孟之道为代表的封建制度和封建道德文化，如何对待以文言与白话为代表的中国传统文学形式、语言形式乃至思维形式便成为新的历史语境下价值重建和思想抉择的核心问题，不同教育背景、不同个体身份、不同价值取向的现代知识分子必然会产生认知上的分裂，也必然会发生激烈的文学文化方面的思想论争。也正是这些现代性启蒙中焦点问题的互不妥协性的激烈论争明晰了现代性启蒙中的诸种思想困惑，有力地冲击了旧思想、旧文化的传统根基，极大地促进了人们思想观念上的觉醒，从而积极地推动了中国社会现代性启蒙的历史进程。

二 文学思潮流派与现代批评
意识的问题性求解

韦勒克说："批评的唯一标准是个人的情感、经验……批评的目的是理智上的认知，它并不像音乐或诗歌那样创造一个虚构的想象世界。批评是理性的认识，或以这样的认识为目的。"[①] 文艺批评是批评家对文学所进行的感觉、体验、理解和阐释等方面的文化活

---

① 〔美〕R. 韦勒克：《文学理论、文学批评和文学史》，〔美〕R. 韦勒克：《批评的诸种概念》，丁泓、余徵译，四川文艺出版社，1987，第 11 页。

动。那么，现代批评意识也不能简单地约定为一种或几种批评标准，它是社会历史、个人心理等多种因素的有机结合，也是主体与客体之间的一种完整统一，因而它更是批评家的一种主体自觉。在中国现代文学批评史上，一方面，批评家源于各自的情感经验和审美取向，建构起自己的主体批评意象。例如，有人主张文艺是内心自我的表现，是天才的创造，有人主张文学是客观现实的反映，是人生的"血与泪"。另一方面，批评意识的主体自觉又使这些批评家共同用批评去完成"理性的认识"的职责或任务。例如，茅盾说："文艺家的任务不仅在分析现实，描写现实，而尤重在于分析现实描写现实中指示了未来的途径。"① 郁达夫也同样说："旅行的时候，去看矿山的人，要一个人擎了灯笼引着，曲曲折折的走到地下去……这就是批评家的天责呀！用了火把来引导众人，使众人在黑暗不明的矿坑里，看得出地下的财宝来。"②

可以看到，在以问题批评为核心的中国现代文学批评理论发展的主旋律之中，通过文学思想论争体现出来的问题批评是以坚实的现实社会的客观语境作为铺垫的，或者说，中国现实社会的客观语境使问题批评通过文学思想论争的形式表现出来。还可以看到，既然文学思想论争的问题性聚焦更多地表现出或取决于社会现实语境的客观性力量，那么文学思潮流派的问题性求解则更多地表现出或携带着批评家主体自我的批评意识。

无疑，文学论争、文学思潮、文学流派乃至文学批评理论都是特定社会历史发展语境下文学实践的问题性呈现和文学性求解，但也都具有属于自己的相对性意义的特殊性与独立性的特征。

文学思潮流派不同于文学思想论争。在中国现代文坛上，文学思想论争突出表现为不同思想观点、不同文学倾向之间的矛盾对

---

① 茅盾：《我们所必须创造的文艺作品》，《北斗》第 2 卷第 2 号，1932 年 5 月 20 日。
② 郁达夫：《艺文私见》，《创造》第 1 卷第 1 期，1922 年 3 月 15 日。

立、博弈竞争，这些思想观点或文学倾向常常是针锋相对、势不两立的，甚至在论争过程中也常出现一些过于偏激的言论。而文学思潮流派不一定彰显出浓烈的政治性、工具性等价值判断，不必一定表现为同一语境下不同立场、不同观点之间水火不交融的思想分野或激烈论战，也不必一定昭示出革新压倒保守、进步打败落后的历史发展进程的必然性。尽管同一历史时期不同文学思潮流派之间也存在着对立、斗争，但在这些矛盾对立之上，每一个时代都有其占据主导性地位的文学思潮。与文学思想论争相比较而言，文学思潮流派一般都具有各自的特殊性价值和独立性地位，它们更注重对文学发展过程中内部规律的探讨，更注重考察特定时代背景下作家的创作意识、读者的阅读意识以及思想家理论家的批评意识，更注重思考文学理论、文学作品等文学主体方面的价值取向和审美风格，也更注重对批评主体的发现以及批评过程的问题性求解。

文学思潮流派也不同于文学理论。文学理论更多地关注关于文学的本质、特征、发展规律和社会作用等方面具有普遍性意义的原理、原则的研究，更多的是对文学实践经验进行高层次的理论概括，更多地表现为一种学理性更浓、科学性更强的严谨的、思辨的、逻辑推理的文学批评或理论概括。它产生于文学创作、文学批评等文坛现实和文学实践的基础上，以更高的层次和更开阔的视野来推动文学创作、文学批评的发展。相对于文学理论较强的理性特质和较浓的普适性意义，文学思潮流派则显得更具体一些，更多地表现为特定历史语境中具体的文坛现象和具体的文学实践。

当然，文学思潮和文学流派也各不相同。一般说来，文学思潮主要是指某一特定历史时期产生的具有广泛影响、形成一定发展趋势的创作意识和批评意识。它有一定的社会思潮和哲学思潮做基础，有一定的文学批评理论做指导，并由一批创作方法、艺术风格相近的文学作品来体现。文学流派主要是指在一定历史时期中，思想倾向相近、创作倾向和艺术风格相同或相似的作家自觉或不自觉地聚合在一起而形成的文学派别。两相比照，文学思潮或许在发生学意义上是先于文学流派的，文学流派或许是具体地实践性地呈现了文学思潮的发生过程，其中，文学思潮中的思想倾向可能更多的是由文学作品所表现出来的题材主题、表现手法、艺术风格等创作样态来体现的，当然也包括创作主体的身份立场、创作道路、思想观点等文学活动。但是显而易见的是，在中国现代文学史上，文学思潮与文学流派两者之间常常表现出更多的"同一"的、"共性"的特质，两者之间的关系十分密切，且经常难解难分地纠缠在一起，甚至可以相互置换。我们看到，尽管文学思潮与文学流派两者之间的差异赫然在目，但两者之间的依存关系实在是太复杂了，两者之间的相通相似、相辅相成乃至相反相成的纠结实在是太多了。所以，我们在考察一个文学流派的时候，尽管看到同一文学流派群体成员之中每一个独立个体都有属于自己的价值取向和审美追求，但还是更注重去思考这一流派群体的"共性"的思想倾向和文学倾向以及其得以存在、得以发展的决定性因素；我们在研究一种文学思潮的时候，同样是注重去思考这一文学思潮生成、发展的诸种内部和外部的规律特征。由此我们也可以看到，无论是文学思潮还是文学流派，其生存条件都有无法规避的、可以深入探讨的"同一性"问题，或者都表现为客观现实语境"同一性"的问题性聚焦，或者都表现为作家思想家精神主体方面"同一性"的问题性思考，或者都凸显为思想意识、艺术审美等方面"同一性"的问题性发展规律。

在"同一性"问题的前提下，文学思潮流派的生成和存在，是由多种繁复的主观因素、客观因素的积淀、激发而形成的。一方面，文学思潮流派形成和发展的客观基础，主要是源自社会政治经济发展形态的变化和由此产生的新的意识形态的变化，以及客观语境对作家、对文学所提出的新的文学思想要求、新的文学艺术要求。当然，在悠久历史文化传承过程中，厚重的材料准备与文学思潮流派的诞生也形成了一种不可摆脱的承继性关系。另一方面，作为文学创作主体和批评主体的作家思想家的思想立场、价值取向、审美情趣作为更重要的因素，同样深刻地甚至是决定性地影响着、制约着文学思潮流派的生成和发展。因而，思考文学思潮流派与中国文学现代性启蒙的关系及其与新文学批评理论的现代性实践的关系，既要研究文学思潮流派生成的现实社会语境所聚焦的诸种问题，也要研究作为现代批评主体的作家思想家的存在样态和思想聚焦，从而探讨其批评理论和批评意识如何体现了特定社会语境中的诸种问题，探讨他们是如何发现、如何凝聚、如何求解那些具有时代代表性的社会问题和文学问题的，从而在现代批评主体与现代社会语境的双重关系之中更自觉地把握文学发展的规律。

例如 1928 年的革命文学思潮，既是中国社会现代性启蒙发展历史转型过程中的国家政治形式、思想意识形态、文学艺术审美等方面必然出现的问题的汇集，也是中国现代作家思想家面对扑面而来的诸多社会问题、思想问题和文学问题而做出的问题性思考和问题性选择，同时也是动荡的客观现实与先进的批评主体相互遭遇进而相互碰撞、相互磨合而生的一种始于问题并终于问题的现代性启蒙实践。从"文学革命"到"革命文学"，历史前进脚步的时间并不算太长。"文学革命"发生于 1917 年五四新文化运动时期，这种从传统走向现代的"改弦更张"的历史性变革是史无前例、波澜壮阔的。十年之后，"文学革命"的波澜还没有完全平复，"革命文学"的思想潮流又勃然兴起。如果说，胡适、陈独秀、李大钊、鲁迅等人领导的文学革命的目标指向集中于以"人"的发现和"个性解放"为代表的"人的启蒙"这一核心问题，其宗旨在于通过文学内容和文学形式的革命，以文学改变人的精神，旨在通过"科学"和"民主"的思想武器来解放中国人的思想头脑，从而唤起国人尤其是青年人的思想觉醒。此时，文学革命的性质只是作为五四新文化运动的组成部分，停留在意识形态领域的一场思想解放的运动，其文学理念和文学理论也较少地表现出让文学直接参与现实社会改革的政治意图，也较少地让文学直接作为工具与统治者进行对抗。1928 年无产阶级革命文学思潮的发生，不仅使语境背景的范围扩大了，其话语内涵的指向也更深入了，它超越了五四时期新文学现代性启蒙的思想视域，扩展到一种更为开阔、更为彻底的政治革命视域和社会革命视域下去生成、去提问、去求解，并且直接服务于现实革命斗争中的政治话语。

无产阶级革命文学思潮勃兴的基础或缘由，一方面，是客观历史和现实发展的必然趋势，是新民主主义革命发展和无产阶级革命发展的政治话语要求。这便是中国文学现代性启蒙发展历程的实践中特定社会现实语境下生成的特定文学思潮流派。20 年代末 30 年代初，中国社会历史的变革是翻天覆地的。国民大革命爆发后，无数爱国青年投笔从戎，参与到大革命洪流之中。随后国民党取代北洋政府，建立起一党专制的国家政体。在中国大地上，无论是政治体制、经济形态，还是社会生活、思想意识都发生了前所未有的现代性的分化、转型，文学的宗旨、性质、内容和方法也随着政治话语的变迁而开始了新的探索与整合。如鲁迅说："各种文学，都是应环境而产生的，推崇文艺的人，虽喜欢说文艺足以煽起风波来，但在事实上，却是政治先行，文艺后变。"[1] 无产阶级革命文学思潮勃兴的另一方面基础，或者说是更重要的一方面缘由，还在于现代批评主体的自我选择。现代文学批评主体的作家和理论家，作为中国现代性思想启蒙的先行者，面对飞速发展的革命形势和急剧变化

---

① 鲁迅:《现今的新文学的概观》,《鲁迅全集》(第四卷),人民文学出版社,1957,第107 页。

的历史转型中的诸种社会问题和思想问题，必然要表现出一种积极主动的身先士卒的主体实践行为。他们必然要直面这些新的社会问题、思想问题、文学问题，必然要积极地投身于对这一系列相关问题的思想求索、思想论争和理论批评之中。或者说，革命文学思潮的兴起，是中国知识分子现代性追求的一次时代性的历史转型，是现代社会历史转型期现代文学主体和现代批评主体所提交的一份关乎现代性启蒙的问题性问卷，是他们个体自我的一种极具革命性的主体实践行为。

其一，无产阶级革命文学思潮是现代批评主体自我姿态的一次主动、积极的选择，是其自我身份立场的一次迅速转型。他们敏锐地认识到中国现代社会历史转型的深刻变化和巨大意义，及时地调整了自己的身份立场和政治态度，这也是置身于中国社会历史转型中的某些具有先进理念的中国现代知识分子必然要做出的一种适应时代发展的身份定位。如瞿秋白所说："五四到五卅前后，中国思想界里逐步的准备着第二次的'伟大的分裂'。这一次已经不是国故和新文化的分裂，而是新文化内部的分裂：一方面是工农民众的阵营，别方面是依附封建残余的资产阶级。"① 在中国大地上，自中国共产党成立以来，国内政治形势就日趋表现为国民党和共产党两个政党之间的鲜明分野，特别是1927年以蒋介石为首脑的极权主义国家政体建立以来，两种政治权力更是走上了不同的道路。作为执政党的国民党，进一步地维护大地主大资产阶级的利益，并从政治、经济、思想、文化等领域疯狂地强化其专制主义的独裁统治，竭力把百姓的日常生活乃至思想信仰都囚禁在其国家机器之内；作为在野党的中国共产党的无产阶级政权，代表的是工人农民和一切劳苦大众的切身利益，其政治宗旨在于领导中国人民完成反

---

① 瞿秋白：《〈鲁迅杂感选集〉序言》，《鲁迅杂感选集》，青光书局，1933。

帝反封建的伟大历史使命。不同性质的政权体制拥有不同的身份和立场，掌控着不同的政治文化，也引领着不同的思想意识。对此，每一个知识分子和作家思想家都必须重新选择自己的政治立场、阶级属性，必须重新定位自己的世界观和文学观的政治倾向性。此时，大革命后及至国民党南京政府成立后，随着国家政体、城市经济、社会秩序等领域的历史性转型，大批移民包括大批知识分子和文学家纷纷从祖国各地来到上海。仅 1927 年后的一两年，就有鲁迅、郭沫若、茅盾、巴金、蒋光慈、钱杏邨、阳翰笙、夏衍、冯乃超、李初梨、朱镜我、胡适、徐志摩、施蛰存、戴望舒、刘呐鸥等大批作家来到上海，上海几乎成为当时知识分子精英群体心灵中的"逋逃薮"。他们之中，有人是由于政治经济原因从北平南下的，有人是从日本、欧美回国的，有人是因为"革命的挫折"从现实政治斗争前线上撤退下来，有人是"旧文人解下指挥刀来重理笔墨的旧业"，也有人是"被从实际工作中排出，只好借此谋生"。① 对于四面八方汇集而来的、历经各种人生体验的现代知识分子来讲，现代社会的诸相带给他们的冲击力是强烈的、复杂的。面对生活现实的诸多丑恶畸形，他们必然要更多地使用一些理性态度和批判精神；面对不同政党之间的残酷对峙，他们必然要重新审视与重新调整自己的政治立场、阶级属性和文学态度。或者说，政治话语成为特定历史转型期的主旋律，各种思想意识、文学活动大都携带着较为鲜明的政治色彩和阶级利益，贴上了政治的、阶级的标签。面对无产阶级和资产阶级两大政治势力的对抗，特别是国民党的专政统治和文化围剿的倒行逆施，大多数先进的知识分子选择了无产阶级立场和马克思主义理论，因为马克思主义理论的先进性让中国知识分子看到了未来的光明图景。

---

① 鲁迅：《上海文艺之一瞥》，《文艺新闻》第 20、21 期，1931 年 7 月 27 日、8 月 3 日。

其二，无产阶级革命文学思潮是现代批评主体主动选择的一种时代性的政治课题，是其对文学理论批评领域中一系列思想意识问题、文学艺术问题的重新思考、重新定位，或是其关于文学批评理论体系的一次重新建构。它以"阶级""阶级性""阶级斗争"等政治话语和社会问题取代了"个性解放"、文学革命等意识形态领域的思想启蒙。鲁迅在介绍《语丝》的文学倾向时说，五四文学思潮倾向"在不意中显了一种特色，是：任意而谈，无所顾忌，要催促新的产生，对于有害于新的旧物，则竭力加以排击"①。从五四时期到 30 年代初，中国文坛的环境氛围明显地呈现出一种从思想的"任意而谈，无所顾忌"、创作的自由选择、理论的自由表述到文学政治化的历史转型，这是 30 年代初国民党国家政体下思想意识形态领域的政治性转型，也是党治政治下文学观念的政治转型。文学政治化成为一种具有某种统治因素或制约因素的控制力量，无论是人的思想意识、思维方式，还是文学创作的题材选择、主题表现、形象塑造，以及文体风格、语言运用等，都被制约在文学政治化视域之下。如果说五四时期文学流派、文学团体的聚合主要是取决于艺术倾向或创作方法的选择，那么 30 年代初的文学社团、文学流派的形成多取决于党治统治或政治文化因素的强力制约。残酷的社会现实使很多先进知识分子和革命的作家思想家急切地认识到"武器的批判"的作用，他们竭力要用文学作为一种武器来改变社会，并竭力使"批判的武器"发挥"武器的批判"的作用。如马克思所说："批判的武器当然不能代替武器的批判，物质力量只能用物质力量来摧毁，但是理论一经掌握群众，也会变成物质力量。理论只要说服人，就能掌握群众。"② 于是，无产阶级革命文学思潮的锋

---

① 鲁迅：《我和〈语丝〉的始终》，《萌芽月刊》第 1 卷第 2 期，1930 年 2 月 1 日。
② 《〈黑格尔法哲学批判〉导言》，《马克思恩格斯选集》（第一卷），人民出版社，1972，第 9 页。

芒所向直接地指向社会的"阶级性"、文学的"工具性"等政治话语，集中地以"阶级性"作为核心的焦点问题，从而以政治问题、社会问题取代文学的思想启蒙问题，并以此作为考验知识分子及所有中国人的首要问题。例如，郭沫若在五四文学革命中，极力倡导个性解放，歌颂"自我之扩张"，歌颂大自然。大革命后把对自然和自我的"歌颂"变成了"批判"，放弃了泛神论的理论主张和主观自我的浪漫情怀，转而去关注现实社会的苦难，去批判国民党政府专制主义统治，去呼唤"火山爆喷"的红色暴力。"革命情绪"充溢在他诗歌的字里行间："厚颜无耻的自然哟，/你只是在谄媚富豪！/我从前对于你的赞美，/我如今要一笔勾消"（《歌笑在富儿们的园里》）；"矛盾万端的自然，/我如今不再迷恋你的冷脸。/人世间的难疗的怆恼，/将为我今日后酿酒的葡萄"（《怆恼的葡萄》）；"马路上，面的不是水门汀，/面的是劳苦人民的血汗与生命！/血惨惨的生命呀，血惨惨的生命/在富儿们的汽车轮下……滚，滚，滚，……/兄弟们哟，我相信，/就在这静安寺路的马路中央，/终会有剧烈的火山爆喷！"（《上海的清晨》）。郭沫若热情地号召文学青年们："我希望你们成为一个革命的文学家……你们要把文艺的主潮认定！你们应该到兵间去、民间去、工厂间去、革命的漩涡中去，你们要晓得我们所要求的文学是表同情于无产阶级的社会主义的写实主义的文学。"① 无产阶级革命文学思潮的勃兴的态势汹涌强劲，一经问世，就以排山倒海之势迅速取代了日渐式微的"文学革命"。

1928 年 1 月蒋光慈、钱杏邨等人组成太阳社创办《太阳月刊》，宣称："个人主义的文艺老早过去了……代替你们而起的新的文艺斗士快要出现了……社会上有无产阶级便会有无产阶级的文

---

① 麦克昂：《革命与文学》，《创造月刊》第 1 卷第 3 期，1926 年 5 月 16 日。

艺。"① 至此，以创造社和太阳社为代表的革命文学思潮正式问鼎文坛，并成为 20 年代末 30 年代初主宰文坛的一种主潮。

无产阶级革命文学思潮问题性探索主要表现为以下几个方面的问题。

问题之一，关于现阶段中国文学以及文学运动的性质、任务和对象等问题。革命文学倡导者认为，当时社会革命性质已经发生了历史性的根本转变，"现代革命的倾向，就是要打破以个人主义为中心的社会制度，而创造一个比较光明的、平等的，以集体为中心的社会制度……近两年来的中国革命的性质，已经不是单纯或民主或民权的革命了"②。"全人类社会的改革已经来到目前……我们要努力获得阶级意识，我们要使我们的媒质接近农工大众的用语，我们要以农工大众为我们的对象……世界形成了两个战垒，一边是资本主义的余毒'法西斯蒂'的孤城，一边是全世界农工大众的联合战线。"③ 在他们看来，当时中国革命的形势不是低潮，而是到了"极高涨的时代"，中国的民主主义革命已经完结，一个新的革命时代已经到来，世界只剩下两大阵营，一是资本主义，一是工农的大众。革命的目标只在于反对国外的帝国主义、国内的残余军阀和愚蠢的资产阶级，当然也包括资产阶级的意识形态和小资产阶级的劣根性。从这个立场出发，他们认为，鲁迅、茅盾、郁达夫、叶圣陶都应该是批判的对象，而鲁迅则是他们的"代言人"。他们批判鲁迅"没有抓住时代"，"没有现代的意味，不是能代表现代的，他的大部分创作是早已过去了，而且遥远了"④。他们断定，鲁迅的"时代性和阶级性"决定了鲁迅"是资本主义以前的一个封建余

---

① 麦克昂（郭沫若）：《英雄树》，《创造月刊》第 1 卷第 8 期，1928 年 1 月 1 日。
② 蒋光慈：《关于革命文学》，《太阳月刊》第 2 号，1928 年 2 月 1 日。
③ 成仿吾：《从文学革命到革命文学》，《创造月刊》第 1 卷第 9 期，1928 年 2 月 1 日。
④ 钱杏邨：《死去了的阿 Q 时代》，《太阳月刊》第 3 号，1928 年 3 月 1 日。

孽……鲁迅先生是二重的反革命的人物……他是一个不得志的 Fas-cist（法西斯蒂）！"① 所以，鲁迅所代表的阶级倾向和所反映的文学思想都是"有闲的资产阶级，或者睡在鼓里的小资产阶级"的"趣味""闲暇"。② 显而易见，创造社、太阳社的这些理论观点混淆了新民主主义革命和社会主义革命的界限，将五四新文学当作资产阶级文学予以否定，认为它已经失去了革命性并应该坚决地打倒，这种思想认知显然偏离了中国新民主主义革命的基本方向，也带有浓厚的宗派主义和小团体主义的倾向。

问题之二，关于文学的本质属性以及文学与政治、与经济基础之间的关系问题。革命文学理论派认为文学属于意识形态范畴，是一种建立在经济基础之上的上层建筑，与现实政治有着不可分割的密切关系，也特别具有阶级属性。他们强调："我们认定文艺是和政治分不开的……文艺是有阶级性的，文艺是离不开时代的，政治上的阶级色调既如此显明，有时代性的文艺也就不能不走上阶级分化的一条路了。"③ 创造社和太阳社的成员们批判了前期创造社的"文学是自我的表现"的观点，也批判了文学研究会的"文学的任务在描写社会生活"的主张，认为它们是"观念论的幽灵""个人主义者的呓语""小有产者意识的把戏"，并且特别强调甚至夸大了文艺作为上层建筑对于经济基础、对于政治的反作用。他们坚定地表示："一切的艺术，都是宣传。普遍地，而且不可避免地是宣传……文学，与其说它是自我的表现，毋宁说它是生活意志的要求。文学，与其说它是社会生活的表现，毋宁说它是反映阶级的实践……无产阶级文学是：为完成他主体阶级的历史的使命，不是以观照的——表现的态度，而以无产阶级的阶级意识，产生出来的一

---

① 杜荃：《文艺战线上的封建余孽》，《创造月刊》第 2 卷第 1 期，1928 年 8 月 10 日。
② 成仿吾：《从文学革命到革命文学》，《创造月刊》第 1 卷第 9 期，1928 年 2 月 1 日。
③ 钱杏邨：《批评的建设》，《太阳月刊》第 5 号，1928 年 5 月 1 日。

种的斗争的文学。"① 在革命文学看来，文学的政治特质、阶级属性应该作为最重要的本质予以确认和坚持，而且将这种属性单一地指向无产阶级革命斗争。

问题之三，关于文学功能的问题。革命文学理论对五四文学传统中的启蒙、批判、审美等功能进行了不同程度的弱化和转换，将其内涵集中指向革命斗争，放大了文学的宣传和组织功能。他们明确表示文学艺术应该成为政治斗争的宣传工具，郭沫若说："当一个留声机器——这是文艺青年们的最好的信条……你们不要以为这是太容易了，这儿有几个必要的条件：第一，要你发出那种声音（获得无产阶级意识），第二，要你无我（克服自己的有产者或小有产者意识），第三，要你能活动（把理论与实践统一起来）……文学与其说它是社会生活的表现，毋宁说它是反映阶级的实践的意欲。"② 他们具体指出革命文学的内容既要反映现实的革命斗争，也要达到启发民众、教育民众的政治目的，即"革命的作家不但一方面要暴露旧势力的罪恶，攻击旧社会的破产，而并且要促进新势力的发展，视这种发展为自己的文学的生命……革命文学是要认识现代的生活，而指示一条改造社会的新路径！"③ 他们还详细规定了革命文学的艺术表现形式可以是"讽刺的""暴露的""鼓动的""教导的"四个方面，"讽刺的无产文学——是要把有产者极端地戏化出来……暴露的无产文学——这是要把一切有产者的黑幕揭开，把它一切的欺骗，虚伪，真相，赤裸裸地呈现于大众面前……鼓动的无产文学——这是向着一个目标，组织大众的行动……教导的无产文学——例如 Bogdanow 的《赤星》，Wittvogel 的《逃亡者》"④。因

---

① 李初梨：《怎样地建设革命文学》，《文化批判》第 2 号，1928 年 2 月 15 日。

② 麦克昂（郭沫若）：《留声机器的回音——文艺青年应取的态度的考察》，《文化批判》第 3 号，1928 年 3 月 15 日。

③ 蒋光慈：《关于革命文学》，《太阳月刊》第 2 号，1928 年 2 月 1 日。

④ 李初梨：《怎样地建设革命文学》，《文化批判》第 2 号，1928 年 2 月 15 日。

此，文学也可以成为标语口号："在革命的现阶段，标语口号文学，（注意，我不是说标语口号）在事实上还不是没有作用的，这种文学对于革命的前途是比任何种类的文艺更具有力量的……文艺之于宣传的关联是必然的，无论哪一个阶级的文学作家都是替他们自己的阶级在宣传。同时，在创作里也有他们自己阶级的口号标语。"①

问题之四，关于文学创作主体的思想态度问题。革命文学理论强调作家和批评家都必须进行思想、立场方面的世界观改造。"我们要努力获得阶级意识，我们要使我们的媒质接近农工大众的用语，我们要以农工大众为我们的对象……努力获得辩证法的唯物论，努力把握唯物的辩证法的方法，它将给你以正当的指导，示你以毕生的战术。克服自己的小资产阶级的根性，把你的背对向那将被奥伏赫变的阶级，开步走，向那龌龊的农工大众！"② "至少还有一部分迷途的青年仍然没有觉醒……批评家应该唤他们醒来，和革命党人在街头唤醒民众一样，以促进革命势力的进展。批评家就是革命家。"③ 蒋光慈在苏联无产阶级文化派理论的影响下，强调革命文学家必须坚持无产阶级立场，必须加入到革命的实际斗争中去，必须积极地反映并服务于时代风云和社会生活的现实，"我们的时代是黑暗与光明斗争的时代，是革命浪潮极高涨的时代，我们的作家应为这个时代的表现者……他们曾参加革命运动，他们富有革命情绪，他们没有把自己与革命分开……换而言之，他们与革命有密切的关系"④。郭沫若对革命文学作家的立场态度也提出了具体要求："又譬如我们要表现工人生活也是一样，我们率性可以去做工人，去体验那种生活……要紧的是看你站在那一个阶级说话。我们

---

① 钱杏邨：《幻灭动摇的时代推动论》，《海风周报》第 14、15 合刊，1929 年 4 月 21 日。
② 成仿吾：《从文学革命到革命文学》，《创造月刊》第 1 卷第 9 期，1928 年 2 月 1 日。
③ 钱杏邨：《批评的建设》，《太阳月刊》第 5 号，1928 年 5 月 1 日。
④ 蒋光慈：《现代中国文学与社会生活》，《太阳月刊》创刊号，1928 年 1 月 1 日。

的目的是要消灭布尔乔亚阶级，乃至消灭阶级的；这点便是普罗列塔利亚文艺的精神。"①

问题之五，关于文学的创作对象与表现对象的问题。革命文学理论主张文学应该为以工农为代表的无产阶级大众服务。蒋光慈、洪灵菲等人在《大众文艺》组织了"文艺大众化问题座谈会"的讨论。在他们看来，由于工农的知识水平太低，而作家们又大多出身于小资产阶级阵营，不熟悉工农大众的生活，这就导致了革命文学作品与其服务对象的疏离，因此革命文学必须推行"普罗文学大众化运动"。一方面，革命文艺要坚持大众化的方向，即"文学——就连一切艺术——应该是属于大众的，应该属于从事生产的大多数的民众的……大众文学应该是大众能享受的文学，同时也应该是大众能创造的文学。所以大众化的问题的核心是怎样使大众能整个地获得他们自己的文学"②。另一方面，革命文学也必须推行大众化、通俗化的文学形式，"所以我所希望的新的大众文艺，就是无产文艺的通俗化！通俗！通俗！通俗！我向你说五百四十二万遍通俗！你们不要那样忸忸怩怩，以为通了俗便算伤了自己的尊严；以为通了俗便算渗淡了自己的颜色，闭在幕里唱后台戏的时间已经过了"③。瞿秋白进一步具体指出："应当是更浅近的普通俗语，标准是：当读给工人听的时候，他们可以懂得……我们要写的是体裁朴素的东西——和口头文学离得很近的作品。"④

无产阶级革命文学理论及其引发的文学论争，作为现代文学思潮的一种极具代表性的文学现象，十分典型地代表了中国文学现代性启蒙历程中问题性求解的具体实践，也充分反映了现代批评主体

① 麦克昂（郭沫若）：《桌子的跳舞》，《创造月刊》第 1 卷第 11 期，1928 年 5 月 1 日。
② 郑伯奇：《关于文学大众化的问题》，《大众文艺》第 2 卷第 3 期，1930 年 3 月 1 日。
③ 郭沫若：《新兴大众文艺的认识》，《大众文艺》第 2 卷第 3 期，1930 年 3 月 1 日。
④ 史铁儿（瞿秋白）：《普洛大众文艺的现实问题》，《文学》第 1 卷第 1 期，1932 年 4 月 25 日。

在现代性启蒙实践中的积极性态度和实践性努力。

可见，无产阶级革命文学思潮及其问题性求解的实践性努力是功不可没的。这些共产党人和左翼知识分子在大革命失败后的思想混乱中，高举起无产阶级革命文学理论的战斗旗帜，以现代主体的充分自觉积极地探索着中国社会历史转型期无产阶级以及无产阶级文学所代表的新的现代化追求，从而也构建了中国文学现代性追求和现代性探索的伟大实践。第一，他们运用历史唯物主义观点来解释文艺的本质，强调文艺作为上层建筑的政治性、阶级性的意义，明确提出文学艺术应当成为无产阶级解放斗争的一翼，成为无产阶级为自身利益而战斗的新武器。对比五四文学革命时期的革命民主主义作家用进化论来解释文学本质的思想，这是一个根本性的历史突破。第二，他们明确提出文艺应该以工农大众作为描写和表现的对象，要求人民群众应该成为文学的"主人翁"。与文学革命中提倡的"被侮辱被损害"的文学相比，这显然也是中国文学现代性发展的一个巨大的历史进步。第三，他们明确提出作家应该努力"获得辩证法的唯物论"，应该到民间去、到工厂去、到革命的漩涡中去，应该克服自己的小资产阶级"根性"，应该使文学的"媒质"接近农工大众的用语等文学艺术的语言大众化问题。这些现代文学创作主体和批评主体的实践性努力，与五四时期新文学作家的身份态度比较起来，既是中国文学现代性启蒙思想的一种实践性的深入发展，是批判现实主义理论的一种实践性的深入发展，也是现代文学主体和现代批评主体运用马克思主义理论来解决中国文艺运动实际问题的初步尝试和初步实践，标志着无产阶级文学理论话语已经由五四时期的呐喊、批判和破坏逐渐走向实践性的建设。

同时应该看到，创造社、太阳社的作家们在倡导和阐述革命文学理论时，也表现出较多的标语化、口号化、宗派主义、小团体主义等"左"倾错误。他们在强调文艺的革命性、阶级性的同时混淆了民主革命和社会主义的界限，将资产阶级、小资产阶级一概视为革命的对象，甚至将鲁迅、茅盾、郁达夫、叶圣陶等都当作革命的对象，攻击鲁迅："他是资本主义以前的一个封建余孽……鲁迅是二重的反革命的人物。"① 他们在强调文艺是宣传工具的同时忽视了文学本身的艺术特征和审美性能，对文学的政治性和工具性、阶级性和战斗性等特质进行了片面性的强调，甚至将文艺直接作为政治的"留声机"。对于革命文学思潮中的一些思想局限和理论偏颇，鲁迅批评说："各种文学，都是应环境而产生的……倘以为文艺可以改变环境，那是'唯心'之谈，事实的出现，并不如文学家所豫想。"② "我以为一切文艺固然是宣传，而一切宣传却并非是文艺，这正如一切花皆有色（我将白色也算作色），而凡颜色未必都是花一样。革命之所以于口号，标语，布告，电报，教科书……之外，要用文艺者，就因为它是文艺。"③ 对于革命文学思潮关于无产阶级革命文学中一些重大理论问题的深入性探讨，特别是关于马克思主义文艺理论在中国的广泛传播，鲁迅也表现出积极的态度，他说："我有一件事要感谢创造社的，是他们'挤'我看了几种科学底文艺论，明白了先前的文学史家们说了一大堆，还是纠缠不清的疑问。并且因此译了一本蒲力汗诺夫的《艺术论》，以救正我——还因而及于别人——的只信进化论的偏颇。"④ 通过论争，双方都进一步明确了革命文学与革命之间的关系，明确了革命的文学家应该努力获得无产阶级的意识，应该以工农兵为表现对象，应该以工农兵为文学作品中的主人公等一系列的文学理论问题。

---

① 杜荃：《文艺战线上的封建余孽》，《创造月刊》第 2 卷第 1 期，1928 年 8 月 10 日。
② 鲁迅：《现今的新文学的概观》，《未名半月刊》第 2 卷第 8 期，1929 年 4 月 25 日（出版愆期）。
③ 鲁迅：《文艺与革命》，《语丝》第 4 卷第 16 期，1928 年 4 月 16 日。
④ 鲁迅：《三闲集》，上海北新书局，1932，"序言"。

三 文学理论经典与现代批评 体系的问题性建构

有学者认为："所谓'经典'，是指历代传承经久不衰的最有价值的著作，它们具有原创性、典范性，因而也具有相当的权威性和永恒性，从而在各民族文化乃至整个人类文化的发展中产生巨大而久远的影响。"① 一般说来，作为经典，其文本的价值内涵具有原创性、典范性、规范性、权威性和永恒性等主要特征，它既明确地指向特定社会现实和思想文明的具体需求，又深刻地携带着历史印记和传统文化所积淀的厚重承载，并蕴含着能够制约人的思维、情感与行为的客观性真理和普遍性意义，使其能够经得起时间、实践和历史的检验，拥有了历代传承、经久不衰的永恒魅力。而任何一种文学作品或理论文本，之所以能够成为经典，同样需要时间、实践和历史的检验，或者说，这是一种经典化的过程，它需要一个逐渐趋向成熟、稳定和理想形态的实践性过程或实践性检验。

从1942年5月毛泽东同志的《在延安文艺座谈会上的讲话》（以下简称《讲话》）发表至今，70余年的历史沧桑不算长也不算短，70余年的历史沉淀也足以作为一种检验真理的实践性标准。重读《讲话》，可以通过其所提出的问题性批评及其相关问题的实践性检验，进一步认知和反思中国现当代文学史和中国现代历史的发展规律，反之，也可以通过中国社会历史现代性发展的实践和中国新文学现代性历程的实践来检验《讲话》中问题性批评的经典性价值意义。

---

① 赖大仁：《当今谁更应该读经典》，《文艺报》2010年3月8日。

追寻历史的足迹，五四运动的发生开启了中国社会现代性发展的历史，《讲话》的问题性思考作为中国社会现代性发展进程中的一种历史必然，前有渊源，后有影响，无论是其理论主张还是其价值意义都是伴随着历史的巨大进步而产生的，都具有原创性、典范性、规范性、权威性和永恒性等经典性特征和意义。从《讲话》问题性批评的基本精神来看，它坚持五四以来的启蒙现代性方向，坚持以"人为本"的立场，从创造主体、表现主体与接受主体三个维度进一步确立了以"人民为主体"的中国新文艺发展的基本方针，澄清了长期困扰现代文坛和现代知识分子的诸多迷惑。如作家小资产阶级的立场态度、生活体验、艺术趣味与表现工农、为工农服务的文学宗旨之间的一系列问题和矛盾都得到了彻底的解决，个体意识与集体意识、自我体验与民族话语之间的冲突对立真正地统一起来了。从《讲话》问题性批评发表前后文坛面貌的变化来看，它携带着深刻广博的工具理性和社会实践性的现代性意义，导致作家队伍、文学理论、创作实绩等文学方面的实践都发生了翻天覆地的历史性变化。无论是在延安解放地区还是在东北解放区，工农兵都不再是被侮辱、被损害的形象，而真正成为文学的主人公，成为社会发展的推动力量，新文学作品也第一次为广大工农兵群众接受，为他们所喜闻乐见。从《讲话》问题性批评问世以后的文学历史发展轨迹来看，它引发了五四以后又一次深刻的文学革命，它在价值取向、创作宗旨、文学模式、表现方法等方面建构起了中国特色的革命文学发展模式，其后各个历史阶段的作家作品无论如何都摆脱不了《讲话》权威话语的规范性影响。无疑，《讲话》作为一种文学理论经典，在中国现代文学发展史上具有里程碑的意义，它兼容着中国现代化历史进程中诸多的矛盾和张力、悖论乃至魅力，蕴含着现代作家丰富敏锐的审美现代性体验与国家主流话语的启蒙现代性理性诉求之间相互冲突、相互融会的发展历程。

首先，《讲话》的问题性批评是中国新文学的现代性追求与中国社会现代化进程之中的必然产物。从现代性的社会学视域来看，中国现代社会发展的历史进程与中国现代文学史发展轨迹之间的关系密切，中国现代社会发展的历史就是现代化发展进程的历史，中国现代文学史也是一部现代性追求的历史，而《讲话》的问题性批评在中国现代化进程中产生了不容忽视的权威性、经久性的历史价值和深广意义。《讲话》的问世，解决了新文学诞生以来长期困扰文坛的作家自身的立场态度、情感体验、美感情趣与其表现对象和服务对象之间的矛盾，它导致解放区的文学面貌发生了翻天覆地的历史变化，由此而产生的权威话语和创作模式对此后的中国现当代文学产生了无法回避的重大影响。关乎《讲话》的经典性研究，也是关乎中国新文学现代性发展历程、发展规律的探索，它兼容诸多的矛盾、张力、悖论乃至魅力。

依照米歇尔·福柯的看法，对于现代性的认知一般表现为两个方面。一则，人们常常把现代性作为一个时代，或是作为一个时代特征的总体来谈论。他们把现代性置于这样的日程中：现代性之前有一个或多或少、或幼稚或陈旧的前现代性，而其后是一个令人迷惑不解、令人不安的后现代性。于是，他们开始发出追问，现代性是否构成"启蒙"的继续和发展，或者是否应当从中看到现代性所造成的某些基本原则的断裂或背离。二则，福柯说："我自问，人们是否能把现代性看作为一种态度而不是历史的一个时期。我说的态度是指对于现时性的一种关系方式：一些人所作的自愿选择，一种思考和感觉的方式，一种行动、行为的方式。它既标志着属性也表现为一种使命，当然，它也有一点像希腊人叫作 êthos（气质）的东西。"① 于是，我们对现代性的解读可以选取一种比较宽泛的视

① 〔法〕福柯：《何为启蒙》，杜小真编选《福柯集》，上海远东出版社，1998，第534页。

域：它可以是前者，即一个时代、一种制度，或一个历史时期的范畴，更多地表现在社会内容方面，诸如政治方面的世俗政体与现代民族国家的确立，经济方面的市场经济和私有制基础上的资本积累，社会层面的劳动和性别分工体系的形成，文化层面的宗教衰落与世俗物质文化的兴起等；它同时也可以是后者，即一种态度、一种思想、一种思维方式和艺术表现方式，并更多地表现在文化、文学等领域。这样一来，我们的现代性思考便进入社会学思考和审美思考两个视域，或者两个视域的交织互补。

社会学视域的思考把我们关于《讲话》问题性批评的研究引向了一个更为宽阔、更为开放的天地。安东尼·吉登斯在阐述现代性的体制维度时说，大多数社会学的理论总是倾向于要在现代社会中寻找某种单一的、占主导地位的体制性关系，即它到底是资本主义体制，还是工业化体制？面对这样的争论，与其去寻找或争论，毋宁把资本主义和工业主义看作包含在现代性体制维度之中相互区别的两个"组织性群集"，"正如欧洲各社会所发生的那样，资本主义和工业主义的联合导致了人类和自然界之间的关系发生了一系列重大的转变"[①]。我们不必具体讨论资本主义和工业主义的体制维度或生产过程，但这种社会学理论的研究视域，不同于那些抽象化、学院化的学理思考，它携带着十分强烈的社会实践性，注重对社会体制变化、社会发展历程及其影响的思考，表现出鲜明的价值立场和社会态度。用社会学理论的现代性体系维度来审视文学现象和文学发展的历史，自然会扩大学术研究的视野，提升其学理认知的批判性和反思性。如此以来，对文学史中的理论思潮、作家作品的评价也就不会局限于某种单一的思路和方法，而是携带着更多的对社会文化实践的直接反思。于是，对文学内部发展规律的研究也就有

---

① 〔英〕安东尼·吉登斯：《资本主义、工业主义和社会转型》，汪民安、陈永国、张云鹏主编《现代性基本读本》（下），河南大学出版社，2005，第436页。

了更为广阔的跨学科视野、更为博大的社会文化参照，以及更为深刻的理论性或反思性的认知层面。如塞德曼所说："社会理论通常采取了广义的社会叙事的形式。它们讲述了关于起源和发展的故事以及关于危机、衰败和进步的故事。社会理论通常是和当代社会冲突和政治争论紧密联系在一起的。这些叙事的目的不仅是澄清一个事件或是社会构造，而且还要塑造它的结果——也许是通过赋予一种结果以合法性，或是用历史重要性来影响某些行动者、行为和机构，却将恶毒的邪恶的性质归因于其他一些社会力量。社会理论讲述的是有现实意义的道德故事，它们体现了塑造历史的意愿。"① 应用社会学的理论，从中国新文学现代性发展的历程和社会文化实践的视域来解读《讲话》的问题性批评，可以确凿无疑地认定它是中国新文学现代性发展历程中一座不可逾越的文学理论经典高峰。

《讲话》问题性批评的历史功绩在于解决了中国现代文学史上长期困扰人们的两个根本问题，即文艺创作的方向问题和文艺发展的道路问题。问题之一，文艺创作的方向问题，是文艺为什么人的问题。《讲话》总结了五四运动以来中国现代文学历史特别是革命文学发展的基本经验，明确提出文学为人民大众首先是为工农兵服务的方向。它系统而深刻地指出了中国现代文学历史发展的经验和教训，明确解决了中国文艺得以存在和发展的立场问题。毛泽东说："所以我们的文艺，第一是为工人的，这是领导革命的阶级。第二是为农民的，他们是革命中最广大最坚决的同盟军。第三是为武装起来了的工人农民即八路军、新四军和其他人民武装队伍的，这是革命战争的主力。第四是为城市小资产阶级劳动群众和知识分子的，他们也是革命的同盟者，他们是能够长期地和我们合作的。

---

① 〔美〕史蒂文·塞德曼编《后现代转向》，吴世雄等译，辽宁教育出版社，2001，第160—161页。

这四种人，就是中华民族的最大部分，就是最广大的人民大众。"①
关于人民大众的具体内涵，毛泽东又具体地解释，最广大的人民大
众，是占全人口百分之九十以上的人民，是工人、农民、兵士和城
市小资产阶级。问题之二，文艺发展的道路问题，《讲话》紧密结
合中国社会的具体现实和文艺发展的自身规律，明确指出中国文学
特别是无产阶级革命文艺发展的根本道路，要求文艺工作者通过深
入现实生活、深入实际斗争，深入工农兵群众之中，既转变思想又
获得创作源泉。毛泽东说："中国的革命的文学家艺术家，有出息
的文学家艺术家，必须到群众中去必须长期地无条件地全心全意地
到工农兵群众中去，到火热的斗争中去，到唯一的最广大最丰富的
源泉中去，……一切革命的文学家艺术家只有联系群众，表现群
众，把自己当作群众的忠实的代言人，他们的工作才有意义……如
果把自己看作群众的主人，看作高踞于'下等人'头上的贵族，那
末，不管他们有多大的才能，也是群众所不需要的，他们的工作是
没有前途的。"②

　　从中国文学现代性发展的历史实践来看，《讲话》以其经典性
的问题性批评构建了一种中国现代文学批评理论体系的经典。从社
会学的理论和现代性的视域出发我们看到，现代性作为一种时间的
存在，始终处于变化之中、永远未完成的过程。卡林内斯库在解释
现代性的"典型的逻辑力量"时说："以其典型的逻辑力量，波特
莱尔用现代性来意指处于'现时性'和纯粹即时性中的现时。因
而，现代性可以被定义为一种悖论式的可能性，即通过处于最具体
的当下和现时性中的历史性意识走出历史之流……在波特莱尔那里
现代性不再是一种给定的状况，认为无论好歹现代人都别无选择而
只能变得现代的观点也不再有效。相反，变得现代是一种选择，而

----

① 毛泽东：《在延安文艺座谈会上的讲话》，《解放日报》1943 年 10 月 19 日。
② 毛泽东：《在延安文艺座谈会上的讲话》，《解放日报》1943 年 10 月 19 日。

且是一种英勇的选择，因为现代性的道路充满艰险。"① 无论是中国现代历史的政治变革、社会变革，还是中国现代文学的发展历史，都不可避免地置身于这样的现代性的矛盾存在和现代性的时间流程之中。《讲话》的问题性批评作为中国新文学现代性追求过程中的里程碑，既紧密地根植于中国现代社会历史发展的社会合理化进程中的工具理性世界之中，又在以一种"英勇的选择"的姿态，以诸种"美的事物最新近、最当下的形式"积极从事着一种社会现代化过程中的伟大"救赎"。

其次，《讲话》的问题性批评解决了中国现代文学特别是革命文学历史演进中长期存在的矛盾困惑。综观中国新文学现代性发展的纵向历程，无产阶级革命文学在题材主题、人物形象、语言形式等方面的选择和表现，以及其与作家自身、与表现对象、与历史要求之间长期以来都存在着无法回避的矛盾和困惑。

在五四时期，中国文学现代性启蒙的旗帜上赫然地书写着两个口号："人的文学"和"平民文学"。"人的文学"的口号在当时主要指向"人"的个性解放，个性解放成为五四时期新文学表现的一个主旋律。在当时，这种"人"的个性解放，主要表现为小资产阶级知识分子自我主体的个性解放。如鲁迅所说，"新的智识者登了场"，② 他们取代了古代文学中的勇将策士、才子佳人，成为五四新文学的主人公。"平民文学"口号的提出，表明五四新文学从其诞生之日就把目光投向生活在社会底层的劳动人民，这是中国现代文学比西方文艺复兴更为深刻的地方。以鲁迅为代表的革命的新民主主义作家，对农民命运表现出了特别深切的关注。在鲁迅等人的新文学作品中，农民第一次成为文学主人公，这是伴随五四运动的社

---

① 〔美〕马泰·卡林内斯库：《现代性的五副面孔》，顾爱彬、李瑞华译，商务印书馆，2002，第56—57页。
② 鲁迅：《〈总退却〉序》，鲁迅：《南腔北调集》，上海同文书店，1934。

会转型而来的中国文学史上破天荒的变化。虽然，这些以鲁迅为代表的新文学作家在从事文学创作的时候，其文学表现的题材主题、情节冲突包括语言形式都大范围地选择了农民的生活、农民的故事，但作家自身的立场、情感以及思维方式始终无法摆脱小资产阶级或知识分子的视角。于是，五四时期文艺思潮的真实状况是，高高飘扬的"人的文学""平民文学"的启蒙旗帜下面，读者对象、服务对象基本上还是城市小资产阶级及知识分子。

到了20年代末30年代初，左翼文坛明确提出了无产阶级革命文学的口号，并迅速发展成为无产阶级革命文学运动。左翼作家强调，必须把以工农为主体的人民大众作为文学的服务对象和表现对象。从革命文学的创作立场来看，无产阶级革命文学口号的提出，同五四时期"人的文学""平民文学"的口号相比，是历史的发展和文学的进步。但由谁去表现呢？30年代革命文学的实绩证明，表现工农群众的作者仍然是革命的知识分子或小资产阶级作家，其立场感情、生活体验、艺术趣味仍未超出小资产阶级的范畴。于是，创作身份与创作对象之间便出现了一个矛盾，即作家自身知识分子或小资产阶级的立场态度、生活体验、艺术趣味与表现工农、为工农服务的文学宗旨之间的矛盾，这是新文学现代性发展史上第一次出现的新的历史性矛盾。这种矛盾，在外国文学史和我国古典文学史上都未曾出现过。这种矛盾也并不是存在于中国现代文学所有的作家作品之中，例如巴金的作品中就没有这样的矛盾产生，因为巴金是站在革命的小资产阶级立场上表现革命的小资产阶级，并且是为革命的小资产阶级服务的，在其小资产阶级民主主义文学中，作家的生活立场、情感体验与服务对象、表现对象之间的关系是一致的。但是，无产阶级革命文学却面临着这样的巨大矛盾：作家的思想立场、生活体验、艺术趣味与表现工农、为工农服务的历史要求之间形成了不可回避的矛盾。很显然，能否正确认识和科学解决这个矛盾就成为无产阶级革命文学能否继续发展的关键。令人遗憾的是，在相当长的一段历史时间里，新文学史上的作家思想家都无法找到解决这个重大矛盾的方式方法。在 30 年代初，以创造社、太阳社为代表的无产阶级革命文学倡导者认为，作家只要读几本马列主义的书，就可以宣布自己信仰马克思主义，就可以立刻"突变"为无产阶级革命作家，这其中并不存在立场、世界观、思想感情的改造等基本过程。同时，他们还强调，文学创作不需要重视生活体验，作家只要按照马克思主义理论哲学的概念，去写工农生活，就可以创作出表现无产阶级现实生活的作品，这是所谓唯物辩证法的创作方法。因此，无论是以蒋光慈、郭沫若、阳翰笙、钱杏邨等人为代表的革命文学派，还是以茅盾等人为代表的社会剖析派，都不同程度地表现出公式化、概念化的文学倾向，这些作品中的人物穿的衣服是工农的，思想感情则是知识分子和小资产阶级的。随后，"左联"展开了"文艺大众化"讨论，抗战时期又有民族形式问题的讨论。对这诸多相关问题的努力显然都是在寻求解决文艺为工农兵的方向问题、途径问题，他们或者把矛盾或问题的症结归结为工农群众思想头脑中的落后愚昧，或者认为解决矛盾或问题的途径在于作者语言表达形式的通俗化。及至 40 年代，在延安解放区，作家的知识分子立场和小资产阶级态度与表现工农、为工农服务的历史要求之间的矛盾、问题依然存在，依然没有得到解决。

1942 年，毛泽东的《在延安文艺座谈会上的讲话》问世，其权威性、经典性的问题性批评发生于中国文学理性启蒙的现代性发展历程中，在中国新文学发展史中承担着规范、指导新中国文学实践的历史使命。在当时的解放区，在工农大众已经局部掌握政权并开始在政治、经济、文化等领域获得翻身的新的历史条件下，《讲话》第一次明确地揭示了新文学作家的小资产阶级立场、感情、生活体验、艺术趣味与表现工农兵、为工农兵服务的历史要求之间的矛盾，并且第一次明确地提出了解决这一矛盾的正确途径：作家在深入工农兵群众的实际斗争的过程中，一方面熟悉工农兵的生活以其作为创作的源泉，另一方面解决作家自我主观的思想感情、立场态度问题，以最后达到作家的生活体验、思想感情与表现对象、服务对象的统一。毛泽东在《讲话》中提出的作家与工农兵相结合的道路，抓住了无产阶级革命文学运动长期存在的而又未能解决的基本矛盾，解决了新文学现代性发展进程中的一个关键性症候。因此，《讲话》一经发表，革命文艺工作者豁然开朗，解放区文学面貌焕然一新。如何其芳说："新的艺术开始真正为广大的工农兵所享有，推动了群众斗争的实际，而又因之开始了改造艺术自己。"①在《讲话》发表之前，知识分子的"自言自语"并没有使中国底层的大多数民众获得启蒙，但是在《讲话》发表之后，包括一些精英在内的知识分子和作家大都从五四时期提倡的个性解放的思想启蒙转向了现代政治的理性启蒙。《讲话》问题性批评的理性启蒙作用使文坛上的个体意识与集体意识相统一、个人话语与民族话语相融合，使文学领域、意识形态领域的问题性思考逐步扩展到民族国家现代性建构的完成。有学者指出："历史资料显示，1940 到 1942 年春天，在延安形成了一股带有强烈启蒙意识、民族自我批评精神和干预现实生活的与已经占据主导地位的工农兵文学思潮迥异的文学新潮。"②

　　再次，《讲话》的问题性批评使解放区乃至全中国的文学面貌发生了历史性的现代性变化。从《讲话》发表前后延安解放区文学面貌的历史性变化来看，在新文学发展历史的现代性追求中，《讲话》的"现时性"的意义是十分重大的。

---

①　何其芳：《关于艺术群众化的问题》，《群众》第 9 卷第 18 期，1944 年 9 月 30 日。
②　黄昌勇：《〈野百合花〉的前前后后》，《新文学史料》2000 年第 3 期。

一方面,《讲话》的问题性批评导致文艺队伍发生了变化。《讲话》发表以后,在解放区大致有三种类型作家群体的创作面貌发生了巨大变化。第一种类型的作家群体是30年代的青年作家,他们在20年代或30年代初已经在文坛上初露头角。《讲话》发表后,他们深入工农兵火热斗争,在创作上获得了新的突破。如丁玲,五四时代以《莎菲女士日记》初露锋芒,努力以女性视角去呼唤个性解放;伴随着革命文学的兴起,又写作了中篇小说《韦护》、《水》和《奔》等作品;《讲话》发表后,丁玲参加了河北地区土改,写作了长篇小说《太阳照在桑干河上》,这标志着其现实主义创作达到了新的高度。与前期作品相比较,她更加侧重去捕捉历史巨大变革时期农民心灵的颤动,真实而深切地描述了革命根据地和解放区的新生活、新精神。又如周立波,也是在30年代进入文坛的,《讲话》发表后参加了东北土改,写作了《暴风骤雨》等优秀作品。再如刘白羽,在1937年写了他的第一部小说集《草原上》,《讲话》发表后随第四野战军转战,写了《无敌三勇士》《政治委员》《火光在前》《为祖国而战》等。第二种类型的作家群体是农村中的知识青年作家,他们出身于农村,大多具有初中或高中文化程度,在《讲话》指引下,他们由爱好文艺的青年逐渐成长为优秀的人民艺术家。如赵树理,他是在农村出生、在农村长大的文化工作者,长期致力于农村通俗化、大众化的文学创作及宣传工作,《讲话》发表后写出了《小二黑结婚》《李有才板话》《李家庄的变迁》等脍炙人口的小说。又如柳青,是在抗战中成长起来的,《讲话》发表后在米脂县乡政府当了三年文书,写了《种谷记》。再如孙犁,在晋察冀边区从事教育、编辑工作,写了《荷花淀》。第三种类型的作家群体是工农兵作家,这是从社会底层的工农大众之中直接培养出来的作家,也是中国现代文学史上第一批工农作家。如马峰、西戎,都出身陕西农村,高小未毕业就参加了八路军,在宣传队当宣传员，后来到延安鲁艺文艺干部训练班学习，后又到报社学文化当编辑，边学习边写作，写了《吕梁英雄传》等作品。这三种类型的作家群体及其在创作面貌方面的变化，说明在《讲话》指引下，出现了一批新型的文学艺术家，这是现代文学史上的第三代作家，他们具有与第一代、第二代作家完全不同的新特点，或者说，中国新文学的现代性发展进入了一个新的历史阶段。这些在《讲话》发表后获得新面貌的作家群体不仅熟悉社会底层的生活，而且在思想感情上已经与工农兵融为一体。这在中国文学发展史上第一次从根本上改变了作家对自己的表现对象、服务对象（工农兵）不熟悉不了解的状况，作家的思想感情、生命体验第一次和自己的表现对象获得了真正的统一，他们与人民群众特别是生活在农村田间地头或被封建地主压迫的农民保持着最密切最深刻的血肉联系。第三代作家群体不只是有一个作家的身份，其中很多人还同时以党的实际工作者身份活跃在人民群众的斗争中，他们不仅是生活的观察者、描写者，而且是革命斗争的实践者，是大众生活的创作者。

另一方面，《讲话》的问题性批评导致了文艺创作面貌的变化。作家队伍的变化，必然会引起文坛创作趋向、创作实绩的变化。在《讲话》发表后的解放区文学作品中，工农兵群众获得了真正的主人公地位，工农兵以及生产劳动斗争成为文学创作的主要描写对象。在这里，作家笔下的主人公不再是五四时期"人的文学"主题下的那种被侮辱、被损害的形象，而真正成为社会发展的推动力量，他们作为历史的主人公出现在作品里，也不再是被作家同情、怜悯的对象，而是被作者热情地讴歌、倾注了理想、赋予了美感，因而也不再像30年代革命文学中的主人公那样空洞无力、简单苍白了。同时，作家在和工农兵打成一片之后，第一次认真地研究工农兵的欣赏习惯和审美感受，研究工农兵喜闻乐见的艺术风格及工农兵的语言形式。这就导致文艺创作的表现形式、艺术趣味以及语言风格也都发生了极大的变化，这是一种更加趋于民族化、大众化的文学发展变化。如赵树理笔下的小二黑、三仙姑、二诸葛，孙犁笔下的水生嫂等都是具有鲜明个性特征的栩栩如生的农民形象。可以说，《讲话》发表后，解放区文艺的工农兵形象描写，达到了一种革命现实主义创作的前所未有的新水平。

复次，《讲话》的问题性批评也导致了读者受众接受的变化。文学艺术本身革命性的变化以及工农兵自身在政治、经济、文化等领域的初步翻身，导致文学艺术与以工农兵为主体的人民大众之间的关系发生了根本性转变。在这里，新文学作品第一次为广大工农兵群众接受，为他们所喜闻乐见，如新歌剧《白毛女》《王贵与李香香》等不胫而走，广泛流传，这是五四以来新文艺第一次真正回到人民群众之中。在这里，人民群众自己也参加了新文学艺术的创作。《讲话》发表后的解放区，出现了群众性戏剧创作和群众性诗歌创作的高潮，涌现出一大批民间艺术家，如孙万福、李有源、韩起祥，以及部队里面的毕革飞等。这样的民间艺术家和群众性文学艺术在如此的广度和深度上与广大人民群众相结合，也是中国文学发展史上的第一次。

最后，《讲话》的问题性批评也引发了我们关于新文学现代性发展实践的一些反思。诸如，《讲话》作为一种文学理论经典，其中存在的某些偏颇也是不可否认的。如关于文艺和政治的关系问题，毛泽东强调文艺不能脱离政治，这是正确的。但他提出文艺是从属于政治的，必须服务于政治斗争，这样的提法就容易导致文学创作忽视文学自身的文学性、审美性，导致一些文学作品不去注意人物独特的命运和性格的刻画，只热衷于去服务去图解党的方针政策具体贯彻执行的过程，它也容易导致某些作家放弃自己对生活的敏锐观察与个性思考，只依据特定的政治气候去进行创作，继而出现主题先行、公式化概念化的倾向。如关于人性与阶级性的关系问题，《讲话》批判了否定人的社会属性和阶级属性的资产阶级人性论，这是正确的，但是由此得出了结论：在阶级社会里只有带着阶级性的人性，在阶级社会里人性等于阶级性。这也是一个较为片面的公式，它既否定了人的生物性，又把人的社会性做了狭隘理解。因为，人的社会关系是多种多样的，除了阶级关系之外，还有亲人、师生、朋友、同乡、民族关系等。如巴金作品《家》里的觉慧和高老太爷、曹禺作品《雷雨》中的周朴园和侍萍，作品中的人物关系都是比较复杂的。如鲁迅说："都带着阶级性，但是'都带'，而非'只有'。"[①] 再如，关于如何对待资产阶级、小资产阶级作家的问题。《讲话》在强调文学应该以工农兵为服务对象、文艺工作者应该向工农兵学习的时候，却对小资产阶级和知识分子采取了简单的排斥、否定的态度，结果导致了创作题材的狭隘性，也在某种程度上限制了作家的创作热情，导致一些文学作品缺乏独特性和艺术性，一些浪漫主义、现代主义文学得不到应有的发展，甚至一些不熟悉工农兵生活的作家不得不停下笔来。

　　实践是检验真理的唯一标准，《讲话》作为一部理论经典，也不仅仅是毛泽东个人的事情，而应该依据《讲话》发表前后的理论批评体系与文学创作实践，具体地评估其作为无产阶级文学运动在特定历史阶段出现的"现时性"的现代性特征。《讲话》的或伟大或偏颇，都是有其深刻的社会、历史必然性的，其中的一些偏颇与其伟大的历史功绩比较起来毕竟是处于第二位的，可谓伴随着历史的巨大进步而产生的前进中的偏颇。

　　面对《讲话》发表前后所引起的中国现代文学史上的革命性变革，《讲话》不愧是自无产阶级运动以来中国大地上最为重要的马

---

① 鲁迅：《文学的阶级性》，《语丝》第 4 卷第 34 期，1928 年 8 月 20 日。

克思主义理论著作。它将马克思主义文艺理论同中国的文艺运动和创作实践相结合，并进一步发展了马克思主义文艺理论。《讲话》的问题性批评，如文艺是为人民大众首先是为工农兵服务的，作家必须熟悉人们大众生活并且在立场态度、思想情感、艺术趣味等方面都要与最广大人民群众保持最大限度一致等观点，直到今天仍然具有极为重要的历史性的普遍意义。

面对中国新文学现代性发展的历史，《讲话》也不愧是中国现代思想史和文学史上的理论经典。它作为解放区文艺的纲领性文件，以其积极的社会使命感和历史责任感，及时有效地解决了思想界、文艺界的混乱，使文艺的启蒙理性和斗争精神得到极大的发挥；它作为一部问题性批评的经典性文献，典型地反映且深刻地论证了中国现代文学理论的实践性以及其启蒙性、现实性的功能，彻底实现了五四时期的文学"大众化"的理想，在中国现代文学史上引发了五四以后又一次深刻的文学革命；它作为现代文学批评体系中的一部理论经典，隐含着一系列关于现代性问题的理性思考，并由此诞生了一些文学理念和创作模式，这些探索性的文学样态又逐步奠定了中国特色的现代性文学模式的发展基础，既为新中国成立后当代文学的发展提供了广阔的天地，也导致新中国成立后的当代文学无论如何都无法摆脱《讲话》的制约或影响，不同的作家理论家不过是依据自己不同的价值取向、审美情趣，选取其不同的角度进行不同程度的理解接受和创新发展而已。

第十章

审美批评与现代文学理论实践的
主体性、印象性表述

在中国现代文学批评理论的实践过程中，同样是面对现存社会语境中的客观现实和现时文坛中的文学现象，同样是围绕中国文学现代性启蒙进程中所遭遇的一系列具体问题而进行的问题性求解，表现出问题批评和审美批评的两脉。问题性批评坚持从客观现实出发，坚持理性原则的问题性聚焦和问题性解答，带有浓郁的社会实践性意义，强调文学对社会现实及其变化的影响，强调文学的价值立场和批判性反思，甚至较多是从政治态度、理性原则去思考文学的功利性、现实性等问题。审美批评同样是关乎文学现代性启蒙的一种理论实践，也同样可以作为附属于社会批评的一种文学批评实践，但它更多的是源于批评主体自我的主观精神视域，更偏爱自由主义的思想立场和审美的无功利的行为态度，愿意去思考一些关乎人生、人性方面的问题，其文学理论批评的实践更多地表现为自我性、主观性、情感性、印象性、心理性等方面的特质。

问题批评以其工具理性的本质属性直面社会历史发展进程中的现实问题，逐渐成为启蒙现代性大旗下面的一种占据主导地位，并充分发挥无限正能量的文学实践活动，也因而成为现代社会进步的主要动力之一。审美批评从问题批评或工具理性所忽略的生命意义和生命体验的视域进入文学性的思考，它强调批评主体自我的体验性，强调文学及文学批评的审美性价值及其意义，即文学和文学批评应该是通过批评主体的自我意识、主观精神或理想信仰、心灵体验来反映社会生活、评析文学现象，并通过这种主体性、印象性的主体意识把文学和文学批评引入一种个人化的、审美化的情感性和想象性的文学空间。这种审美批评既是一种与问题批评相对立的矛盾存在，又以其感性形态的特殊存在及其艺术魅力去弥补问题批评的某些不足，从而以两者之间的张力共同构建了中国文学现代性启蒙发展进程中的动态结构。

一 自我意识与现代审美批评的主体性高扬

在中国现代文学审美批评的理论实践中，批评主体意识的勃兴是随着作家和批评家主观自我的觉醒、"发见"而逐渐地凸显、逐渐地强化的，这既是现代批评家自我主体意识的苏醒和张扬，也是现代批评意识和现代审美批评实践中的主观性和自我性的表述和张扬。由于批评家自我主体意识的迅速觉醒和逐渐强大，批评家主观自我主体性的思想立场、价值取向和审美情趣构成了批评理论实践的主要依据。一方面，批评家大多从批评主体自我内在心理的体验、经验等主观性的视角出发，通过主观自我的感觉、直觉等形象性的方式来阐发自己的文学立场和理论观点，来评析社会现象和文坛现象，来解读作家作品。另一方面，中国现代文学审美批评的理论实践也充分体现出批评主体自我的诸种思想特质和审美品位。

从五四新文化运动开始，以郭沫若、郁达夫、成仿吾等人为代表的创造社同仁就积极倡导"主观""自我""创造""个性""表现"等自我表现与表现自我的文学主张。他们反反复复地强调着：

"我是唯一的存在者"，"我就是一切，一切都是自我"，"总之，我们近代人的最大问题，第一可以说是自我的发见，个性的主张。而社会的组织却与此相反，每有不容我们的自我扩张的倾向，于是乎种种悲剧就发生出来了"。① "'自我就是一切，一切都是自我，'个性强烈的我们现代的青年，那一个没有这种自我扩张 Erweiterung des Ichs 的信念？……除了自我的要求以外，一切的权威都没有的，我是唯一者，我之外什么也没有。所以我只要忠于我自家好了，有我自家的所有好了，另外一切都可以不问的……我和神一样不是一切身外的什么，我是我的一切，我是唯一的存在者……我不是空空洞洞的'无'，我是创造的'无'。从此'无'中我自行做个创造者以创造一切……我自己的所有，不是普遍，而是——唯一，如我是唯一的一样。除我而外一切于我无关。"② 郑伯奇说："艺术只问我的最完全、最统一最纯真的表现，再无别的……艺术只是自我的表现，我们说了，但是这'自我'并不是哲学家的那抽象的'自我'，也不是心理学家的那综合的'自我'，这乃是有血肉，又悲欢，有生灭的现实的'自我'。"③ 郭沫若说："我们现刻先要把艺术的精神认定，要打破一切自然的樊篱，传统的樊篱，在五百万重的架锁下解放出我们纯粹的自我！艺术是我们自我的表现，但是我们也要求我们的自我有可以表现的价值和能力。"④ 在这里，这些"自我"的发现与"自我"的张扬，作为一种绝对自我的确立，可谓现代社会中现代自我人格的发现、觉醒与确立，它构成了中国现代文学史和现代理论批评实践中的一个异常高昂且始终回荡的主旋

---

① 郁达夫：《戏剧论》，《郁达夫文集》（第五卷），花城出版社、生活·读书·新知三联书店香港分店，1982，第 54 页。

② 郁达夫：《Max Stirner 的生涯及其哲学》（后改文章名为《自我狂者须的儿纳》），《创造周报》第 6 号，1923 年 6 月 16 日。

③ 郑伯奇：《国民文学论》，《创造周报》第 33 号，1923 年 12 月 23 日。

④ 郭沫若：《印象与表现》，《时事新报》副刊《艺术》第 33 期，1923 年 10 月 30 日。

律。同时，这既是现代批评主体意识的生成和勃兴，也是一种以自我的主观性、个性、感性为标尺的现代审美批评的实践。

第一，这种自我表现的主体批评意识及其审美批评实践的基本原理是："以内心的要求为文学上活动之原动力。"① 在这里，自我是轴心，"内心的要求"是自我存在的维度，因而构成一种以自我内心为渊源、为旨归的自我主体意识的批评立场和批评行为。以创造社为代表的批评家强调文学的宗旨便是自我表现，即文学要表现作为"人"以及"人的意识"的觉醒的自我，表现自我的灵魂、自我情感的诸种真实、自我赤裸裸的本能欲望以及自我的诸多生命意志。成仿吾指出："我们并不主张什么派什么主义，我们只须本着内心的要求，把我们微弱的努力，贡献于我们新文学的建设就是了。"② 在他们看来，文学既然是我们内心活动的一种，文学创作和文学批评的原动力和历史使命就都应该出自自我主体内心的自然要求。文学创作和文学批评的写作动机、思想观点、形式表现等诸多方面只有真诚地发源于、取决于自我的内心，才能真正完成文学的历史使命，而新文学的伟大使命也正在于充实或丰富我们"表现自我的能力"，在于消灭一切"心灵的障碍"，从而滋润我们干涸的心灵和枯燥的生活，即"文学既是我们内心的活动之一种，所以我们最好是把内心的自然的要求作它的原动力……我们既能由一个超越的地点俯视一切的矛盾，并能在这些矛盾之中，证出文学的实在，那么，我们对于我们的内心的活动，便不难看出它应取得方向，也不难自由自在地使取我们意中的方向了"③。于是，这种自我"内心的要求"便构成了一个俯视一切现实矛盾、超越一切功利主义算盘的制高点，从而也构成了文学批评的标准，构成了文学的真

---

① 成仿吾：《新文学之使命》，《创造周报》第 2 号，1923 年 5 月。

② 成仿吾：《创造社与文学研究会》，《创造季刊》第 1 卷第 4 期，1923 年 3 月。

③ 成仿吾：《新文学之使命》，《创造周报》第 2 号，1923 年 5 月。

善美。而那些"走错了路径"的人，或者"把时代看得太重"，或者"把文艺看得太轻"，因为他们已经偏离了文学的核心，他们走的离文学"很远了"，离自我"内心的要求"也"很远了"。成仿吾反复强调："真的文艺批评家，他是在做文艺的活动，他把自己表现出来，就成为可以完全信用的文艺批评——这便是他的文艺作品。"① "人生自己便是一种艺术。他们是自己在建设自己，在创造自己，在表现自己。"②

　　第二，这种自我表现的主体批评意识及其审美批评实践的对象及形式都集中表现为自我的主观情感和审美感情。这种自我意识强调的是一种与客观现实对立或者是超越于客观现实之上的主观性的、感性的主体意识，因而携带着极强的主观性因素和感性色彩。创造社的批评家们强调："文学是直诉于我们的感情，而不是刺激我们的理智的创造；文艺的玩赏是感情与感情的融洽，而不是理智与理智的折冲。文学的目的是对于一种心或物的现象之感情的传达，而不是关于它的理智的报告……文学始终是以情感为生命的，情感便是它的终始。"③ "理想的批评家是能由作品得到最多的观念情绪之暗示而能表现出来的。然而，他对于作品或作者非抱有热烈的同情不可，因为文学是感情的产物。"④ 郁达夫进一步解释，从近代文艺学美学思潮流派的理论倾向来看，文艺的鉴赏批评大致可分为两派，一派是以叔本华为代表的唯意志论，强调以"认识与自觉"为美的批评鉴赏，另一派是以德国美学家里普斯为代表的移情说，强调以自我为中心的主观鉴赏论，强调一切的对象都必须经过批评者自我的参与、渗透与陶冶，使批评者的主观自我参入对象之

　　① 成仿吾：《批评与批评家》，《创造周报》第 52 号，1924 年 5 月。
　　② 成仿吾：《真的艺术家》，《创造周报》第 27 号，1923 年 11 月。
　　③ 成仿吾：《诗之防御战》，《创造周报》第 1 号，1923 年 5 月。
　　④ 成仿吾：《批评与同情》，《创造周报》第 13 号，1923 年 8 月。

中并"在对象内生活着，活动着"，才能完成批评鉴赏的本职使命。这两派的主张"都是真理"，都提示我们必须重视批评者主观自我的意志和情感，即"文艺鉴赏上的偏爱价值，完全是一种文艺鉴赏者的主观的价值"①。从文学艺术自身的本质要素的角度来看，文学艺术的最大要素即美与情感。其中，第一要素是文学艺术所追求的形式美，它构成了艺术的主要成分，诸如自然的美、人体的美、人格的美、情感的美，或是抽象形式的悲壮的美、雄伟的美以及一切美的情愫。第二要素是情感，包括同情和爱情等精神特质，包括灵通透彻的瞳神以及由这瞳神而表现出来的情热等。两者之间相互比较，似乎后者更具有决定性的意义，"艺术中间美的要素是外延的，情的要素是内在的……美与情感，对于艺术，犹如灵魂肉体，互相表里，缺一不可的"②。例如，郁达夫在评说郭沫若的著作《文艺论集》及其"思想剧变"时说，文学要达到宣传的目的和功用，关键要以真情实感来感动人心，"不一定要诗里有手枪炸弹，连写几百个革命革命的字样，才能配得上称真正的革命诗。把你真正的感情，无掩饰地吐露出来，把你的同火山似的热情喷发出来，使读你的诗的人，也一样的可以和你悲啼喜笑，才是诗人的天职。革命事业的勃发，也贵在有这一点热情"③。郭沫若也曾经持有同样的观点，即一切文学创作都是内心智慧的表现，是感情的自然流露。"文艺也如文艺的花草，乃艺术家内心之智慧的表现。诗人写出一篇诗，音乐家谱出一支曲子，画家绘成一幅画，都是他们感情的自然流露，如一阵春风吹过池面所生的微波，应该说没有所谓目的。"④

---

① 郁达夫：《文艺鉴赏上之偏爱价值》，《创造周报》第 14 号，1923 年 8 月 12 日。
② 郁达夫：《艺术与国家》，《创造周报》第 7 号，1923 年 6 月 23 日。
③ 郁达夫：《〈瓶〉附记》，《创造月刊》第 1 卷第 2 期，1926 年 4 月 16 日。
④ 郭沫若：《文艺之社会使命》，《沫若文集》（第十卷），人民文学出版社，1959，第 83—84 页。

　　第三，这种自我表现的主体批评意识及其审美批评实践也蕴含着浓郁的自由性、创造性。由于这种批评主体意识的"自我"个体性特质，它无视一切束缚、一切压抑、一切权威，它积极主张破除一切历史的、传统的因循守旧、陈规陋习，它热情地倡导创造，执意地要创造一切，创造一个前所未有的崭新世界、崭新自我。如果说，为人生的文学是从客观的视角去批判社会环境对"人"的压迫摧残，那么，这种自我意识的发现则是从内在主体的视角来张扬被外部世界压抑的个体自我，从而去释放主观自我的一切欲望和潜能。郭沫若从泛神论角度来解释，这种自我主体意识的追求和表现可以视为一种与天地同在的"自由""永生"，这种自我主体意识的获得也可谓一种从"有我"走向"无我"的蜕变过程或创造过程。人在"有我"的时候或者说没有获得自我主体意识的时候，只能看见宇宙万汇和个体自我的"外相"，只能看见世事变幻的无常和生生死死的悲哀。只有获得了自我主体意识或者说进入了"无我"的境地，才能实现自我的自由和扩张，实现自我的永恒和无限。因为，"泛神就是无神，一切的自然都只是神的表现，自我也只是神的表现。我即是神，一切自然都是自我的表现。人到无我的时候，与神合体，超越时空，而等同生死……此力即是创生万汇的本源，即是宇宙意志，即是物之自身……自我之扩张，以全部的精神以倾倒于一切"①。因为，这种"我"与"天"与"地"及其周围一切的"运动"便是宇宙的本源，是万物生存发展的"力"，是"完成自我"的"至高道德"。同时这种自我主体意识的自由和永生也不是一般的"中庸微温者"所能够体验到、所能够获得的。郁达夫解释，自我主体意识即一切创造力的源泉，它作为"一个不可思议的力量"，构成了文学创作和文学批评等一切现象的原动力。

---

① 郭沫若：《〈少年维特之烦恼〉序引》，《创造季刊》第 1 卷第 1 期，1922 年 3 月 15 日。

因为，"无论何人，都是天生的艺术家，都想自己表现自己，都想创造一点什么东西出来的。这一种艺术的冲动，这一种创造欲，就是我们人类进化的原动力"①。郭沫若也同样特别强调这种自我主体意识在文学创作与文学批评中的创造性价值，因为"艺术是我们自我的表现"，所以"艺术家总要先打破一切客观的束缚，在自己的内心中找寻出一个纯粹的自我来，再由这一点出发出去，如象一株大木从种子的胚芽发现出来以至于摩天，如象一场大火由一株星火燃烧起来以至于燎原，要这样才能成个伟大的艺术家，要这样才能有真正的艺术出现……这种精神总是要打破一切的束缚，纯由自我的自由表现然后才能达到"②。

二 单纯信仰与现代审美批评的理想性告白

中国现代文学审美批评的理论实践，凸显出较为强烈的理想化倾向或理想性的追求。在中国现代文学史和批评史上，确实存在着这样一大批思想家和作家，他们独立不倚，他们超凡脱俗，他们不屈不挠地追求着自己的人生理想和文学理想。正如鲁迅所说："生在有阶级的社会里而要做超阶级的作家，生在战斗的时代而要离开战斗而独立，生在现在而要做给与将来的作品，这样的人，实在也是一个心造的幻影，在现实世界上是没有的。要做这样的人，恰如用自己的手拔着头发，要离开地球一样，他离不开，焦躁着，然而并非因为有人摇了摇头，使他不敢拔了的缘故。"③ 这样一些想

---

① 郁达夫：《文学概说》，《郁达夫文集》（第五卷），花城出版社、生活·读书·新知三联书店香港分店，1982，第68页。
② 郭沫若：《印象与表现》，《时事新报》副刊《艺术》第33期，1923年10月30日。
③ 鲁迅：《论"第三种人"》，《现代》第2卷第1期，1932年11月。

"用自己的手拔着头发，要离开地球"的作家和批评家，尽管生活经历、情感体验、价值取向、审美情趣各不相同，但他们大多是较多地受到西方世界的宗教哲学、历史文化及文学艺术方面的影响，他们极力地超越现实的功利和超越世事的平庸，极力地去强调一种脱离现实政治的独立的艺术品格和批评自由。如朱光潜所说："我们对于文化思想运动的基本态度，用八个字概括起来，就是'自由生发，自由讨论'……'无所为而为地研究和传播世间最好的知识与思想'，'造成新鲜自由的思想潮流，以洗清我们的成年见积习'。"①

徐志摩可以算作这种努力挣脱现实且努力追求浪漫的审美理想和批评实践的一个代表人物。胡适曾评价徐志摩："他的人生观真是一种'单纯的信仰'，这里面只有三个大字：一个是爱，一个是自由，一个是美。他梦想这三个理想的条件能够会合在一个人生里，这是他的'单纯信仰'。他的人生的历史，只是追求这个单纯信仰的实现的历史。"②

徐志摩是一个诗人，也是一个痴迷于精神世界的思想者，他执着地追求其理想中的"灵魂的存在"，他固执地坚信理想信仰的思想力量对于理想的牵引、对于文学的引导以及对于生活的批判。他反复地诉说着："我相信真的理想主义者是受得住眼看他往常保持着的理想萎成灰，碎成断片，烂成泥，在这灰这断片这泥的底里他再来发现他更伟大更光明的理想。我就是这样的一个……比生命更重实更压得死人的是思想那十字架……我要的是筋骨里迸出来，血液里激出来，性灵里跳出来，生命里震荡出来的真纯的思想。"③ 他借用英国唯美主义批评家沃尔特·佩特的理论来强调精神思想对于

---

① 朱光潜：《我对于本刊的希望》，《文学杂志》创刊号，1937 年 5 月。
② 胡适之：《追悼志摩》，《新月》第 4 卷第 1 期，1932 年 1 月。
③ 徐志摩：《"迎上前去"》，《自剖》，上海新月书店，1928。

人生和艺术的指导作用："没有精神上对人生本身的真正赏识，对崇高的人类特性无所认识。"① 他渴望凭借思想的力量去超越现实，去营造并遨游于那种浪漫唯美的纯粹精神的理想世界："是人没有不想飞的……人类最大的使命，是制造翅膀；最大的成功是飞！理想的极度，想象的止境，从人到神！诗是翅膀上出世的；哲理是在空中盘旋的。飞：超脱一切，笼盖一切，扫荡一切，吞吐一切。"②

徐志摩的思想信仰和审美理想是一种以英美社会的物质文明和精神文明为参照的康桥式王国，是一种超越中国社会语境和诸种现实束缚的理想世界。对照西方文明的理想世界，他痛感中国现实社会只是一潭死水，污泥脏黑，成群结队的虫蝇嗡嗡营营，体验不到音乐的激情、爱的高尚以及宗教上美学上的极乐瞬间，人们拥有的只是"没有灵魂的躯壳"或"精神上的死亡"。面对这污泥死水般的现实，徐志摩极为痛苦："我最亲爱的母国，其实是堕落得太不成话了；血液里有毒，细胞里有菌，性灵里有最不堪的污秽，皮肤上有麻疯。"③

"单纯的信仰"即徐志摩所建构的审美理想，它由爱、自由和美三个方面组成。关于"爱"，徐志摩解释，爱的本质是一种超越的精神本体，它具有超凡脱俗的自由，它可以引导人们超脱凡俗走向理想。"这种极端非理性是爱的最可靠的保证之一，也是爱永不枯竭的情趣和力量的主要源泉……爱就像宗教一样（宗教本身也是神圣的宇宙的爱），是超越，是纯化，由于被那种神秘的力量所纯化，人凡俗的眼睛就能看见属于精神领域的图景……人的精神只有通过这样的升华超脱，以前无生气的潜在创造力得以解放自己……

---

① 徐志摩：《艺术与人生》，《创造季刊》第 1 卷第 2 期，1922 年。
② 徐志摩：《想飞》，《晨报副刊》1926 年 4 月 19 日。
③ 徐志摩：《谒列宁遗体回想》，《自剖》，上海新月书店，1928。

把爱说成是最有生气最有潜力的创造源泉，实在不是言过其实。"①
由于爱是被那种神秘的力量所纯化的，所以凡俗的人必须通过这样
一种类似宗教仪式的爱的洗礼，才能摆脱污浊。关于"美"，徐志
摩特别赞赏古希腊文明和欧洲文艺复兴时期"对美的热衷""对美
的普遍尊重如此强烈"。在那里，美既表现为人的美貌，也表现为
人生的美、艺术的美以及诸种关乎"对人的精神的发现与体现"的
美，更有兼容上述诸多因素的和谐融会的美。在那里，"美在极和
谐地将心灵各成分融合一体"，公民身份与美好生活是"同一性"
的，善最终通过美得到理解、得到表达，人生与艺术是"统一体"，
艺术是人生的觉悟。这些希腊的古典美和意大利文艺复兴带给我们
的"礼物"作为"对人的精神的发现与体现"，"充满了人生热情
的极度的美"，是"人类灵魂能够表达的最深切最崇高的感情"。
例如，当你站在罗马或科隆大教堂前，当你面对摩西的雕塑，当你
听了贝多芬的交响乐，当你看了莎士比亚的《哈姆雷特》和雪莱的
《解放了的普罗米修斯》，你不可能无动于衷。这一切的美，都足以
培养"我们自我的觉悟"，足以"让内在创造精神自行发挥作用"。
因为，"内在之物的开发有赖于从外部吸收的东西中得到灵感和效
验……美的敏感比强烈的理智或道德品性对人生的意义更重要，更
富有成效。只要努力追求艺术的激情，你就能懂得美和生活的意
义"②。当然，徐志摩审美理想中的美是神圣、超越、纯粹的，但它
又不同于西方唯美主义的颓废的美。他写道："我们不敢附和唯美
与颓废，因为我们不甘愿牺牲人生的阔大，为要雕镂一只金镶玉嵌
的酒杯。美我们是尊重而爱好的，但与其咀嚼罪恶的美辞还不如省
念德行的永恒……我们不归附功利，因为我们不信任价格可以混淆

---

① 徐志摩：《艺术与人生》，《创造季刊》第 1 卷第 2 期，1922 年。
② 徐志摩：《艺术与人生》，《创造季刊》第 1 卷第 2 期，1922 年。

价值，物资可以替代精神。"① 徐志摩认为，美的核心表现是生命之美，而生命之美的属性又是悲剧性质的。因为艺术的问题就是生命的问题，艺术与生命是互为因果的。至于生活，只是生命的"外象"或"内心的理想不完全的一种符号"。于是，真正的美便是生命悲剧的美："真粹的悲剧是表现在生命本质里所蕴伏的矛盾现象冲突之艺术。心灵与肉体之冲突；理想与现实之冲突；先天的烈情与后天的责任与必要之冲突，冷酷的智力与热奋的冲动之冲突，意志与命运之冲突，这些才是真纯悲剧的材料……在深奥无底的人的灵府里。要使啮噬，搅扰，烧烙，撕裂，磨毁，人的灵魂的纤微之事实经过，真实地化成文字，编成戏剧，那便是艺术，那便是悲剧的艺术化。"② 徐志摩也深深地感叹，中国从没有出过真正的"悲剧的大诗人"，他们没有深入灵魂中最秘奥最可怕亦最伟大的境界去探险，只能领略风和日丽、浅水清波的温情，只会记载小小的山、水和亭台楼阁。

徐志摩特别推崇性灵，推崇性灵之中的美感体验及其批评方式，认为这是通往"单纯信仰"的审美理想的主要通道。他解释：性灵是自然的，自然就是性灵。"我只是个自然崇拜者。我以为自然界种种事物，不论其细如涧石，暂如花，黑如炭，明如秋月，皆孕有甚深之意义，皆含有不可理解之神秘，皆为至美之象征。"③ 性灵是一种不可言传的美感体验，是那种美感体验中的宁静、优美、协调，也是审美理想中的那种最微细最神妙的闲暇、恬淡、自由，即"在星光下听水声，听近村晚钟声，听河畔倦牛刍草声，是我康桥经验中最神秘的一种：大自然的优美，宁静，调谐在这星光与波

---

① 新月社（徐志摩执笔）：《〈新月〉的态度》，《新月》第 1 卷第 1 期，1928 年 3 月 10 日。

② 徐志摩：《看了〈黑将军〉以后》，《晨报副刊》1923 年 4 月 11 日。

③ 徐志摩：《鬼话》，《文学旬刊》1924 年 4 月 1 日。

光的默契中不期然的淹入你的性灵"①。同时，性灵也蕴含着那种真实、真诚、真挚的"真纯的思想"，如徐志摩自己所说："真思想的精神……不是借来的税来的冒来的描来的东西，不是纸糊的老虎，摇头的傀儡，蜘蛛网幕面的偶像……我曾经妄想在这流动的生里发现一些不变的价值，在这打谎的世上寻出一些不磨灭的真。"②"我爱真理，爱真实，爱勇敢，爱坦白，爱一切真实的思想。"③ 徐志摩特别强调，一切的真都是最单纯最美丽的，就像小孩子在海滩上种花一样，"这个象征不仅美，并且有力量；因为它告诉我们单纯的信心是创作的泉源——这单纯的烂漫的天真是最永久最有力量的东西，阳光烧不焦他，狂风吹不倒他，海水吹不了他，黑暗掩不了他——地面上花朵有被摧残有消灭的时候，但小孩爱花种花这一点，'真'却有的是永久的生命"。④ 于是，这种以性灵为核心的审美理想便可以产生一种清澈秀逸的美感体验，他自言，当自己置身在康桥式的那种湖光山色之中的时候，那种脱尽尘埃的体验和意境已经超出了画图而化生了音乐的神味，使人不可能再沾滞一丝的俗念，从而真正体会到纯粹美感的神奇！

三 灵魂奇遇与现代审美批评的印象式鉴赏

中国现代文学审美批评的理论实践是高扬感性的，他们很少对作家和文学作品进行全面的客观评说或严谨的逻辑思辨，大多依据自我主体意识的感觉知觉或经验体验对文学现象做直观的、印象式

① 徐志摩：《我所知道的康桥》，《巴黎的鳞爪》，上海新月书店，1927。
② 徐志摩：《迎上前去》，《自剖》，上海新月书店，1928。
③ 徐志摩：《仇友赤白的仇友赤白》，《晨报副刊》1925 年 10 月 15 日。
④ 徐志摩：《海滩上种花》，《落叶》，北京北新书局，1926。

的鉴赏评析，他们随心所欲地点评，无所顾忌地畅谈，字里行间也大多透露出批评主体自我意识的主观性、感觉性、印象性的印记，也洋溢着散文乃至散文诗的潇洒隽永、诗意浪漫。例如，贺玉波写的《中国现代女作家》（上海现代书局 1932 年）、黎锦明写的《新文学批评谈话》（北平人文书店 1932 年）、《文艺批评浅说》（北新书局 1934 年）等书，书中对冰心、庐隐、凌叔华、丁玲等女作家的评论以及对中国现代文学史实的评介就多是一些印象式的点评或随感性的思想剖白。再如，鲁迅、茅盾、巴金、郁达夫、林语堂、周作人、沈从文、苏雪林等人的一些犀利智性的作家作品论，都可见印象式鉴赏批评的痕迹。其中，李健吾的批评文字可以作为这种审美批评实践的代表，其印象式鉴赏的批评文章大多收录在《咀华集》《咀华二集》两部论文集中，分别由文化生活出版社于 1936 年、1942 年出版。

李健吾 1931 年赴法国留学，从事福楼拜研究，同时崇尚法朗士、勒麦特等法国印象主义批评大师，其批评理论及其批评实践也多受印象主义的影响。李健吾强调，批评的本质就是"一种印象的印象"，"勒麦特告诉我们：'作者作者拿他某一特殊时间在人世所受到的印象记在一件艺术作品里面，同时批评，不管武断不武断，它的趋止是什么，所能做的也不外乎把我们对于作品在某一时间的印象凝定下来。'这就是说，批评是一种印象的印象。"①

李健吾的审美批评实践实际上是在以一种印象式、形象性的方式彰显着批评者自我主体的思想意识和审美倾向，正是这种批评主体意识的自我存在使批评作为一种独立的艺术而存在，并以此宣称文学批评自身的属性。李健吾声称："拿自我做为创造的依据，不是新东西。但是拿自我做为批评的根据，即使不是一件新东西，却

---

① 李健吾：《自我和风格》，《李健吾文学评论选》，宁夏人民出版社，1983，第 214 页。

是一种新发展。这种发展的结局，就是批评的独立，犹如王尔德所宣告，批评本身是一种艺术"①。他解释，印象主义批评是西方现代主义理论思潮的一种，他们以尊崇自我、表现自我为原则，以批评家自我的价值观念、审美取向和艺术情趣去批评、鉴赏文艺作品。于是，批评的依据就是自我的经验体验或自我的感觉印象，批评著述也就必然会鲜明地呈现出批评家自我的主体意识和品格风格。所以，"批评的成就是自我的发见和价值的决定。发见自我就得周密，决定价值就得综合。一个批评家是学者和艺术家的化合，有颗创造的心灵运用死的知识。他的野心在扩大他的人格，增深他的认识，提高他的鉴赏，完成他的理论。创作家根据生料和他的存在，提炼出来他的艺术；批评家根据前者的艺术和自我的存在，不仅说出见解，进而企图完成批评的使命，因为它本身也正是一种艺术"②。于是，批评者自我的主体意识就构成了衡量作家作品的重要标志，批评主体自我的感觉印象也因此构成了现代审美批评的主要批评形式或批评方法。

在李健吾的审美批评实践中，批评的方法主要表现为一种印象式的鉴赏，这是一种批评主体自我内在灵魂的溢出、交流或对话。在他看来，批评主体意识的经验、体验以及由此而流淌出来的感觉、印象即代表着批评者的"自我的存在"，这种非理性的感觉印象作为一种最深刻、最生动的自我表现，它一方面是批评主体自我对于作为对象的作家、作品或生活的印象，另一方面又是批评主体自我走入批评对象的灵魂之中从而诞生了两个灵魂之间的交流对话。这样一来，李健吾特别推崇法国印象主义文学作家和理论家法朗士的名言："好批评家是这样一个人：叙述他的灵魂在杰作之间

---

① 李健吾：《自我和风格》，《李健吾文学评论选》，宁夏人民出版社，1983，第215页。
② 李健吾：《李健吾文学评论选》，宁夏人民出版社，1983，"序一"第1页。

的奇遇。"① 这种"灵魂的奇遇"就是现代审美批评的印象式鉴赏，正像勒麦特的印象主义批评方法那样，"不判断，不铺叙"，旨"在了解，在感觉"，它们"抓住灵魂的若干境界"，我们只需根据灵魂的指引去鉴赏去批评，也正如法朗士所说："美丽的感觉引导我前进。"这样一来，现代审美批评的效果也直接取决于灵魂奇遇的旅程，取决于批评主体内在自我心灵体验的敏锐性、深刻性或广博性等因素。因为，感觉印象的敏锐性来源于灵魂的深处，心理认知的深刻性决定感觉的效果，决定着批评家和作家的成功与否。例如，李健吾在介绍萧军及其作品的时候，便是在运用这种感觉印象式的审美批评，便是在让批评者自我的灵魂走进萧军的灵魂、走进萧军作品中人物的灵魂，从而写下了这些灵魂的奇遇或灵魂的碰撞之后的印象。李健吾是在用自己对萧军的感性印象来介绍萧军：萧军不是什么"君子"，他喜欢饮酒，也喜欢女人，但我们的"浪子"不是为自己活着，他有"丑陋"但更有"坚定"，面对"九一八"的一声霹雳，萧军先生聚起了他"所有的气力"，"悲哀变成铁的愤恨，眼泪变成黑的血浆……他拾起纷零的幻象，一瓣一瓣，缀成他余痛尚在的篇幅"②。同样，李健吾也是在用自己阅读后的感觉印象来谈对萧军的评价：其《八月的乡村》不是一部杰作，它失败的原因只在于"作品本身"的"调理的工拙"，并因其"工拙"而显出作家心灵的"浮躁"。即因为"缺欠一种心理的存在"而表现出缺乏"深致的内心的反应"或"心理的粗疏"，"心理的深致决定人物的刻划，同时也决定作品的精窳。这种功夫越下得深，一部小说越获到人物的凹凸，现实的普遍性也就越发吸引我们的

---

① 李健吾：《自我和风格》，《李健吾文学评论选》，宁夏人民出版社，1983，第214页。
② 李健吾：《八月的乡村》，《李健吾文学评论选》，宁夏人民出版社，1983，第140—141页。

同情。"①

在李健吾的审美批评实践中，批评的主要内容、标准乃至宗旨都是关于人性和人生的诸种经验、体验、感觉和印象，以及这些灵魂奇遇之间的矛盾、和谐。在李健吾看来，人生是创作的源泉，也是批评的依据。人生作为一个复杂而简单的有机存在，是那么丰富绮丽、神秘广博、浩瀚起伏，世界上再没有什么比人生更变幻莫测的，也没有什么比人性更深奥难知的。人、人性与人生之间的关系是相互渗透的，因为人生的丰富产生个体自我的生动，个体人性的绮丽又把人生装点得浩瀚美丽。因为"人属于个别的存在，繁复是其绮丽的泉源，矛盾在这里是谐和，人性因之丰盈"②。正是人生与人性的富丽以及人的灵魂的诸种奥秘，构成了新文学现代审美批评的美丽篇章。李健吾强调，批评的成功不在于其"术语""水准"一类的零碎，而在于其倚靠的是"一个富丽的人性的存在"。"我不大相信批评是一种判断……一个批评家，第一先得承认一切人性的存在，接受一切灵性活动的可能，所有人类最可贵的自由，然后才有完成一个批评家的使命的机会……他不仅仅是印象的，因为他解释的依据，是用自我的存在印证别人一个更深更大的存在。"③ 所谓"灵魂的冒险者"便是"要综合自己所有的观察和体会"，去鉴定去衡量人性追求的"高深"。李健吾特别赞赏沈从文《边城》对于人性和人生中的"美"的创造，以及作者与其作品及其人物之间的"灵魂的奇遇"。李健吾说，沈从文"有美的感觉"，他能够从乱石中发现可能的美丽；沈从文作品中的所有人物"全可爱"，他可以让读者抛下各自的烦恼，走进他创造的理想世界，一个未曾被现代文明污染的"肝胆相见的真情实意的世界"；沈从文的写作手

---

① 李健吾：《八月的乡村》，《李健吾文学评论选》，宁夏人民出版社，1983，第 148 页。
② 李健吾：《三个中篇》，《李健吾文学评论选》，宁夏人民出版社，1983，第 176 页。
③ 李健吾：《边城》，《李健吾文学评论选》，宁夏人民出版社，1983，第 50 页。

法不是"分析"，他对于美的感觉让他不忍心分析，他"全是叫读者自己去感觉"。于是，《边城》"丰盈""完美"，透视出"作者怎样用他自己艺术的心灵来体味一个更真淳的生活"①。李健吾特别强调，批评家的任务就是要追寻作品中"人性的昭示"，因为"他是人，他最大的关心是人，创作者直从人世提取经验，加以配合，做为理想生存的方案，批评家拾起这些复制的经验，探幽发微，把一颗活动的灵魂赤裸裸推呈出来，做为人类进步的明征……批评者应当是一匹识途的老马，披开字句的荆棘，导往平坦的人生故国。他的工作（即是他的快乐）是灵魂企图与灵魂接触，然而不自私，把这种快乐留给人世"②。李健吾在评析叶紫及其作品的时候，同样是带着自己的情感和灵魂走进叶紫的人生、思想和灵魂的。李健吾带着浓浓的深情和敬意写道：叶紫，一个穷苦的青年，柴一样的瘦腿，害着不可救药的肺病，却时时忘掉自己，他向别人借钱，却慷慨地把钱借给别人，因为他活着是为了他们，为了那些被压迫者、那些哀哀无告的农夫、那些苦苦在田间挣扎的农人们，他把他们的疾苦织进文字。在他的"真实的叙写"之中，他不用字句调节他情感的沉浮，他的修辞方式同他的情感一样直来直往，因为他无从把持他的情感。而他的可贵之处正在于这些"平凡"，以及平凡之中的"永远在反抗"。一方面，正是因为这种"力"的描写，这种"赤裸裸的力"，这种"坚韧的生之力"，构成了一种"与存在相挣扎的力之激荡形成人生最美的伟观"；另一方面，"我们从他的小说看到的不仅是农人苦人，也许全不是，只是他自己，一个在血泪中凝定的灵魂"③。

---

① 李健吾：《边城》，《李健吾文学评论选》，宁夏人民出版社，1983，第56页。
② 李健吾：《叶紫的小说》，《李健吾文学评论选》，宁夏人民出版社，1983，第154—155页。
③ 李健吾：《叶紫的小说》，《李健吾文学评论选》，宁夏人民出版社，1983，第168页。

　　李健吾的审美批评实践所执着的是"一种超然的心灵"，他始终坚持这种独立自我的、自由的、超功利的立场态度。李健吾强调："一个批评者有他的自由。他不是一个清客，伺候东家的脸色……他的自由是以尊重人之自由为自由。他明白人与社会的关联，他尊重人的社会背景；他知道个性是文学的独特所在，他尊重个性。他不诽谤，他不攻讦；他不应征。属于社会，然而独立。"① 他反复重申自己的"厌憎"："批评变成一种武器"，抓住对方的隐慝，恨不得把人凌迟处死。大家眼里反映的都是利害，利害就"仿佛一片乌云"，打下一片暴雨，弄湿了也弄脏了文学作品。李健吾解释，批评家"需要一种超然的心灵"，这决定着批评家的人生态度、人性人格、情操品德，决定着其批评实践是否能够成为"一种独立的，自为完成的"的"尊严的存在"。② 但是，这种"超然的心灵"的获得需要一种"高尚的人格"和"精神的纯洁"，它需要抛弃物质的沉湎享乐，抛弃世人的庸俗利害，走向"潇洒"和"宁静"，它需要"用超人的力量"，"下刚毅的功夫"，然后才能抵达这种近乎于"憎尼"的心理境界。例如诗人朱大枬，他厌憎世人的龌龊，他目睹勇士的惨局，他能够忍受物质的痛苦和肉体的痛苦，他谋求的只是"精神的纯洁"，他"用最后的力量集中在保全灵魂的贞洁……抱了绝大救世的热忱，结果只落了一个徒然"。③ 维系人生最重要的东西零落了，朱大枬的"心"是空空的了，他的灵魂也就消逝了。例如巴金，他和他的创作不需要"教训"，也不用"客观的方法"，他有的只是他自己和他的"热情"，他"把自己放进他的小说：他的情绪，他的爱憎，他的思想，他全部的精神生活……热情使他本能地认识公道，使他本能地知所爱恶，使他

① 李健吾：《李健吾文学评论选》，宁夏人民出版社，1983，"序一"第 3 页。
② 李健吾：《李健吾文学评论选》，宁夏人民出版社，1983，"序二"第 3 页。
③ 李健吾：《朱大枬的诗》，《李健吾文学评论选》，宁夏人民出版社，1983，第 3—4 页。

本能地永生在青春的原野……他生活在热情里面，热情做成他叙述的流畅"①。

四　主观精神与现代审美批评理论的心理化建构

中国现代文学审美批评的理论实践也比较注重主观内在心理的探索与表现。例如40年代文坛上的七月派，无论是以批评家、理论家身份出现的胡风、阿垅、舒芜等人，还是以作家、诗人面貌出现的路翎、丘东平、彭柏山、绿原等人，其批评理论和批评实践都可谓一种建筑在现实主义土壤之上的自我主观精神的强化和个体内在心理的探索，他们以新现实主义为旗帜来张扬现实主义立场上的主观性、心理性倾向以及其蕴含的思想力量和审美价值。他们既没有像创造社、新月派、现代派等文学流派那样极力地推崇主体自我主观内在的诸种表现性、感觉性、非理性等倾向，也没有像文学研究会、革命文学的倡导者那样特别地强调文学创作和文学批评的现实性、功利性意义。一方面他们立足现实主义立场之上，坚持客观地观察现实、认真地表现现实；另一方面，他们又积极去张扬客观现实生活内部和现实人物主体自我的主观性精神内涵，主张去认识、去分析人的"主观要求"、人的主观精神领域的矛盾或"格斗"，从而去增强或强化主体自我的主观精神在现实世界中的"突进的力量"。

胡风作为七月派文学思想理论的代表人物，陆续出版了《文艺笔谈》（生活书店1936年）、《文学与生活》（生活书店1936年）、

---

① 李健吾：《爱情三部曲》，《李健吾文学评论选》，宁夏人民出版社，1983，第15—17页。

《密云其风习小纪》（海燕书店 1938 年）、《民族战争与文艺性格》（南天出版社 1942 年）、《论民族形式问题》（生活书店 1940 年）、《在混乱里面》（作家书店 1945 年）、《逆流的日子》（希望出版社 1947 年）、《为了明天》（作家书屋 1950 年）、《论现实主义的路》（希望出版社 1948 年）等。这些实践性的理论批评，都是从社会现实和战争话语对于作家的"行动性和实践性的要求"出发，在重视文学应该观察生活、表现生活的基础上，特别强调作家批评家主体意识中的主观战斗精神，强调其"体验""搏斗""突入"等方面的"扩张"，既高扬了现实主义文学中的主观性精神，也增强了现实主义文学的思想力。胡风文学理论体系的制高点在于"主观精神"的"高扬"及其"思想力"的扩张，当然，这种"思想力"的扩张又是通过"现实主义的路"的"多方面的发展"来实现的。胡风在希望出版社 1947 年出版的《逆流的日子》中说："文艺家和他生活在那里面的民族的现实，经过了大的兴奋，大的锻炼，现在正在经验着大的锻炼，大的追求，应该能够有主观精神（创造力量）底更坚强，更沉炼，应该能够有急激变动着的客观现实（创造对象）底更深广，更丰饶，应该能够有创造力量和创造对象的更高的结合……文艺家有气魄把他底战斗精神潜入到生活对象底深的本质里面，得到了思想力底加强和丰富，因而也就相应地产生了感觉能力和感受能力底新的特点，在美感的性格上开始了变化和高扬。"[①] 在这里，这是作为主体自我的主观精神与作为客体存在的表现对象、批评对象两者之间的矛盾融合。这是一种"相生相克的现实主义的斗争"，"这指的是创造过程上的创造主体（作家本身）和创造对象（材料）的相生相克的斗争；主体克服（深入、提高）对象，对象也克服（扩大、纠正）主体，这就是现实主义底最基本

---

① 胡风：《文艺工作底发展及其努力方向·逆流的日子》，《胡风评论集》（下），人民文学出版社，1984，第 9 页。

的精神"①。一方面，"文艺创造，是从对于血肉的现实人生的搏斗开始的"②，它不可能脱离灾难深重的人生诸相和血肉横陈的民族战争，不可能脱离表现对象和批评对象的作家主体及其作品内容中的诸种为了生活、理想而进行的挣扎和战斗。另一方面，作为主体意识自我的作家批判家的主观精神也必须始终在面对客观对象时发挥其强大的思想性力量，甚至是关键性作用。

　　胡风主张，文艺反映生活不应该是被动的、机械的，它应该能够认清生活和时代的脉搏，能够反映历史发展的进步趋向和生活的本质真实，并且具有把握生活使之向前推进的力量。胡风在生活书店 1936 年出版的《文学与生活》中强调："文艺不是生活底奴隶，不是向眼前的生活屈服，它必须站在比生活更高的地方，能够有把握生活向前推进的力量。"③ 第一，作为主体创造力量的作家和批评家必须具有强大的主体思想力，这种主观精神或"主见"是源于进步社会群体对于社会人生的"热望"，而且经由人类解放斗争过程而积蓄起来的智慧所武装所深化，它体现了"现实生活底真理"，代表了"自己底生命"，因而也具有了战斗性。只有蕴含着这种"主观的欲求""主观的理想"的文艺才能具有推动生活和历史前进的力量。因而，"不理解文学活动底主体（作家）底精神活动状态，不理解文学活动是和历史进程结着血缘的作家底认识作用对于客观生活的特殊的搏斗过程，就产生了从文学的道路滑开了的，实际上非使文学成为不是文学，也就是文学自己解除武装不止的种种

① 胡风：《人道主义和现实主义的道路·逆流的日子》，《胡风评论集》（下），人民文学出版社，1984，第 66 页。
② 胡风：《置身在为民主的斗争里面·逆流的日子》，《胡风评论集》（下），人民文学出版社，1984，第 18 页。
③ 胡风：《文艺站在比生活更高的地方·文学与生活》，《胡风评论集》（上），人民文学出版社，1984，第 300 页。

见解"①。第二，作为主体创造力量的作家批评家的主观精神是主观性、心理性的。因为，文学的本质在于"创造形象"，而一切创作过程和批评过程都是作家批评家主体精神状态中的主观性、心理性、感觉性的活动，都是一种主观性极强的"形象的思维"过程，从而在"可感的形象的状态上"去把握世界人生。胡风反对那些"旁观""超脱""漠不关心"的形式化思想态度，排斥那些"冷静""精密""单纯"的公式化思维过程，也抵制一切"枯燥空洞"的客观主义创作方法，要求作家和批评家的主体品格必须做到"战斗意志底燃烧，情绪底饱满"，"真正的诗人，就要能够在'个人的'情绪里面感受他们的感受，和他们一道苦恼，仇恨，兴奋，希望，感激，高歌，流泪……这也是为什么我们不惜过高地估计诗人底生活实践和他的主观精神活动"。② 他在评述高尔基时也曾特别强调这种主体精神的主观性和心理性意义，"艺术应该是人底心灵底倾诉，但如果不能对于受苦者的心灵所经验的今日的残酷和明日的梦想感同身受，信徒似地把自己的命运和它们连在一起，那还能够倾诉什么，又从何倾诉呢？"③ 第三，作家批评家"主观战斗精神"的"高扬"必须在主观精神和客观现实两者相互融合的过程中实现，即"所谓情绪底饱满，是作为对于现实生活的反应的情绪底饱满，所谓主观精神作用底燃烧，是作为对于现实生活的反应的主观精神作用底燃烧"④。在这里，主观精神燃烧的意义在于，"这，一方面走向主观的分析、综合能力底加强，一方面走向所注视的客观

---

① 胡风：《今天，我们的中心问题是什么？·民族战争与文艺性格》，《胡风评论集》（中），人民文学出版社，1984，第112—113页。

② 胡风：《今天，我们的中心问题是什么？·民族战争与文艺性格》，《胡风评论集》（中），人民文学出版社，1984，第117页。

③ 胡风：《〈人与文学〉题记·在混乱里面》，《胡风评论集》（中），人民文学出版社，1984，第451页。

④ 胡风：《一个要点备忘录·民族战争与文艺性格》，《胡风评论集》（中），人民文学出版社，1984，第134页。

对象底扩大，也就是主观精神和客观精神的彼此融合，彼此渗透底一个现象"①。在这里，主观精神存在的原则在于不能脱离现实生活，要深入现实生活的深处去"发酵、燃烧"，经过"被现实生活所培养"之后，再从现实生活之中提炼"精神力量"，才能够真正拥有主观精神的"把捉力、拥抱力、突击力"，从而使作家、文学及其批评都"得到了思想内容底丰富和加强，同时也就是艺术能力底丰富和加强"。② 胡风曾批评林语堂倡导的"个性"脱离时代、脱离社会，虽然这种"个性"曾经掀开了思想觉醒和文艺复兴的第一页，表现出否定几千年愚民的封建僵尸的"一副英气勃勃的风貌"，但是现代大地的咆哮已经不是五四的狂风暴雨了，他的"个性"便是"不带人间烟火气"的"行空"的"天马"了，"他底'个性'既没有一定的社会的土壤，又不受一定的社会限制，渺渺茫茫……而所表现的又是所谓两脚悬空的作者底'意义'或'心境'，这就否定了艺术底社会的内容和机能，和科学的美学无缘"。③他也曾批评作家张天翼本人没有"和现实生活的肉搏过程"，没有带着"真实的爱憎去看进生活底层"，他自己超然物外，他和他的人物之间"隔着一个很远的距离"，这个距离使他不能够向他所表现的人生做"更深的突进"，使他感受不到"情绪底跳动和心理底发展"，"他不肯或不屑全般地深刻地观察他们把握他们。有时只是随意地抓出一个破绽来尽情地描写，使读者得到一种不自然的空虚的印象……我们更希望他不要忘记了，艺术家不仅是使人看到那些东西，他还得使人怎样地去感受那些东西。他不能仅仅靠着一个固

① 胡风：《文艺工作底发展及其努力方向·逆流的日子》，《胡风评论集》（下），人民文学出版社，1984，第 8 页。
② 胡风：《关于创作发展的二三感想·在混乱里面》，《胡风评论集》（中），人民文学出版社，1984，第 292 页。
③ 胡风：《林语堂论·文艺笔谈》，《胡风评论集》（上），人民文学出版社，1984，第16—17 页。

定的观念，须要在流动的生活里面找出温暖，发现新的萌芽，由这来孕育他肯定的生活的心，用这样的心来体认世界"①。这样一来，主体自我的主观精神就像一个"熔炉"，它需要吸收客观现实中的一切养料使之成为溶液，具有能够熔炼出更强大的主观精神的力量，从而创造出全新的事物。

在中国现代作家批评家身上，这种强调主观精神的批评实践过程是那么的令人震撼和令人感动，"作家们在实践过程中间死命地追寻并发动自身里面那个向往明天性的诸因素的主观精神要求（同时也是抵抗并压下昨天性的诸因素的要求）去把握对象，征服对象……对于昨天性的诸因素，他痛恨，他鞭打，他痛哭，他甚至不惜用流血手段；对于明天性的诸因素，他热爱，他赞颂，他歌唱，他甚至沉醉地愿意为它们死去"②。

路翎、丘东平、彭柏山、绿原等作家或诗人的文学批评实践也同样彰显出这种主观精神的思想魅力。在路翎看来，当时的文坛到处是"没落的现象"，客观主义、形式主义、公式主义、市侩主义等"麻痹、机械、冷淡"的旁观主义态度到处蔓延，作家批评家热情衰退，生命力枯萎，普遍缺乏"向客观突入的主观精神"。而"主观精神"的问题或任务的提出，正是文坛现实对于作家批评家的行动实践的批评实践的具体要求。"提出主观的精神要求或战斗要求，就是要求作家成为一个有勇气，正视现实，不以表面的事物为满足，执着战斗并且追求战斗的历史公民；要求作家成为真正的活在人民里面，真正的保卫人民的存在……文学是通过感性的存在。文学只能是通过作家底战斗要求所表现出来的物质世界的感性

---

① 胡风：《张天翼论·文艺笔谈》，《胡风评论集》（上），人民文学出版社，1984，第37、52页。
② 胡风：《几个具体的论点·论现实主义的路》，《胡风评论集》（下），人民文学出版社，1984，第355—356页。

的存在。所以问题是在于作家是有着怎样性质怎样程度的主观的战斗的要求。"① 路翎等人也正是把这种源于现实需求且深入现实之中的"追求战斗"的"主观精神的要求"贯穿于文学批评的审美实践之中。例如，路翎在批评茅盾的小说《腐蚀》时说，这部作品虽然在"暴露黑暗"的问题上获得了"显著的成功"，但"黑暗的所在"只停留在"外表上"，作品中的战士和他的爱人都是"那么冷漠、空虚的"，"作者并不企图去接触已经可能接触到的反抗、痛苦，和悲惨绝望交织的鲜血淋漓的生活斗争和人生斗争内容……他不能突入到现实底斗争的核心并提高它，他只能止于形式上的安插……由于作者心情的冷淡，热力的枯萎，以及落后于现实斗争的创作方法——即认识生活的方法——作者茅盾先生就不能理解这个火辣辣的时代底英勇现实"。② 为此，路翎比较赞许沙汀的小说《淘金记》，赞许它对于"生活和追求"表现得较为"深刻而热辣"，读者可以从中得到真实而强烈的对于坏蛋的"憎恶"，以及由此而来的对于生活的"勇敢和热爱"。路翎强调："艺术底创造，比起一切斗争来同是，有时更是一种斗争，它不必是无微不至的，却应该是掌握一切的。它是应该激起某种热情的兴奋来，在这种光辉下，给予现实生活的灿烂的画幅的……那么，即使是从最微贱的人物里，也能够得到对于人民的热情和力量底启示和注释的。对于丑恶的表示最强的憎恶，对于英勇的表示最强的赞颂，但应该一律地以斗争的热情来对付，用活的形象来表现时代的思维，这是我们底现实主义的道路。"③ 路翎在介绍俄国批评家车尔尼雪夫斯基的长篇小说《怎么办》和俄国大作家托尔斯泰的中篇小说《克罗采奏

---

① 路翎：《主观的精神要求究竟是指什么？》，《论文艺创作的几个基本问题》，《泥土》第6期，1948年7月。
② 嘉木（路翎）：《评茅盾底〈腐蚀〉兼论其创作道路》，《蚂蚁小集》第5辑《迎着明天》，1948年12月。
③ 冰菱（路翎）：《淘金记》，《希望》第1集第4期，1945年12月。

鸣曲》时同样坚持这种"主观精神"的主旨，他说，作家批评家的主观精神必须具备"高度的热情"和"宏大的思想力"，其主体意识只有具备"高度的热情"，其作品或批评才能产生"宏大的思想力"，而"高度的热情"和"宏大的思想力"的诞生也都须经历惨烈的现实斗争和痛苦的内心体验。车尔尼雪夫斯基和托尔斯泰，都是"站在过去与未来之交，也就是复杂的社会矛盾的中心的卓越的艺术家，身罹复杂的痛苦，往往走向大的谜妄；从大谜妄冲出来，就能产生伟大的作品，也就是所谓永恒的主题……'万物静观皆自得'，我们不要，因为它杀死了战斗的热情。将政治目的直接地搬到作品里来，我们不能要，因为它摧毁了复杂的战斗热情，因此也就毁灭了我们底艺术方法的战斗性"[1]。

在中国现代文学史和批评史上，似乎除了鲁迅之外，很少有人敢于正视主体自我灵魂内部的矛盾痛苦和鲜血淋漓的创伤，而以胡风、路翎等人为代表的七月派作家批评家的审美批评实践却透视出一种自我批判的勇气和力量。他们在"主观的精神要求"的旨意下，勇于直面并积极重视主体自我灵魂内部的"个人的反叛""痛烈的自我斗争"，认为这是作家批评家主体自我不可回避的思想经历或创作体验、批评体验。因为，一方面，文学表现新的社会思想、文学文化，要代表前进"时代底历史要求"；另一方面，文学是作家"血肉的存在"，作家和文学批评家如果不进行变革自己的"痛烈的自我斗争"，从而实现变革自己的思想、变革自己认识现实的方法，其主体自我就不能突入现实内部去掌握火辣辣的向上的斗争。因而，作家批评家的主体自我必须经历一番内在心理的血肉搏斗，它需要从小资产阶级知识分子的身份立场转向"主力"的人民大众，转向代表时代前进方向的社会性、群众性的思想立场。这种

---

① 冰菱（路翎）：《〈何为〉与〈克罗采长曲〉》，《希望》第 1 集第 1 期，1945 年 1 月。

"个人的反叛"的"自我斗争"是"痛烈的",这种"个人的反叛"要求作家批评家主体自我进行自觉地"突进"、反叛、战斗,"只有通过这反叛,战斗,他才会痛苦于自己的错误,要求这思想立场争取这主力汇合……这战斗,反封建,是一切方面的,其中包括着对旧的道德观点,旧的人生情操,自私的哲学,投机取巧的态度,逃避现实的心理,以及各样的妖魔鬼怪的斗争,它要求着成为新的性格,成为真正的人,成为真正的这个时代的战斗者"①。路翎的文学创作和批评实践都是在揭示这样一种主观精神的追求过程及其主体自我灵魂深处的"火辣辣"斗争。路翎曾自述自己追求主观精神的历程和体验以及以自己为代表的中国知识分子的复杂心态。面对四周的"平庸的世界""黯澹的性质",自己"单纯的梦想"也常常受到"挫伤",但平庸世界的碎片之下,总是潜藏着一股巨大的激荡的暗流,正如破船之下有着"海洋的激荡"一般,"巨大的思想"常常被浓烟遮盖着而窒息了,"在我逐渐地认识这个世界的时候,我底精神常常地被迫着退却,但我也偶尔地抓住了汹涌的波涛中的碎船底一片,从它们来继续我底道路"②。路翎也表白自己的剧作《云雀》想要说的便是知识分子主体自我所追求的"主观精神"以及其中的"火辣辣的社会斗争",其中包括对旧的精神负担的格斗,以及对腐蚀、妥协、空想、虚伪等灵魂迫害的壮烈反抗,因而必然要为此付出惨痛的代价。其中的女人形象,出生在富有家庭,在温暖热情中享受浪漫和光荣,不知道现实斗争的严酷,却渴望"光荣"的生活,她们骚动、神经质,真纯而虚幻,就只能在痛苦中煎熬,玩弄幻想又被幻想玩弄,常常会被自己的幻想烧死。其中的男性形象,有一类是坚强的,"他们负荷着现实人生的斗争,和沉重的旧的精神负担作着惨烈的格斗,渴望着庄严地去实

---

① 余林(路翎):《论文艺创作的几个基本问题》,《泥土》第6期,1948年7月。
② 路翎:《求爱》,上海海燕书店,1946,"后记"。

践自己。这庄严的要求和热望在现实的压迫下受着挫折，就使得他带着一种渴望牺牲，渴望最后地试炼自己，甚至渴望毁灭的色彩了，压迫太重、创痕太深的时候，由于戒备并征服自己的弱点的需要，就发生着这种孤注一掷的昂扬的冷酷心情。他的道路明显地是很艰难的……是每走一步都流着鲜血。"① 路翎也曾高度赞许七月派诗人绿原、阿垅诗作中的"主观的精神要求"的"突进的力量"，这种"突进的力量"正是一种向着复杂的生活、现实的人生"搏斗"的"坚韧的内在力量"："现在证明了绿原是突进了。虽然在这之前，他底有一些诗里曾经流露了异常暗澹的和悲伤的情绪，好像是原来的幻梦已不存在，在现实人生的压力之下，摇摇欲坠了——但这正证明了他的苦斗付出了代价，正视了血肉淋漓的现实，开始了突进。"② 那么，这种"突进的力量"是从哪里来的呢？它来自绿原主观精神中的一颗"深刻的忠实的心"以及其特别丰富的"感觉性"，虽然他不是天生的"坚强和爽朗"，但是"付出了代价之后"，"生命的痛苦"使他获得了"凌厉的坚决"。同时，阿垅的自我主体精神也同样表现为对于人生的"高度的诚实和善良"，以及道德上的"高贵和勇敢"，他们保存着"美丽的梦境"，歌唱着"浪漫的呼唤"；他们能够以"突进"的力量深入"现实的内部"，去表现时代的"猛烈的厮杀"；他们"诚实而且恳切"地忠实于自己的心理感觉，现实人生里面有"怎样的自己"，他们就"显露出怎样的自己"来；他们"怎样感觉，生活了，就怎样歌唱出来"，而且是"感觉得那样的深的"。

---

① 路翎：《云雀》，上海希望社，1948，"后记"。
② PL（路翎）：《两个诗人》，复旦大学"新年代文学社"社刊《文艺信》第 5 期，1947年 4 月。

第十一章

感觉批评与现代文学理论实践的内在性、直觉性探索

在中国现代文学批评理论的实践过程中，把自我主体的主观性和内在性的倾向推到一种非理性层次的是一种感觉性的批评，这是一种现代主义倾向较为浓郁的批评理论和批评实践。

在中国现代文学批评史上，实践性是其本质属性，无论是问题批评还是审美批评都没有超越启蒙现代性维度下的理性主义立场，他们大多从实践理性的立场出发，坚持文学批评必须适应客观社会的现实需求和历史发展的进步趋势，或是适应现实生活的本质规律去反映生活面貌的具体真实，或者适应批评主体的主观意识去反映自我理想的精神本体。其中，问题批评更注重文学与客观现实之间的真实性关系。如茅盾特别强调社会背景与文学主体之间的关系："我们可说正因为是乱世，所以文学的色调要成了怨以怒；是怨以怒的社会背景产生怨以怒的文学……只想表明'怨以怒'的文学正是乱世文学的正宗，而真的文学也只是反映时代的文学……总之，我觉得表现社会生活的文学是真文学，是于人类有关系的文学，在被迫害的国里更应该注意这社会背景。"① 而审美批评则更注重文

---

① 茅盾：《社会背景与创作》，《小说月报》第 12 卷第 7 期，1921 年 7 月 10 日。

学自身的审美特质和主体自我的心理现实。如徐志摩所说，美是一种主观性的精神本体，它遍及人生和艺术的每一个角落，它表达了人类灵魂最深切最崇高的感情，而文学的本质和任务就在于让这种"内在创造精神自行发挥作用"，"美的敏感比强烈的理智或道德品行对人生的意义更重要，更富有成效。只要努力追求艺术的激情，你就能懂得美和生活的意义"。① 不同于上述问题批评与审美批评的理性实践立场，中国现代文学批评史上的感觉批评侧重于批评主体的心理性表现及其感觉、直觉等非理性的体验方式或批评方式。他们淡化了文学批评实践中的政治性、现实性、功利性等客观性、外在性因素，只是特别重视创作主体和批评主体自我内在的体验性和感受性。例如，被誉为中国 20 世纪 30 年代新感觉派圣手的穆时英特别强调这种自我主体内在的情绪、感觉、感应在文学艺术中的作用："艺术是人格对于客观存在底情绪的感应，此感应底表现与传达，以求引起其他人格对于同一的客观存在引起同一的情绪感应底手段。"② 当然，穆时英自己对自己生命体验的感觉、体验也表现出了特殊的深切、敏锐乃至痛楚："我是忠实于自己……这是我的潜意识。是梦也好，是偶然也好，是潜意识也好，总之我不愿意自己的作品受误解，受曲解，受政治策略的排斥……每一个人，除非他是毫无感觉的人，在心的深底里都蕴藏着一种寂寞感，一种没法排除的寂寞感……生活的苦味越是尝得多，感觉越是灵敏的人，那种寂寞感就越加深深地钻到骨髓里。"③

---

① 徐志摩：《艺术与人生》，《创造季刊》第 1 卷第 2 期，1922 年 9 月。
② 穆时英：《电影艺术防御战》，《晨报》1935 年 8 月 11 日至 9 月 10 日连载。
③ 穆时英：《公墓》，上海现代书局，1933，"自序"。

一 生命意识与现代感觉批评的表现性阐释

20 世纪 30 年代中国的现代派文学，也有很多人称之为新感觉派。施蛰存说："我仿佛觉得，现在大家讲中国'现代派'，首先就从我和我的一些朋友谈起……这样我发现自己在一些现代文学研究者眼中已成为新文学运动中第一批现代派作家。与我同时被提到的还有戴望舒的诗，穆时英、刘呐鸥的小说，这些人恰恰又都是我的朋友，而且都在《现代》杂志上发表作品，于是'现代派'又意味着是《现代》派。"[①]"因了适夷先生在《文艺新闻》上发表的夸张的批评，直到今天，使我还顶着一个新感觉主义的头衔。"[②] 楼适夷是在 1931 年 10 月 26 日《文艺新闻》第 33 期上发表文章《施蛰存的新感觉主义——读了〈在巴黎大戏院〉与〈魔道〉之后》，认为从施蛰存的文学倾向中"很清晰地窥见了新感觉主义文学的面影"。同时期的钱杏邨也说，施蛰存小说"显示了中国创作中的一种新的方向，新感觉主义"[③]。应该说，在 30 年代初，面对新感觉派头衔而当之无愧者更应该是穆时英，穆时英与新感觉派的关系比施蛰存更为密切。特别是在穆时英死的时候，日本新感觉派的很多作家都写了纪念性的文章，其代表人物横光利一撰文深情回忆了其与穆时英之间的文学思想交流，并明确表示对于穆时英"含有象征性的新感觉派"的倾向，"我们都感到有些折服"："由于新感觉派当时一贯主张应当以悟性活动为中心推动文艺活动，而将感觉置于第二位。但是如何将这种构思传达给穆先生，着实让我迟疑了一阵

---

① 施蛰存：《关于〈现代派〉一席谈》，《文汇报》1983 年 10 月 18 日。
② 施蛰存：《我的创作生活之经历》，《创作的经验》，天马书店，1935，第 82 页。
③ 钱杏邨：《一九三一年中国文坛的回顾》，《北斗》第 2 卷第 1 期，1932 年。

子。最后我对他说，新感觉派目前正致力于从本国的传统中发现新的意义，并对之作出新的诠释。"① 杨之华也曾介绍过"被称为中国新感觉派文学圣手的穆时英"及其新感觉派在当时文坛的兴起，并具体概括了它的理论倾向，"这一派在文学理论上的特点便是崇尚艺术，以艺术的精神去感化人生；它是海外的立体派，象征派和意象派的混合品，摄取了这三者在创作方法上的特征融合而成。此派的见解是抛弃了平面的表现和纯客观的写实，而要求立体的直接的表现和主观的写真。这一派所着笔的是直觉的印象"②。可以看到，一方面，无论是现代派还是新感觉派，都彰显着共同的现代主义文学话语，都共同去倡导一种以自我生命的"悟性活动为中心"而展开、以主观"感觉"的心理性和直觉性为形式的文学倾向或文艺活动；另一方面，以自我生命意识的体验或"悟性"为源头的现代主义文学倾向的发展有一个逐渐成长的历程，它自五四时期开始萌芽勃兴，发展到 30 年代逐渐成熟并形成属于自己的中国特色的现代主义文学创作模式和理论批评。

应该说，在新文学现代主义批评理论和批评实践中，铭刻在批评主体灵魂深处的是一种强烈的生命意识。他们特别尊崇这种崇高而超凡的生命意识，欣赏生命状态的独立自由和自足自在，欣赏生命本能的原始纯粹和生命冲动的生生不息，认为文学创作和文学批评应该是与生命形式同形、同构的。他们强调，文学是"生命的艺术"，文学与生命两者之间关系密切，它们之间相互阐释、相互求证乃至相互拯救。一方面，生命是文学的源泉和动力，文学艺术的表现过程、发展规律及其本体存在都能在人的生命活动中找到解

---

① 〔日〕横光利一：《穆时英先生，去了》，日本《文学界》第 7 卷第 9 期，1940 年 9 月。本处引文参见严家炎、李今编《穆时英全集》（第三卷），北京出版社出版集团、北京十月文艺出版社，2008，第 439 页。

② 杨之华：《穆时英论》，南京《中央导报》第 1 卷第 5 期，1940 年。

释；另一方面，文学作为生命存在的一种特殊解释方式，以其艺术的感觉来诠释人、诠释世界，其审美性、感觉性乃至诸种非理性的阐释方式能够形象地展示或深刻地揭示生命形态中诸多朦胧困惑或不可思议的难题。于是，从人的主体存在和生命体验之中诞生的文学批评也能在阐释生命、阐释世界的过程中获得对文学自身本体的再度阐释。

一方面，感觉性批评的批评动机或批评立场大多源于批评主体自我的生命意识。这些感觉性批评的倡导者热情地崇拜生命，崇拜生命的原始状态及其本能冲动，崇拜生命的独立自足及其伟大奇观。被称为后期浪漫派代表人物的无名氏便是一位生命意识的崇拜者，他于1943—1947年写作的哲思性文学随笔《沉思试验》的主题便是生命，他在一连串的文章中不断地宣称："我们最应崇拜的，既不是上帝，也不是人，也不是静的自然，而是那大海般川流不息的生命本体……新的艺术不只表现思想，也得表现情绪、感受，不，应该表现生命本身。生命原就是川流不息的大江河，汹汹涌涌，直奔前去。艺术必须得藉情绪、感受来象征这种大生命的奔流。"① 这种川流不息的生命本体，既构成了文学创作和文学批评的本源，又形成了对其进行评判的尺度和方式。

因为，文学是"生命的艺术"，生命是一种非理性的存在本体，文学与生命同质、同形，相互滋养。文学创作和文学批评的存在状态和表现形式都能在生命活动的"本能"中找到解释，都源于生命活动的"冲动"的演化过程，都只能以生命感觉或生命体验的形式来表现和衡量。因为，生命和文学这两者都不是"直观以外的手段所能捕捉得到的"，这"就是艺术品的价值所以不同的地方。一切的艺术，我想应该是生命的艺术"。② 他们解释，人的"本能"是

① 无名氏：《蝴蝶沉思》，《淡水鱼冥思》，花城出版社，1995，第147—149 页。
② 成仿吾：《自语〈一个流浪人的新年〉》，《创造季刊》第 1 卷第 1 期，1922 年 3 月 15 日。

人的生命活动深层领域潜藏着一种"生"的"冲动"，一切生活和艺术都是这种"生"的演化过程，都是"我们的本能"的生命形式。所以，"真正的艺术家，是非忠于艺术冲动的人不可的……艺术既是人生内部深藏着的艺术冲动，即创造欲的产物，那么，当然把这内部的要求表现得最完全最真切的时候价值为最高。依理想上说来，凡一切的艺术作品，都应该是艺术冲动的完全的真切的表现"①。因而，文学就应该是"生命的艺术"，一切文学艺术的目的、价值和美感都应该是这种"生命的冲动"、"生命的激动"或"生命的河流"的表现。郭沫若自述自己的创作动机和创作过程都源于这样一种"一己的冲动"、一种"不得不尔的冲动"："我是一个偏于主观的人……我又是一个冲动性的人……我回顾我所走过了的半生行路，都是一任我自己的冲动在那里奔驰；我便做起诗来，也任我一己的冲动在那里跳跃。我在一有冲动的时候，就好象一匹奔马，我在冲动窒息了的时候，又好象一只死了的海豚。"②

　　所以，感觉性批评的批评理论和批评原则都比较尊重自我主体生命活动的本质规律。这是一种与柏格森生命哲学相似的理论原理。郭沫若强调："生命的动流，客观的真实虽然不是我们感官的智识所能追求，但是我们可用别的方法去参证他的实在，我们现在暂且借柏格森的话来说，他说，生命本是动流，客观的变化本是没有一刻的停滞，因为我们的感觉迟钝，我们所得的印象只是动流的一个片断，从时间的连续分割成空间的静止。他这话我们相信是真理，我们不必去求艰深的证明，便把我们最普通的常识，最经见的现象来说，举凡一切的存在都没有不是变动不已的。"③ 他解释，生

---

① 郁达夫：《文学概说》，《郁达夫文集》（第五卷），花城出版社、生活·读书·新知三联书店香港分店，1982，第 69 页。
② 郭沫若：《论国内的评坛及我对于创作上的态度》，《沫若文集》（第十卷），人民文学出版社，1959，第 105 页。
③ 郭沫若：《印象与表现》，《时事新报》第 33 期，1923 年 10 月 23 日。

命"自律"的存在方式和活动规律就像时间的川流不息一样。它是运动变化的，随意地流动、自由地变化；它是心理的而非物质的，表现为内在性、直觉性等感性形态；它也是创造的，其"创造转化"的过程表现为过去侵入未来的时间持续，其间每一个瞬间都是一种创造；它也是非理性的，就像钟表和日历不能计算生命一样，不能言语、不能"界说"，甚至是不可捉摸的。正是这种由生命时间而形成的"生命冲动"的"绵延"构成人的精神生活的基本形式，也形成了文学创作和文学批评的内在节奏及其发展规律。当然，作家个体自我的生命状态自有其内在的韵律，有其内在"情绪的自然消涨"的节奏，这些"生命的动流"就以不同的感觉性形态蕴藏在文学艺术的节奏旋律之中，因而文学批评也就必须通过非理性的感觉、直觉形式来揭示这种不断创新的、无限连续的"生命冲动"和"生命的动流"。郭沫若以诗歌的创作和批评为例说明，诗的节奏就是生命自身的情绪的节奏，就是"生命的动流"的内在节奏。或者说，诗的节奏就是"我们的感情之紧张与弛缓交互融合处所产生出的一种特殊的感觉"，"抒情诗是情绪的直写。情绪的进行自有它的一种波状的形式，或者先抑而后扬，或者先扬而后抑，或者抑扬相间，这发现出来变成了诗的节奏。所以节奏之于诗是它的外形，也是它的生命……所以情绪自身，便是节奏的表现"。[①]

　　另一方面，感觉性批评的批评形式或批评方法大多是生命意识的表现性阐释，这是一种自我主体生命意识的"由内而外"的表现性的批评方式。生命意识的感觉性形态决定了批评主体必然要以个体生命的主观性、心理性的立场来从事文学批评，这也是批评主体自我的生命意识面对文学现象而做出的一种表现性阐释。即批评主体及其批评实践通过主体自我生命意识的心理性、直觉性等非理性

---

① 郭沫若：《论节奏》，《文艺论集》，上海光华书局，1925。

的内在表现方式进入繁复的生命活动关系之中，进入以生命活动为内涵的社会活动、文学活动之中，或从中寻觅文学现象的内在真实乃至激发新的审美感觉，或从中探究人的生命状态的本真存在乃至生命意志的超越。

在中国现代文学理论批评史上，以生命意识为焦点的关于表现与再现两者之间矛盾对立的观点自始至终存在着。五四新文化运动初始，以郭沫若、郁达夫、郑伯奇、王独清、穆木天等人为代表的创造社同仁极力倡导表现论，并且极力批评文学研究会作家所谓再现论和模仿论。在这里，郭沫若等人对表现论的张扬已经不是简单地局限在排斥客观性写实性、强调主观性抒情性这两种文学表现方式之间的分野上了，他们对表现论的解释使表现性的理论和方法转化为一种生命主体意识的表现，转化为由生命实体存在而衍生出来的对主观性精神、对心灵知觉的直观性和感觉性阐释，或者说是一种蕴含着柏格森生命哲学的"绵延"性、直觉性的表现论理论。此时，郭沫若详尽地阐述表现论与再现论如何经纬分明地存在于"艺术上的歧路"上：前者是生命的"自律的综合"及其"由内而外的扩张"的表现，后者是"灭除我见"的把外来的客观现实"依样呈示"，"印象在西文是 Impression，表现是 Expression。Impression 是由外而内接触，Expression，是由内而外的扩张。宇宙间的事事物物接触我们的感官，在我们的意识上发生出一种影响，这便是印象。艺术家把种种的印象，经过一道灵魂的酝酿，自律的综合，再呈示出一个新的整个的世界来，这便是表现……譬如极端尊重印象的艺术家，他们要灭除我见，要把外来的原有的印象依样呈示出去，这种工作他们有时也说'表现'，但这严格地说时，只是'再现'而不是'表现'……但是如像十八世纪的罗曼派和最近出现的表现派（Expressionism），他们是尊重个性，尊重自我，把自我的精神运用客观的物料，而自由创造；表现派的作家最反对印象派"①。在他们看来，真正的文学批评便是以表现性的形式方法去呈现自我生命主体的状态，即"真的文艺批评家，他是在做文艺的活动。他把自己表现出来，就成为可以完全信用的文艺批评——这便是他的文艺作品"②。此时，即便是信奉文学为人生的有写实性倾向的王统照也推崇西方象征主义诗人波特莱尔、叶芝等人的表现论的方式方法。王统照在五四时期曾翻译了叶芝作品《忍心》并赞赏其"生命的批评"的表现：对于叶芝来说，任何物质主义、实利主义的理论或平凡、写实、理智的解释都不能得到人生真谛。生命的真谛只是"艺术的完成"，而真正艺术的完成，又是生命的无限的"生动的象征"。他说，具有爱尔兰的色尔特族人血统的诗人叶芝的生命便具有这样的奇幻、灵性的特质。他能够创造出"异帜独标"诗歌的原因，便是源于其自我生命的"无意识状态"中的"独行的超越"与"灵魂的自由"，源于其思想哲学中的"生命的批评"主义（Criticism of Life），即"生命是隐秘的，是普遍的，无尽的，宇宙呀，光华的花草呀，下至于阴墙影下的青苔，漫舞空中的柳花，虽是质量不合，生命的大小长短不同，然各个物体，谁没有他的生命的来源，与其连绵的创造的生命之本体。炎炎的火光啊，泊泊的溪流啊，也是生命的表现。音乐的调子，画图的彩色，也是一种细微隐约的生命之赋予"③。

源于生命意识的感觉性批评的表现性阐释的主要形态集中表现为"冲动"。"冲动"说，是一种类似弗洛伊德学说中的"被压抑的愿望"的满足的理论主张，构成了主体生命意识的表现性的主要形式。新文学史上的很多理论家都认同文学创作和文学批评的原动力是自我生命的"冲动"，其表现形式也是这种"冲动"的表现。

---

① 郭沫若：《印象与表现》，《时事新报》第 33 期，1923 年 10 月 23 日。
② 成仿吾：《批评与批评家》，《创造周报》第 52 号，1924 年 5 月。
③ 王统照：《夏芝的生平及其作品》，《东方杂志》第 21 卷纪念号，1924 年 1 月 25 日。

有时，这种"冲动"表现为一种类似弗洛伊德学说中"力比多"的苦闷、压抑，乃是非理性的释放。在五四时期，很多先进的文学家思想家诸如鲁迅、周作人、郁达夫、郭沫若等人的批评实践不约而同地选择了弗洛伊德学的"力比多"这一非理性的视角或方法来表现自己特立独行的思想启蒙的主张。在他们的笔下，主体自我生命意识的哲学基础便来源于弗洛伊德精神分析学，即认为人的一切精神活动的主要能源是"性生命力"，人类的社会活动和艺术创造的原动力都是源于这种性生命力的表现，文学创作便是这种被压抑的性生命力或"力比多"的一种愿望的满足和实现。因而，文艺是象征的，文学的创作过程是人的潜意识受压抑后的一种升华。鲁迅特别赞赏弗洛伊德、柏格森等人的"以进行不息的生命力为人类生活的根本"的思想，赞赏其观点不同于科学家的"专断"，也不同于哲学家的"玄虚"，更不像一般的文学论著那样"繁碎"，而是很有"独到的见地和深切的会心"。[1] 鲁迅还翻译了日本哲学家、心理学家厨川白村的《苦闷的象征》一书，介绍其书的理论核心在于"文学是纯然生命表现"：生命力受了压抑而产生的苦闷和懊恼乃是"文学的根底"，并声称自己的小说《不周山》的创作动机便是这样的"纯然生命表现"，"原意是在描写性的发动和创造，以至衰亡的"[2]。周作人更是认同这种生命"冲动"的表现视角与表现形式："据'精神分析'学说，人间的精神活动无不以'广义的'性欲为中心……这些本能得到相当的发达与满足，便是造成平常的幸福的性的生活之基础又因了升华作用而成为艺术与学问的根本。"[3] 他自述自己的文学观和道德观源于这样一种性心理学的基础："我的道德观，恐怕还当说是儒家的，但左右的道与法两家也

---

① 鲁迅：《引言》，《苦闷的象征》，未名社，1924。
② 鲁迅：《我怎么做起小说来》，《创作的经验》，上海天马书店，1933，第6页。
③ 周作人：《沉沦》，贺玉波编《郁达夫论》，上海光大书局，1936，第66—67页。

都有点参合在内。外边又加了些现代科学常识，如生物学人类学以及性的心理，而这末一点在我更为重要。古人有面壁悟道的，或是看蛇斗蛙跳懂得写字的道理，我却从妖精打架上想出道德来，恐不免为傻大姐所窃笑吧。"① 郭沫若在1923年也直言不讳地表白："我郭沫若所信奉的文学的定义是：'文学是苦闷的象征'。"② 他解释，古今中外一切文艺创作的原动力都是弗洛伊德理论中的"力比多"压抑下的升华："精神分析派学者以性欲生活之缺陷为一切文艺之起源，或许有过当之处；然如我国文学中的不可多得的作品如《楚辞》，如《胡笳十八拍》，如《织锦回文诗》，如王实甫的这部《西厢记》，我看都可以用此说说明……唯其有此精神上的种种苦闷才生出向上的冲动，以此冲动以表现于文艺，而文艺之尊严性才得确立。"③ 郁达夫也说，他的代表作《沉沦》也是"描写着一个病的青年的心理，也可以说是青年忧郁病（Hypochondria）的解剖，里面也叙这现代人的苦闷，——便是性的要求与灵肉的冲突"。④

　　有时，这种"冲动"表现为更为宽泛的非理性的"艺术的冲动"。源于生命意识的感觉性批评理论及其批评实践比较重视一系列内在的情感、情绪等表现性技法，如心理分析、直觉表现、印象表现等。郁达夫解释：决定文学本体的因素或者说决定文学艺术是否更能感动人的因素主要在于因"本能"而起的"自我的情绪"，是那些愤怒、恐怖、悲哀、怨嗟等"本能"的非理性情绪表现。"总之诗的实质，全在情感。情感之中，就重情绪……若思想而不能酿成情绪，不能激动我们人类内在的感情全部，那么这一种思想，只可以称它为启发人智的科学，不能称它为文学，更不能称它

---

① 周作人：《自己的文章》，《瓜豆集》，宇宙风社，1937，第104页。
② 郭沫若：《暗无天日的世界》，《创造周报》第7号，1923年6月23日。
③ 郭沫若：《〈西厢记〉艺术上的批判与其作者的性格》，《文艺论集》，光华书局，1925。
④ 郁达夫：《沉沦》，上海泰东书局，1921，"自序"。

为诗……作诗要以一瞬间所得的影像对于个人的反应为主，能够十分明了的强有力地把这反应写出来，诗就成功了。"① 郁达夫曾具体地阐述了这种源于"生命冲动"的表现艺术及其感觉过程或感觉性批评："艺术本来就是表现，而艺术品的表现，实际上不是事实本体的现象，却是经过艺术家气禀的再现……现在想取日本有岛武郎之法，分艺术为具象艺术与印象艺术两种。前者将创造者的内部生活具象化在象征之上，鉴赏者先与具象化的物体相接触，然后得与潜藏在此物体中之作家的内部生活起感应……后者将创造者的内部生活非具象的表现出来，鉴赏者因之得直接与作家的内部生活相接触，由此印象再徐徐在心中造出具体的形象来……文学当然是印象艺术，印象艺术之特色，即在先向鉴赏者的感情方面起作用。然后再起具象化作用，而移入感觉方面。"② 在这里，一则，郁达夫认为一切的文学创作和文学批评都不是"事实本体"的呈现，而是"作家的气禀""作家的内部生活"的印象或感觉；二则，郁达夫批评"具象艺术"是将"创造者的内部生活"具象化在客观物体上，强调"印象艺术"是源于主观"内部"的直觉、感觉的表现，是将"创造者的内部生活"非具象化地表现出来。郁达夫也曾详尽地介绍了源于"作家的内部生活"或表现"作家的内部生活"的"心里解剖"对于塑造人物性格所凸显出来的"力量最大"。他在1926年上海光华书局出版的《小说论》中特别强调：这种"心里解剖"具体地表现为"直接描写"与"间接描写"，或"内的描写"与"外的描写"："我们的心理，有时候有表现上外面的行为动作上来的，这一种是外的心理描写，有时候我们有一种感情思想，不过在我们的内心中经过而不表现到外面来的，这是一种内面

---

① 郁达夫：《诗论》，《晨报副镌·艺术旬刊》第5、6号，1925年5月20、30日。
② 郁达夫：《文学概说》，《郁达夫文集》（第五卷），花城出版社、生活·读书·新知三联书店香港分店，1982，第70、73页。

的心理描写。内面的心理描写比外面的描写难一点。因为人的心理复杂混乱，不容易寻出下笔的线索。"① 郁达夫偏爱法国女作家拉法耶特夫人开创的心理分析手法，她的《克莱芙公主》"女人心理解剖的精细，到此才可说绝顶"②。郁达夫也特别欣赏英国作家沃尔芙、法国作家纪德以及日本新感觉派等现代主义的作品，欣赏其心理分析技巧顺应了文学上"技巧上的革新"和"内容的变换"的历史发展趋势，他在上海光华书局 1931 年出版的《文艺创作讲座》中写道："新的小说的技巧，似乎在竭力地把现代人的呼吸，现代生活的全景和拍子，缩入到文学里去。最浅近的例，譬如所谓新感觉派和表现主义以及心理分析的技巧，就是如此。结构总须得新异而不冗，造句务求其明快而有力，叙事又致意在简洁与深沉，无论是那一节或那一句话文字，你漫然读去，总觉得没甚意思，必须费尽脑筋，思索好久，才能赏识到它的好处，看出它的真意。当然这些文字，并不是空弄弄文笔，光修饰修饰外表的前代技巧派的模仿，它们是都有背景，都有深意存在的。"③ 到了 30 年代，倡导现代主义倾向的《现代》杂志更偏爱现代都市生活压力下的生命体验的表现及其感觉性的批评实践。赵家璧推崇弗洛伊德"心理学说"影响下的文学创作和文学批评"击动了读者的心"：其"神秘的意味"的心理性和感觉性的表现形式，好像把"科学原理掺入了艺术的范围……真像在音乐里放弃了和音，在绘画里不再描画客观的东西那种趋势一样，在小说里思想也不再有什么完全的发展"④。叶灵凤推崇西方现代主义大师乔伊斯的代表作《尤利西斯》中"心"

---

① 郁达夫：《小说论》，《郁达夫文集》（第五卷），花城出版社、生活·读书·新知三联书店香港分店，1982，第 29 页。
② 郁达夫：《小说论》，《郁达夫文集》（第五卷），花城出版社、生活·读书·新知三联书店香港分店，1982，第 10 页。
③ 郁达夫：《关于小说的话》，《郁达夫文集》（第六卷），花城出版社、生活·读书·新知三联书店香港分店，1983，第 86 页。
④ 赵家璧译《近代德国小说之趋势》，《现代》第 5 卷第 2 期，1934 年 6 月。

的描写："十年来，在世界文坛上支配着小说的内容和形式的，是乔伊斯的《优力栖士》，他的风靡一时的精微的心理描写，将小说里主人公的一切动作都归到'心'上，是对十九世纪以来，专讲故事和结构的所谓 well-made novel 的直接的反抗。"① 苏雪林推崇李金发象征主义诗歌的感觉艺术：这种感觉的出色表现可以与世界著名的现代主义大师的作品相媲美，"李金发诗有属于视觉的敏感：如'一个臂膀的困顿和无数色彩的毛发'，'以你锋利之爪牙溅绿色之血'，'绿色之王子，满腔悲哀之酸气'，有属于听觉的敏锐：如'黑夜与蚊虫联步徐来越此短墙之角，狂呼于我清白之耳后，如荒野狂风怒号，战栗了无数游牧'。兰波（A. Rimbaud）谓母音有色，波特莱尔（Baudelaire）说香和色与音是一致的……我觉得李氏诗中的表现与此无异。象征派诗人以感觉敏锐之故，心灵作用也较常人进步，幻觉（hallucination）异常丰富"②。

可以看到，在新文学现代主义理论文本中，"表现论"的文学倾向或批评实践已由浪漫主体的情感抒发转化为主体生命意志或生命形态的表现，并在某种程度上与柏格森等人的生命哲学取得了一致。即生命作为一种实体、一种本体，是与宇宙同源的"绵延的川流"或不断创新的"生命冲动"，它不可分割不可重复，只能依靠直觉、感觉而不是凭理性来认知和表现。而这种生命意识的表现性的文学活动同样是直观的、直觉的无限连续的"绵延"，或是不受任何理性约束的感觉性艺术或感觉性批评。就批评者而言，其批评言说是主体生命的一种感觉性的"直观"，或非理性的"艺术的冲动"，即"批评没有一定的尺度。批评家都是以自己所得到的感应在一种对象中求意义"③。面对读者的阅读接受而言，批评实践的

① 叶灵凤：《作为短篇小说家的海敏威》，《现代》第 5 卷第 6 期，1934 年 10 月。
② 苏雪林：《论李金发的诗》，《现代》第 3 卷第 3 期，1933 年 7 月。
③ 郭沫若：《批评与梦》，《创造季刊》第 1 卷第 4 期，1923 年 2 月。

效果同样取决于读者个体的感受性，即"在富于感受性的人，主观的感受原可以为客观的权衡；而在啬于感受性的人，主客观便不能完全相掩……这可见文艺的感动力也要看受者的感受性丰啬如何"①。

二 内在现实与现代感觉批评的情绪性言说

施蛰存在很多人眼里被看作"我国现代派最早的开拓者之一"，② 是"中国文坛上第一批现代派作家"。③ 施蛰存曾回忆自己当年的文学活动："我创造过一个名词叫 inside reality（内在现实），是人的内部，社会的内部，不是 outside 是 inside。"④ 他也曾自述自己当年的创作动机和文学倾向："我虽然不明白西洋或日本的新感觉主义是什么样的东西，但我知道我的小说不过是应用了一些 Freudism 的心里小说而已。"⑤ 半个世纪后，他又不断地重申，自己的"大多数小说都偏于心理分析，受 Freud 和 Eills 的影响为多"⑥。无论是《现代》杂志的创刊，还是"现代派""新感觉派"的头衔，施蛰存在 20 世纪 30 年代初的文学活动和文学倾向集中代表了中国新文学现代主义的文学创作实践和文学理论批评实践。施蛰存的创作思想和批评实践的理论基础主要源于以弗洛伊德理论为核心的西方现代主义哲学思想，其创作方法和批评方法同样是运用或倡导以弗洛伊德理论为代表的一系列西方现代主义手法，诸如直觉、

① 郭沫若：《艺术的评价》，《创造周报》第 24 号，1923 年 11 月 25 日。
② 葛昆元：《"我的一生开了四扇窗子"》，《书讯报》1985 年 11 月 5 日。
③ 钱宁：《中外文化交融的"断"与"续"》，《人民日报》1987 年 6 月 8 日。
④ 施蛰存：《中国现代主义的曙光》，台湾《联合文学》1990 年第 6 卷第 9 期。
⑤ 施蛰存：《我的创作生活之历程》，《创作的经验》，上海天马书店，1933，第 82 页。
⑥ 施蛰存 1982 年 3 月 2 日致吴福辉的信，转引自《走向世界文学》，湖南人民出版社，1985，第 284 页。

感觉、潜意识等非理性的表现方式。施蛰存的创作动机和理论思想的立足点主要源于以自我主体生命为核心的"内在现实"，其创作实践和批评实践的最终指向也同样服务于自我存在和自我主体的"内在现实"。

"内在现实"的理论基础主要是弗洛伊德理论的精神分析学说以及当时风靡流行的现代主义文学思潮。无疑，施蛰存对弗洛伊德理论的了解、认识、介绍既是率先进行的，也是充分、扎实的。在30年代初，施蛰存大量地阅读、研究了弗洛伊德理论及其相关学说。他回忆说："弗洛伊德等心理学家的书当时我都读了，我从法国及国内买了他们的书，我自己也翻译了五本书，这工作做下来，他们那一套本领我就学会了。"[1] 同时，他也广泛涉猎了许多国家的现代主义文学理论和文学作品。例如，他曾推崇日本的新感觉派："在日本文艺界，似乎这一切五光十色的文艺新流派，只要是反传统的，都是新兴文学……用日本文艺界的话说，都是'新兴'，都是'尖端'，共同的是创作方法或批评标准的推陈出新，个别的是思想倾向和社会意义的差异。"[2] 此外，施蛰存还深入研究、全面介绍了被视为弗洛伊德在文学上的"双影人"的奥地利著名作家施尼茨勒（1862—1931）及其作品。由于译音的差别，施蛰存当时把施尼茨勒翻译为显尼志勒。施蛰存自述，当时自己阅读了施尼茨勒的全部著述："我曾经热爱过显尼志勒的作品。我不解德文，但显氏作品的英、法文译本却没有一本逃过我的注意。"[3] 施蛰存也翻译了施尼茨勒的大部分作品，也可以说，施尼茨勒的主要著作都被施蛰存翻译介绍到中国来。施蛰存高度赞赏施尼茨勒在文学创作中出色地运用弗洛伊德的精神分析理论："显尼志勒和弗洛伊德是朋友，

---

[1]　施蛰存：《中国现代主义的曙光》，台湾《联合文学》1990年第6卷第9期。

[2]　施蛰存：《最后一个老朋友——冯雪峰》，《新文学史料》1983年第2期。

[3]　施蛰存：《〈自杀以前〉译本题记》，《自杀以前》，十日谈社，1945。

两人都是维也纳的医生。弗洛伊德发现，人的一般心理底下还有一种潜在的意识——Subconsciousness，显尼志勒也是赞成的……显尼志勒把心理分析的方法用在小说里头。我到上海后首先接触的，便是这种心理分析的小说，它从对人的深层内心的分析来说明人的行为，对人的行为的描写比较深刻。"①

"内在现实"是施蛰存文学思想的核心。施蛰存努力、合理地吸收了弗洛伊德学说中的人格理论、性本能理论、释梦理论等与人的"内在现实"相关的各种国外现代主义思想理论，积极地去尝试表现、去开掘探索潜藏在人的内心深层的诸种潜意识活动，从而建构了一种以"内在现实"为本源，以心理分析为模式，以情绪情感、直觉感觉、潜意识开发等非理性的言说形式为代表的现代主义文学的创作模式和批评实践。施蛰存解释，社会现实中的所有人特别是一些英雄人物，其"高大""完美"的形象都是外在的表象或假象，其内心深层都潜藏着极为复杂的潜意识冲突："心理分析正是要说明，一个人是有多方面的。表现出来的行为，是内心斗争中的一个意识胜利之后才表现出来的。这个行为的背后，心里头是经过多次的意识斗争的，压下去的是潜在的意识，表现出来的是理知性的意识。弗洛伊德讲的这个，我是相信的……英雄人物是彻头彻尾的英雄，从内心到外表都是英雄思想。哪有这种人？……没有经过弗洛伊德的解释，人的心理的真正情况，是不明白的。"② 可以看到，施蛰存"内在现实"理论的核心便是弗洛伊德人格结构中的本我与自我、超我的矛盾冲突的心理分析，其表现方法主要是运用直觉、感觉等非理性的潜意识形式来揭示人物被掩盖被压抑的潜意识流程，从而揭示人物或文学的本质面貌。

面对自己的文学创作，施蛰存自述，其创作思想和创作实践都

---

① 施蛰存：《为中国文坛擦亮〈现代〉的火花》，新加坡《联合早报》1992 年 8 月 20 日。
② 施蛰存：《为中国文坛擦亮〈现代〉的火花》，新加坡《联合早报》1992 年 8 月 20 日。

力图运用弗洛伊德心理分析学来表现人物深层的内在心理，并进行一系列的心理情感或潜意识开掘方面的"文学实验"。他说，自己从事创作的目的只有一个方向，"描写一种心理过程"，"写各种心理"，"写接触于私人生活的琐事，及女子心理的分析的短篇"。[①]"我自己知道，我的小说不够好。我只是从显尼志勒、弗洛伊德和艾里斯那里学习心理分析方法，运用在我的作品中。"[②] 例如，小说集《上元灯》"都是描写一种心理过程……在写这几篇小说的期间，我没有些别的短篇。我曾决定沿着这一个方向做几个短篇，写各种心理"[③]。历史小说集《将军的头》中的四篇小说，都是比较典型的弗洛伊德式的"力比多"与理性的冲突模式的演绎。施蛰存自述："虽然它们同样是以古事为题材的作品，但在描写的方法和目的上，这四篇却并不完全相同了。《鸠摩罗什》是写道和爱的冲突，《将军的头》却写种族和爱的冲突了。至于《石秀》一篇，我是只用力在描写一种性欲心理，而最后的《阿褴公主》，则目的只简单地在乎把一个美丽故事复活在我们眼前。"[④] 当时，还有人在《现代》杂志上发表书评，把施蛰存《将军的头》中四篇小说的情节模式进一步"修改"为弗洛伊德理论中"力比多"或"色欲"冲突的公式："《鸠摩罗什》，宗教和色欲的冲突；《将军的头》，信义和色欲的冲突；《石秀》，友谊和色欲的冲突；《阿褴公主》，种族和色欲的冲突。"[⑤] 至于小说集《善女人行品》则是在展示 30 年代上海都市生活的畸形繁荣和"女人的心理"的精神病态："我因为自己正在想写几篇完全研究女人心理及行为的小说……本书各篇

---

① 施蛰存：《我的创作生活之历程》，《创作的经验》，上海天马书店，1933，第 82 页。
② 施蛰存：《英译本〈梅雨之夕〉序言》，《施蛰存七十年文选》，上海文艺出版社，1996，第 895 页。
③ 施蛰存：《〈梅雨之夕〉自跋》，《梅雨之夕》，上海新中国书局，1933。
④ 施蛰存：《〈将军的头〉自序》，《将军的头》，上海新中国书局，1932。
⑤ 《书评·将军的头》，《现代》第 1 卷第 5 期，1932 年 9 月。

中所描绘的女性，几乎可以说都是我近年来所看见的典型，虽然在不同的季节，不同的笔调之下，但是把它们作为我的一组女体习作绘。"① 同时，施蛰存还特别推崇内心独白、自由联想、直觉、幻觉、意识流、荒诞魔幻等多种现代主义的表现手法，并积极尝试"超越了意识流"的"黑色的魔幻"，或者意识流与现实主义、浪漫主义的"两边调和"。他声称，自己写《魔道》就是为了"写各种几乎是变态的，怪异的心理小说"，② 并尝试把怪诞的魔幻现实主义同心理分析"揉合"起来。他还特别强调，这种"揉合"只是源于当时"自己的灵感"，既不同于英国意识流小说家沃尔芙的风格，也没有受其影响，并且在沃尔芙之先："沃尔夫写小说是在我之后。我这篇小说是受法国怪诞小说的影响，最有名的是十九世纪多列维莱的作品，我把心理分析跟怪诞揉合起来，在法国称之为'黑色的魔幻'。"③

面对自己的文学编辑工作以及相关的文学活动，施蛰存也明确表述自己的文学理念及文学批评实践的立场。他认为，表现"内在现实"的心理分析不仅是文学创作的一种方法，也是分析文学现象的一种重要理论，他自己也曾尝试性地做过这一项工作。他回忆道，在 1940 年的时候，"由于朱自清的殷勤索稿，我写了一篇讲解鲁迅小说《药》的文章。我用心理分析方法，详细阐发了鲁迅这篇小说中所呈现的潜在意识的描写……我以为鲁迅在写《呐喊》、《彷徨》的时候，他的思想体系还只是一个人文主义者。他的文艺观点，还没有超越厨川白村的《苦闷的象征》。他对弗洛伊德的心理分析理论是熟悉的，他自己也说受到过弗洛伊德的影响。根据这些了解，我在鲁迅的小说中不止一次地发现有潜意识的描写。因而

---

① 施蛰存：《〈善女人行品〉序》，《善女人行品》，上海良友图书公司，1933。
② 施蛰存：《我的创作生活之历程》，《创作的经验》，上海天马书店，1933，第 82 页。
③ 施蛰存：《中国现代主义的曙光》，台湾《联合文学》1990 年第 6 卷第 9 期。

我写了这篇文章，试图作一次探索。却想不到我所阐释的，正是人家要极力掩饰的。这一下，我就成为'千夫所指'的对象"①。

面对 30 年代初世界文学的发展态势及文学创作和文学批评的具体实际，施蛰存坚信，内在现实的情绪心理的强化和表现是其历史发展的必然趋势。他说，从"社会的"客观性向"心理的"主观性方向发展，是 19 世纪以来世界文学发展的必然趋势，而西方现代主义文论正是这一大趋势的先锋性引导者。无论是象征主义文学的伟大创始人爱伦·坡，还是"卓然成家"的海明威，及至后来陆续出现的劳伦斯、乔伊斯等许多现代主义小说家，小说中"心理的"表现技巧都更加"变本加厉"，乃至"满纸荒唐言"。但他们都是现代主义文学运动的先驱，都在不同历史时期发挥着不同的承前启后的历史作用。"亚伦坡的小说可以说是完全没有什么故事或结构的……然而，在亚伦坡自己，也许他还嫌他的笔墨太经济了。他要写的是一种情绪，一种气氛（Atmosphere），或是一个人格，而并不是一个事实……海敏威的小说与亚伦坡的幻想小说一样地没有故事，他们的目的都只是要表现一种情绪，一种气氛，或一个人格，他们并不是拿一个奇诡的故事来娱乐读者，而是以一种极艺术的，极生动的方法来记录某一些'心理的'或'社会的'现象，使读者虽然是间接的，但是无异于直接地感受了。"② 施蛰存对这种"情绪"做了具体的规定。第一，须是现代的情绪，"它们是现代人在现代生活中所感受到的现代的情绪……所谓现代生活，这里面包含着各式各样独特的形态：汇集着大船舶的港湾，轰响着噪音的工场，深入地下的矿坑，奏着 Jazz 乐的舞场，摩天楼的百货店，飞机的空中战，广大的竞马场……甚至连自然景物也与前代不同了。

---

① 施蛰存：《怀开明书店》，《沙上的脚迹》，辽宁教育出版社，1995，第 68—69 页。
② 施蛰存：《从亚伦坡到海明威》，《施蛰存七十年文选》，上海文艺出版社，1996，第 353—354 页。

这种生活所给与我们的诗人的感情，难道会与上代诗人们从他们的生活中所得到的感情相同的吗？"① 在这里，所谓"现代生活"是高度发展的工业化和市场化的现代都市生活现实，所谓"现代情绪"则是这种现代都市人的现代的情绪体验和心理感受。第二，须是"心理的解释"。虽然施蛰存曾谦虚地表示："心理的解释，我是不能承做。"② 事实上，他正是力图用一种"心理的解释"来阐释这种"现代情绪"，从而使其携带着极强的主观性、内向性、感觉性、直觉性等非理性的心理性特点。

《雨的滋味》，可谓一篇典型的关于内在心理的"现代情绪"的感觉性批评实践。在这篇文章中，施蛰存运用"心理的解释"的感觉性批评方式来阐释"现代情绪"的主观性、内在性特质。他说，无论是泥泞田塍间的雨还是湫隘巷陌中的雨都是客观的外物，如果你不用心去感觉，此时的雨，对于你来说"不过是一瓢苦水"，你就不可能感觉到"精致的滋味蕴蓄于其间"。反之，从"心理的解释"出发，雨可以给你"快感"，也可以给你惆怅、感伤，可以给你畅美、壮美，也可以给你抑郁美，其中各种"新鲜的滋味""精致的滋味"会把你带到一个"超乎言说的境地"。如，秋雨中"零落的境象"的深愁；冬雨中"白雨映寒山"的潇潇渐渐的冷；春天里的清明雨如雾如烟，把现实的景物"溟濛得成为幻象"，你只能"雾里看花"或在"沉醉的幻梦"中"踌躇怅惘"；夏天里的梅雨"间歇着"淙淙流过花坛流过长街，你即使没有一丝烦怨，也不免"魂销心死"。接下来，施蛰存进一步从理论上把因雨而生的感觉性情绪的产生过程概括为一个公式："（1）客观的情绪之伏流＋受感的情绪之震动＝客观的情绪之共鸣。（2）主观的情绪之伏

---

① 施蛰存：《又关于本刊的诗》，《现代》第 4 卷第 1 期，1933 年 11 月。
② 施蛰存：《雨的滋味》，《灯下集》，上海开明书店，1937，第 33 页。

流＋客观的受感的情绪＝主观的情绪之上涌。"① 他解释，如果主体自我心里原来没有一种"特殊的情绪在冲动"，只是因为感应了"雨之色"或"雨之音"而生此情绪，那么这种情绪就是"客观的情绪之共鸣"；如果自我心理原来就有一种"主观的情绪之伏流"，又"因雨而冲动"并使心中的情绪"愈浓厚或愈深沉"，那么这种情绪就是"主观的情绪之上涌"。当然，无论是"客观的情绪之共鸣"还是"主观的情绪之上涌"都是在表现"情绪"之中的内在性与心理性的本质性属性，都是在展示个体主体生命之中的一种主观性的感觉或体验。显然，作者是在努力尝试运用"心理解释"的方法去劝导人们应该珍视主体生命的感觉与直觉，在他看来，只有这种现代主义的非理性的感觉性批评或情绪性言说才能让人超越纷繁的现实进入一个超现实的"现代情绪"的意境之中。想象一下，当你置身在雨中，当你进入雨的感觉性或情绪性之中的时候，不论你原有情绪的性质如何，雨都会"迷恋了你"，使你领略到其中"微妙超言说的好滋味"："你最先身在雨外，逐渐的沉醉在它怀抱间，没入在它灵魂中，终至你与它合体了。你耳中所听的雨的音，是雨的情绪亦即是你的情绪；你眼中所见雨之色，是雨的情绪亦即是你的情绪。你能觉得你和雨达到了两相忘的境界，你不知愁的时候是你在愁抑是雨在愁；喜的时候是你在喜抑是雨在喜……如是，你的领受雨的滋味实已达到了超乎言说的境地——一个梦的世界了。"②

在施蛰存的批评实践中，他特别重视这种"现代情绪"在文学创作领域不可忽视的重要意义。他强调，自我内在心理的情绪是构成文学创作的一种重要的源泉。当一个作家心中充满了某种特定的"现代情绪"，就可以创作出体验这种情绪的文学作品。反之，当他

---

① 施蛰存：《雨的滋味》，《灯下集》，上海开明书店，1937，第34页。
② 施蛰存：《雨的滋味》，《灯下集》，上海开明书店，1937，第34页。

心中的"现代情绪"枯竭时，他的创作力也就泯灭了。施蛰存自述，他自己创作的动因就是这样一种"现代情绪"。当年，源于这样"一种情绪"，他创作了《上元灯》。后来想做些"补缺"的工作，以为能够"承袭"从前创作《旧梦》《桃园》《诗人》时的情绪，再次将过去的故事写出来，没想到因为时过境迁，"当时的一种情绪已经渐就泯灭"，[①] 无论如何也不能够写出那时的"情绪"的作品了。

这种主观内在心理的情绪和感觉也在某种程度上决定了文学创作的艺术形式。施蛰存特别推崇西方意象派诗歌的象征意蕴及其象征性的艺术表现形式，即诗的真实性不存在于客观的现实世界中，而在于诗歌所要表现的诗人自我内在心理的情绪感觉的真实性，并且还要用象征性、感觉性、意向性的艺术形式表现出来。"诗，特别是抒情诗，并不必须描写、表现或反映社会现实，但诗人所描写、表现或反映的思想感情必须符合于他自己的心灵状态，这就是诗的真实性。"[②] 他解释，以《现代》杂志上的意象诗为例，"《现代》中的诗是诗，而且是纯然的现代的诗。它们是现代人在现代生活中所感受到的现代的情绪，用现代的词藻排列成的现代的诗形。"[③] 在他看来，这些"现代的诗形"是现代人的内在心理与客观外物之间的微妙而神秘的"契合"形式。当时，一个名叫吴霆锐的人也曾批评《现代》杂志上的诗是"迷诗"，没有描写客观的环境景物和人的动作心理，诗的形式"如此没有节拍"，"毫没有诗的节奏"，故绝不能把诗描写成"一幅图画、一曲妙歌"。对此，施蛰存明确地反驳：新诗之新所在，不仅是内容上的表现，更是形

① 施蛰存：《〈上元灯〉改编再版自序》，《上元灯》（修订版），上海新中国书局，1932。
② 施蛰存：《乙夜偶谈·真实和美》，《施蛰存七十年文选》，上海文艺出版社，1996，第487页。
③ 施蛰存：《又关于本刊的诗》，《现代》第4卷第1期，1933年11月。

式上的表现主观内在心理的"情绪"或"感应"，不应该"一读即意尽"，"关于吴君这封信的上半篇，我觉得他有两点是误解了的：（一）诗的从韵律的束缚中解放出来，并不是不注重诗的形式，这乃是从一个旧的形式换到一个新的形式。（二）《现代》中的诗并不是什么唯物文学，而作者在写诗时的 Ideology 乃是作为一个诗人的 Ideology……易言之，散文较为平直，诗则较为曲折。没有韵脚的诗，只要作者写得好，在形似分行的散文中，同样可以表现出一种文字的或诗情的节奏"①。因为，新诗的真正的写法就在于诗人自我内在心理面对客观现实而产生的不可言说的感觉性的"契合"，以及这种"契合"非理性的情绪性或象征性的"感应"形式。

面对中国现代文学史上的诸多新诗和新诗人，施蛰存所写的评介文字也大多是从这种内在现实出发的情绪性、感觉性的实践性批评。施蛰存特别推崇戴望舒的诗歌理论和诗歌艺术。他说，戴望舒的"诗的情绪"理论是中国意象派诗歌的"精髓"，其诗歌创作也符合他的诗歌理论："在当时流行的新月派诗之外，青年诗人忽然发现了一种新风格的诗。从此，《我底记忆》获得新诗读者的认可，标志着中国新诗发展史的一个里程碑……他的《诗论零札》第一条就是'诗不能借重音乐，它应该去了音乐的成分。'……《望舒草》就成为一本很纯粹、很统一的诗集。无论在语言词藻、情绪形式、表现方法等各方面，这一集中的诗，都是和谐一致的，符合于他当时的理论的。"② 同时，施蛰存还具体解释了戴望舒的"诗的情绪"的"新在何处"的意义。一方面，从"古今中外"的视角来看，它既继承了中国古代诗歌的优良传统，又吸收了西方现代主义的诗思，创造了一种儒雅的古风古习的中国式的现代主义意象派诗歌的形式。"我所说'风格'，是指诗思的表现方法，它不是古

① 施蛰存：《社中谈座·关于本刊所载的诗》，《现代》第 3 卷第 5 期，1933 年 9 月。
② 施蛰存：《引言》，梁仁编《戴望舒诗全编》，浙江文艺出版社，1989，第 1—2 页。

诗，尽管有一些情绪还继承古代诗人的官能感受，但其表现方法，或说抒情方法，却是新的，吸收法国象征主义影响的。"① 另一方面，从"历史观点"的高度来看，它既是"前无古人"的，又拥有大量追随的"后来者"。"对于诗，我觉得胡适之先生的功绩是在打破了旧诗的形式，郭沫若先生的功绩是在建设了新诗的精神，徐志摩的功绩是创造了新诗的形式与韵律，李金发先生与徐志摩同时，但他以精练的诗人气质，屏除了郭沫若先生的豪放，着眼于文字的自然的节奏，而创造了中国的象征主义的自由诗。戴望舒在新月诗风疲敝之际，李金发诗才枯涩之余，从法国初期象征诗人那里得来了很大的影响，写出了他的新鲜的自由诗，在他个人是相当的得了成功，在中国诗坛是造成了一种新的风格。直到今天，有意无意地摹仿他的青年诗人，差不多在每一个载着诗的刊物上都可以看到。我呢，自然承认我们现代的新诗在形式上应该跟着这条路去求发展。"②

三 象征之道与现代感觉批评的意象性契合

应该说，在中国新文学现代主义理论批评史上，特别是在诗歌创作和诗歌批评实践中，关于象征、象征主义、意象、意象派，乃至心象、心境主义等概念的认知，常常交杂在一起，甚至作家批评家们自己也不能辨析清楚。但无疑，对于现代主义文学群体来说，这种以自我主体的感觉性、意象性为核心的象征之道贯穿于其论述的始终，为其所偏爱。

---

① 施蛰存：《文学批评家不可没有历史观点——答葛乃福问》，《东方》1994 年第 1 期。
② 施蛰存：《我的创作生活之历程》，《创作的经验》，上海天马书店，1933，第 84—85 页。

在五四时期，以象征主义为表征的诗歌理论和批评实践主要表现为对西方象征主义理论和创作的引进介绍及其感觉性层面的尝试性应用，其中的代表人物有穆木天、王独清、李金发等人。穆木天曾表白，自己在上大学的时候，就已经"完全入象征主义的世界了。在象征主义的空气里住着，越发与现实相隔绝了。我确是相当地读了些法国象征诗人的作品。贵族的浪漫诗人，世界末的象征诗人，是我的先生"[1]。在他们看来，首先，象征主义诗歌是唯美的，他们欣赏乃至陶醉于自我主体生命感觉中的这样一种微妙神奇的美。穆木天表示，他自己特别喜欢 Delicatesse，喜欢一种精致、纤细、微妙的艺术美："我喜欢用烟丝，用铜丝织的诗。诗要兼造形与音乐之美。在人们神经上振动的可见而不可见，可感而不可感的旋律的波，浓雾中若听见若听不见的远远的声音，夕暮里若飘动若不动的淡淡光线，若讲出若讲不出的情肠才是诗的世界。我要深汲到最纤细的潜在意识，听最深邃的最远的不死的而永远死的音乐。诗的内生命的反射，一般人找不着不可知的远的世界，深的大的最高生命。"[2] 其次，这种"兼造形与音乐之美"的美的本源或特质都只存在于"人的内生命的深秘"的感觉，它发于感觉止于感觉，不能用理智或理性的方法去解释辨析。他们反复强调，"波特莱尔底精神，我以为便是真正诗人底精神。不但诗是最忌说明，诗人也是最忌求人了解！求人了解的诗人，只是一种应合妇孺的卖唱者，不能算是纯粹的诗人！……诗，作者不要为作而作，须要为感觉而作，读者也不要为读而读，须要为感觉而读"[3]。接下来，这种"纯粹诗歌"的美感表现或批评方式也只能以"人的内生命"的非理性的感觉意象为原则，诸如用"诗的思维方法"、"大的暗示

① 穆木天：《我主张多学习》，《我与文学》，上海生活书店，1934，第 318 页。
② 穆木天：《谈诗》，《创造月刊》第 1 卷第 1 期，1926 年。
③ 王独清：《再谈诗》，《创造月刊》第 1 卷第 1 期，1926 年。

能"、"印象的写法"、"色"与"音"的"感觉的交错"等来表现这种"运动与心的交响乐"。此时，在这种象征主义道路上走得最远的应该是李金发。李金发积极倡导西方象征主义的诗学理论，他不仅强调诗歌艺术的象征主义，而且特别强调诗歌意象和内在感觉的神秘、朦胧乃至晦涩："诗意的想象，似乎需要一些迷信于其中，如此它不宜于用冷酷的理性去解释其现象，以一些愚蒙朦胧，不显地尽情去描写事物的周围……所有看不清的万物之轮廓，恰造成一种柔弱的美，因为暗影是万物的装服。月亮的光辉，好像特用来把万物摇荡于透明的轻云中，这个轻云，就是诗人眼中所常有，他并从此云去观察大自然，解散之你便使其好梦逃遁，任之，则完成其神怪之梦及美也。"① 朱自清曾解释过李金发诗歌的这种非理性意象表现："他要表现的是'对于生命欲揶揄的神秘及悲哀的美丽'……他要表现的不是意思而是感觉或感情，仿佛大大小小红红绿绿一串珠子，他却藏起那串儿，你得自己穿着瞧。这就是法国象征派诗人的手法；李氏是第一个人介绍它到中国诗里。"②

进入 30 年代，随着施蛰存主编的《现代》杂志的创刊，中国新文学的现代主义开始张扬起自己的旗帜，新感觉派勃兴起来，意象派诗歌也迅速崛起。施蛰存曾说，当时他自己在《现代》杂志上发表了一些《意象派抒情诗》之后，很快就收到许多意象派诗的来稿："在纷纷不绝的来稿之中，我近来读到许多——真是可惊的许多——应用古事题材的小说，意象派似的诗。固然我不敢说这许多投稿者多少受了我的一些影响。"③ 伴随着意象派诗歌创作的繁荣，携带着明显意象派倾向的诗歌理论及其批评实践蓬勃发展起来。例如，梁宗岱《诗与真》（商务印书馆，1935）、《诗与真二集》（商

---

① 李金发：《艺术之本原与其命运》，《美育》第 3 卷，1929 年 10 月。
② 朱自清：《导言》，《中国新文学大系·诗集》，上海良友图书印刷公司，1935。
③ 施蛰存：《编辑谈座》，《现代》第 1 卷第 6 期，1932 年 10 月。

务印书馆，1936）两部诗论专著；何其芳《论梦中的道路》（《大公报·文艺副刊》第 182 期，1936 年 7 月 19 日）；金克木《论诗的灭亡及其他》（《文饭小品》第 2 期，1935 年 3 月 5 日）、《论中国新诗的新途径》（《新诗》第 4 期，1937 年 1 月 10 日）、《杂论新诗》（《新诗》第 2 卷第 3、4 期合刊，1937 年 7 月 1 日）等；《现代》杂志刊发的诗论：戴望舒《望舒诗论》（第 2 卷第 1 期，1932 年 11 月）、苏雪林《论李金发的诗》（第 3 卷第 3 期，1933 年 7 月）、杜衡《望舒草序》（第 3 卷第 4 期，1933 年）、苏雪林《论闻一多的诗》（第 4 卷第 3 期，1934 年）、穆木天《我的诗歌创作之回顾》（第 4 卷第 4 期，1934 年 2 月 1 日）、穆木天《王独清及其诗歌》（第 5 卷第 1 期，1934 年 5 月）等，一系列的诗论都在不同程度地倡导象征之道的感觉性批评理论。例如，上海生活书店 1935 年出版的《文学百题》，其中的穆木天《什么是象征主义》、沈起予《什么是新浪漫主义》、吴朗西《大战后的德国文学大略怎样》、黄仲苏《什么是印象的批评》、高觉敷《佛洛依特主义怎样应用在文学上》等文章，都在努力介绍象征主义、表现主义方面的文学理论和文学实践。

在中国现代文学理论发展史上特别是诗歌理论及其批评实践中，梁宗岱的《诗与真》《诗与真二集》，可谓比较经典的象征主义或意象派诗歌的理论批评文本。

梁宗岱的《诗与真》《诗与真二集》两部小册子可谓中国意象派诗歌理论和诗歌批评实践的代表，其中收录了作者 30 年代的诸多诗歌批评文字。在梁宗岱看来，中国新文学意象派诗歌理论主要源于法国的象征主义运动，它滥觞于波特莱尔，奠基于马拉美，到瓦雷里而登峰造极。他明确地声称，波特莱尔、瓦雷里、韩波、马拉美等西方现代主义意象派诗歌的大师是自己的精神领袖（梁宗岱当时翻译瓦雷里为梵乐希）："无疑地，梵乐希影响我底思想和艺术之深永是超过一切比较之外的：如果我底思想有相当的严密，如果我今日敢于对于诗以及其他文艺问题发表意见，都不得不感激他……'像一个夜行人在黑暗中彷徨，摸索，'我从柏林写信给他说，'忽然在一道悠长的闪电中站住了，举目四望，认定他旅程方向：这样便是我和你底相遇。'①

第一，梁宗岱主张，意象派诗歌的意象是一种以"心灵底活动"或"思想底主体"为主体的宇宙意识的实现，它不需借助"我们底理智"，只须诉诸非理性的"感觉和想象"去感应、去体验一种人与宇宙之间的"交流与密契"，从而"参悟宇宙和人生底奥义"。他从五四以来中国新诗的发展实绩出发来分析30年代的诗坛：五四新诗走到了一个"纷歧的路口"，"充塞着浅薄的内容配上紊乱的形体（或者简直无形体）的自由诗"。虽然，新诗比旧诗"优越"，其"惊人的发展"也是"不容掩没的事实"，但新诗提倡者把新诗运动看作一种革命，一种玉石俱焚的破坏、一种解体，就逐渐和"诗底真元"分道扬镳、相背而驰了。"所谓'有什么话说什么话'，不仅是反旧诗，简直是反诗的；不仅是对于旧诗和旧诗体底流弊之洗刷和革除，简直把一切纯粹永久的诗底真元全盘误解与抹杀了。"② 梁宗岱强调："文艺底目的是要启示宇宙与人生底玄机，把刹那底感兴凝定，永生，和化作无量数愉快的瞬间。"③ "诗底真元"是"纯诗"，"所谓纯诗，便是摒除一切客观的写景、叙事，说理以至感伤的情调，而纯粹凭借那构成它底形体的原素——音乐和色彩——产生一种符咒似的暗示力，以唤起我们感官与想象底感应，而超度我们底灵魂到一种神游物表的光明极乐的境域，象音乐一样，它自己成为一个绝对独立，绝对自由，比现世更纯粹，

① 梁宗岱：《忆罗曼·罗兰》，《大公报·文艺》1936年6月17日。
② 梁宗岱：《新诗底十字路口》，《大公报·诗特刊》1935年11月8日。
③ 梁宗岱：《文坛往那里去》，《诗与真》，商务印书馆，1935。

更不朽的宇宙。它本身底音韵和色彩底密切混合便是它底固有的存在理由"①。他解释，这种"纯诗"注重的是诗歌创作过程中的精神活动的纯粹性，它所期待的是诗人自我主体生命中各种非理性的感觉和感应以及它们在音乐的音韵与图画的色彩中所产生的"交流与密契"，从而去感觉、去体验宇宙和人生的玄机。在这个境界里，超越了一切灵与肉、梦与醒、生与死、过去与未来的界限，诗人的自我与宇宙"契合"了。在这难得的真寂里，泯灭了一切主观与客观的界限，人也放弃了动作放弃了认识，渐渐地沉入一种恍惚的非意识的、一种近于空虚玄想的感觉状态。这也正是瓦雷里及其意象派所追求的"思想底主体"的"最高度的意识"的获取，也是其"意识底炫目的高度"。在瓦雷里那里，"他底精神大部分专注于心灵底活动和思想底主体；他底探讨底对象是内在世界，是最高度的意识，是纯我……梵乐希在他底内在的探讨里，从任何一个观念，或者特别从创作心理着手，由不断的精微的分析与缜密的推论，要在那幽暗，浮动，变幻多端的心灵深处分辨出思想活动底隐秘系统；抓住那一空倚傍的意识底基本永久性；追踪那像交响乐里无时不在却随时被略过的'基音'一般永远地，虽然忽隐忽现地，支配着我们生存的单调唯一的纯我：在这几乎纯粹的活动里，记忆和现象那么密切地相互缠结，期望，和呼应；事物与心灵底普遍完整的关系那么清楚地恢复回来，似乎什么都不能开始，什么都不能完成的"②。戴望舒也同样强调意象派诗歌的这种主体内在的感觉性："诗不是某一个官感的享乐，而是全官感或超感官的东西……诗应当将自己的情绪表现出来，而使人感到一种东西，诗本身就象是一个生物，不是无生物。"③

---

① 梁宗岱：《谈诗》，《诗与真二集》，商务印书馆，1936。
② 梁宗岱：《歌德与梵乐希》，《诗与真二集》，商务印书馆，1936。
③ 戴望舒：《望舒诗论》，《现代》第 2 卷第 1 期，1932 年 11 月。

第二，意象派的意象表现或意象传达是一种潜意识中"心灵底活动"的感觉性、意象性的"契合"，即"象征之道"。梁宗岱对"象征之道"的解释直接借用了波特莱尔理论的"契合"说。首先，梁宗岱以波特莱尔的 *Correspondances* 和《人工的乐园》等诗为例解释，"契合"或"象征底灵境"的基础源于人的主观感觉与自然万物之间的息息相通，这也是人的直觉的非理性"官能交错"的通感现象。由于我们的主观感觉极端敏锐，当天地万物的颜色、芳香、声音与我们的感觉官能"心心相印"的时候，就实现一种"呼应或契合"，并将我们带到一种"形神两忘的无我底境界"，一种"近于醉与梦的神游物表底境界"。这种"呼应或契合"的性质是一种主观感觉的、非理性的潜意识。如果我们用理性或意志去分析它发挥它，只能得到"无数不相联属的无精彩无生气的物品"。它不需要动作和剖析，只是无意识的陶醉，只是心灵与自然的息息相通或霎时间的默契冥合。此时，"那种主，认识的我，与客，被认识的物，之间的分辨也泯灭了。我们开始放弃了动作，放弃了认识，而渐渐沉入一种恍惚非意识，近于空虚的境"①。其次，这种"象征之道"的"契合"途径同样需要无意识的感应、感觉、直觉和想象。梁宗岱说，一首带有"象征的涵义"的好诗的产生，不在于外物的"题材与机缘"，只在于诗人"内心所起的感应和努力"，是诗人内在的情绪在"微妙的刹那"受了"心灵的点化"，"迸出了灿烂的火花"。即诗歌的意象表现是由非理性的、潜意识的纯粹感觉创造出来的，"像一张完美无瑕的琴，它得要在善读者的弹奏下发出沉雄或委婉，缠绵或悲壮，激越或幽咽的共鸣，使读者觉得这音响不是外来的而是自己最隐秘的心声。于是由极端的感应与悦服，往往便油然兴起那借助和自己更亲切的文字，把它连形体上也

---

① 梁宗岱：《象征主义》，《文学季刊》1934 年第 2 期。

化为已有的意念了"①。再次，"契合"的源泉或动力还取决于自我主观内在的感觉和直觉，或是外物的气息或是主观的感觉的两种感觉相互作用进入自我感觉后的"契合"状态。梁宗岱批评说，很多新诗人忽略诗的"最高艺术性"，不懂"心灵的活动是那么神秘"，只陶醉于一些"分行的不成文的抒写"。如何其芳，天生是"清新婉妙的歌者"，却"硬要扯破自己的嗓子去作宣传家"；又如艾青，热衷于"极热烈的社会意识"，又不能抑制"这意识底泛滥"，其诗便流于"不很深刻的随笔"。② 所以，写作一首好诗的基础和条件，不仅是源于客观外物的"题材与机缘"，最重要的还是源于"内心所起的感应和努力"。山风与海涛、夜色与晨光、星座与读物、良友的低谈、路人的欢笑等一切"至大与至微"的"动静和声息"，都是"灵魂变幻流转的写照"，都是感觉性的意象存在，都在冥冥之中启发着、指引着、催促着诗人的情绪和意境来到那"美满圆融的刹那"："在那里诗像一滴凝重，晶莹，金色的蜜从笔端坠下来；在那里飞越的诗思要求不朽的形体而俯就重浊的文字，重浊的文字受了心灵底点化而升向飞越的诗思，在那不可避免的骤然接触处，迸出灿烂的火花和铿锵的金声。"③

第三，象征之道的意象性表现也是一种感觉性的形式表现。梁宗岱说："形式是一切艺术底生命，所以诗，最高的艺术，更不能离掉形式而有伟大的生存……正如无声的呼息必定要流过狭隘的箫管才能够奏出和谐的音乐，空灵的诗思亦只有凭附在最完美最坚固的形体才能达到最大的丰满和最高的强烈。"④ "这形式的感觉也许是每个人都赋有而在一切精神的工程师（包括哲学家科学家和艺术

---

① 梁宗岱《译诗集〈一切的峰顶〉序》，《一切的峰顶》"新诗库第一集第二种"，上海时代图书公司，1936。
② 梁宗岱：《试论直觉与表现》，《复旦学报》文史哲第 1 期，1944 年 10 月。
③ 梁宗岱：《试论直觉与表现》，《复旦学报》文史哲第 1 期，1944 年 10 月。
④ 梁宗岱：《新诗的十字路口》，《大公报·诗特刊》1935 年 11 月 8 日。

家）都特别强大的先天机能……所以当那宇宙的意识，那境界或灵象显现出来的时候，它是那么玲珑，匀称和确定，就等于闪动在营造师眼前的一座建筑的图案。"① 他解释，象征之道的艺术形式是一种感觉性的整体感悟。梁宗岱批评很多文学史权威把文学作品弄得"东鳞西爪、支离破碎"，而文学艺术的"巡礼"应该是"一贯而且完整"的，不能分解也不容怀疑，正如一棵参天大树，其繁茂的树枝有些是向阳的有些是向阴的，有些是向上的有些是向下的，但终是一棵不能离散的大树。他强调："每个伟大的创造者本身都是一个有机的整体，带着它特殊的疆界和重心，真正而且唯一有效的批评，或者就是拼除一切生硬空洞的公式（这在今日文坛是那么流行和时髦），不断努力去从作品本身直接辨认，把捉，和揣摩每个大诗人或大作家所显示的个别的完整一贯的灵象——这灵象底完整一贯的程度将随你视域底广博和深远而增长。"② 同时，象征之道的艺术形式突出表现为主观自我情感或感觉的内在节奏的音乐性。梁宗岱强调，"诗应该是音乐的"，其"指向"就在于"要用文字创造一种富于色彩的圆融的音乐"。他解释，意象派诗歌作为主体感觉中"精神活动底一个奇迹"，表面上看是一些"词藻的游戏"或"韵脚的挣扎"，其内在意义正是通过诗歌形式的节奏旋律的音乐性或形式的"内在的颤栗底节奏"来传达主体自我"心中的悸动和晕眩"或内在感觉中的"最恒定最幽隐的脉搏"。也可以说，一首诗的节奏艺术和音乐形式是其成败的关键。如果诗的节奏和韵脚只是一些空洞嘈杂的音响，那么它就是无生命无灵魂的了，就只能使人想起一串模糊的暗淡的、无意识的无组织的字句，而不能在读者的心中唤起"一幅甘芳歌舞的图画"，或"有光辉有色彩的旋律"。

---

① 梁宗岱：《试论直觉与表现》，《复旦学报》文史哲号第 1 期，1944 年 10 月。
② 梁宗岱：《屈原》，华胥社，1941。转引自李振声编《梁宗岱批评文集》，珠海出版社，1998，第 164 页。

所以，"一件艺术品（一首诗，一支曲或一幅画）似乎只应表现一个意境或直觉。一首诗底每一行每一字以及每字底音和义，都是为要配合成一种新的关系以便在读者心里唤起作者所要传达的意境……所以在一首诗里，一个字（尤其是一个字所含的音或义），即使是最精彩的，即使是全句或全首诗底和谐所系如我们通常所称的诗眼，正如一幅画上的一笔颜色，一支曲里的一个音符，或一个书法家底字里的一点或一撇，只是构成全诗底意境的一个极小元素或单位，——它本身并不能代表一个意境，它只能把它完成或表现到最高度"[1]。

　　到了 40 年代，以九叶诗派为代表的诗歌创作和诗歌理论问世，使新文学史上意象性的感觉批评理论和批评实践更为完善了。例如，袁可嘉写了《新诗现代化》（天津《大公报·星期文艺》，1947 年 3 月 30 日）、《新诗现代化的再分析》（天津《大公报·星期文艺》，1947 年 5 月 18 日）、《新诗戏剧化》（《诗创造》第 12 期，1948 年 6 月），唐湜写了《论风格》（《中国新诗》1948 年第 1 期）、《论意象》（《春秋》，1948）、《诗的新生代》（《诗创造》第 1 卷第 8 期，1948 年 6 月）等文论，大都是从现代化的高度来审视中国新诗的发展历程和创作实绩。他们既能通过中西诗歌比较研究的途径探索新诗的艺术，又能充分吸收五四以来诸多诗歌流派发展的历史经验，从而使新文学诗歌的"象征之道"以及感觉性的批评理论、批评实践进入一种新诗现代化的历史阶段。

　　九叶派诗人唐湜对诗歌意象的概念内涵和批评原则的理论界定可谓清晰明确、具体深刻。他说，意象是"诗的生命"，"在最好最纯净的诗里面，除了无纤尘的意象之外，不应再有别的游离的滓渣。意象的质的内涵应该是明确的，但它的量的外延却可以伸展到

---

[1]　梁宗岱：《试论直觉与表现》，《复旦学报》文史哲号第 1 期，1944 年 10 月。

无限，随着时间的变化而变化，不断地以新血液代替死细胞……写诗正如钓鱼，从潜意识的深渊里用感兴钓上鱼——意象，原来是一种用自觉来把握自然的潜能的过程。意象不能是一种表象的堆砌或模糊的联想媒介，它从潜意识的深渊里跃起时是一种本能与生命冲击力的表现，而它却又是化装了的被压抑着的经验……意象则是潜意识通往意识流的桥梁，潜意识的力量通过意象的媒介而奔涌前去，意识的理性的光也照耀了潜意识的深沉，给予它以解放的欢欣"①。唐湜解读意象的理论资源主要来自西方象征主义代表人物瓦雷里、里尔克、艾略特、C. D. 路易士等的"象征之道"以及弗洛伊德主义的理论学说。他用弗洛伊德理论来说明，意象是潜藏着的生命本能或冲击力，诗的意象是化装了的"被压抑着的经验"；他用 C. D. 路易士等人的观点来解释，意象是"潜意识深渊里的鱼"，写诗正如钓鱼，是从潜意识的深渊里用感性钓上鱼；他用艾略特的观点描述，意识是从潜意识深渊中忽然跃出的、"支持了诗的自足的完整意义"，并在这意义的基础之上放射出各种各样的"外在的光影"。

唐湜解释，首先，意象的本质是潜意识的，它是"一种内在精神的感应与融合"，是"潜意识涌现的自然作用"，它神秘朦胧、无边无涯，它无所不包、魅力无穷。诗的意象与诗中高昂的意气不同，它蕴含着更多的"沉潜""暗示"等非理性的特质。如果说意气是一种直接的抒情，是以强大的生命力为支柱的感情的直觉意象，是一种"浪漫蒂克"的人格的投掷，是直接抒情的主观的突击。那么，意象则是一种间接的抒情，是"沉潜的深入""客观的暗示"，是以潜意识的感觉为支柱的深情的或思想的意象。其次，意象的价值在于可以"廓清或确定"诗的意义。在诗歌中，意象与

---

① 唐湜：《论意象》，原载《春秋》，1948。转引自唐湜《新意度集》，生活·读书·新知三联书店，1990，第 9、10、12 页。

意义，两者既各不相同、相互对抗，又互为肝胆，共同作为一种潜意识的感应形态，共同按着生命的内在旋律相互抗持又相互激动地进展前去。重要的是，这种意象与意义的对抗关系是不同于形式与内容之间的对抗关系的，后者是一种手段与目的、主与从之间的关系，前者却是一种"内在的平行又凝合的相互关连"。意象是潜意识之中的生命与生命之间的互相激励、互相感应，它作为一种"以感觉为支柱"的"内在精神的感应"，可以从一个生命点燃另一个生命，甚至无数个生命，从而在生命的"相互的光照"之中，从"深心里跃出的感应"又重合在一个新的"生命的焦点"上。最后，意象是潜意识深渊中的鱼，写诗便是从潜意识的深渊里用感性钓上鱼——意象。唐湜用瓦雷里的观点来概括：意象是最清醒的意志与最虔诚的灵魂互为表里的凝定。一方面，意象的本质存在是潜意识的自然涌现，它是生命中最有力、最纯真的核心，它代表了最大的"能"——潜意识流的作用；另一方面，意象的形成凝定又需要经过诗人"自觉的照耀"，去完成诗人对于客观世界的"真切的体贴""无痕迹的契合"。从横向的角度来看，"成熟的意象"既是"质"的充实和凝定，是诗人的感受力的尖锐和凝定，同时又必须有"量上的广阔伸展、意义的无限引申"，这是诗人的"思想力的跃动和虚心"。从纵向的角度来看，自觉的意象发展应该经历"由感而知而行"的三个阶段：由灵魂出发的直觉意象是自然的潜意识的"直接突起"，这是"浪漫蒂克"的主观感情的高涌；由心智出发的悟性意象是自觉意识的深沉表现，这是古典精神的客观印象的凝合；而意象的成熟则是高层次的完成，"它们的更高的完成则是由于古典精神与浪漫蒂克力量在意象内部平行又对抗的凝合，自然的基础与自觉的方向、潜意识的'能'与意识的'知'的完整的结合，思想突破直觉的平面后向更高的和谐与更深的沉潜，最大最深的直觉与雄伟的意志的发展。在那里，无分人我，无分彼此，主观与客观，直接的申述与间接的传达，一切一切都完全凝合无间，无所区别也毫无间隔"①。

在唐湜的诗歌理论实践中，随处可见这种以意象为核心和原则的感觉性批评。他曾赞赏杜运燮的"自我发掘的心理分析诗"，给读者留下的主要印象就是"意象丰富"，"意象跳跃着在眼前闪过，像一个个键子叮当地响过去，急速如旋风，有一种重匐匐的力量，又有明朗的内在节奏，像一个有规律的乐谱"②。他也同样以感觉性的意象为批评原则来审视辛笛及其诗作：诗人"不必趋附大势"，只应该"凭一颗虔诚的艺术良心而沉潜与情思的凝合"。辛笛的《手掌集》无疑是一册"清新的诗作"，但其"不和谐的地方"在于，没有足够的生命力支持它的思想重量，或"感情不能以溶化生硬的思想"，因为诗人"急于表现"而"意象还没有完全成熟"。因此，作为一个真正的艺术家不能"光想表现自我的情欲"，而要能够"入神于众多的人生光景"，"沉入潜意识的底层"，去芜存菁，再以"自然的意象"浮现出来，即"能对他所创造的意象'体贴入微'，化入这意象群，而赋与它们以能自由生长的生命，仿佛庄生之梦蝶里，尔克之倚身于树，会感受到树的脉搏"③。面对"最喜欢的女诗人"陈敬容的诗作《交响集》，唐湜仍一以贯之地坚持这种意象性、感觉性的批评原则。他说，陈敬容既有诗人的"敏感气质"，又有历史学者的"超然态度"。一方面，她能够"将思索的钓钩抛到深情的潜意识的湖里，钓上一些智慧的火花来"；另一方面，她的"自矜"和"自恋"使其时时记起"自我的存在"，因而"不能入神于物象"，"不能深沉地与意象一一贴切而凝合"，即诗人不能自如地把握意象与意义之间关系的缺憾所在。因

① 唐湜：《论意象》，《春秋》，1948。
② 唐湜：《杜运燮的〈诗四十首〉》，《文艺复兴》1947 年 9 月。
③ 唐湜：《辛迪〈手掌集〉》，《诗创造》第 9 辑，1948 年 3 月。

为，"文学里面的好诗，潜伏在字里行间的流质永远不能被人啜干，好诗的理解与感受或二者的凝合永远不会完全，甚至诗人自己也只能抓住物象的一环，结合着自己的生命力无意识地掷出他的意象，连他自己也只能朦胧或茫然地凝视，却不能轻易地说已经把握了永恒或全般"①。

---

① 唐湜：《〈交响集〉的作者陈敬容·严肃的星辰们》，《诗创造》诗论专号，1948 年 6 月。

第十二章

体验批评与现代文学理论文本的
主体性、意向性模式

体验批评的批评方法和文本模式直接关乎文学艺术与现实人生之间的相互关系及其处理方式。一方面，这种体验是内在性的体验，它源于作家批评家个体自我的内在感受，源于一种直接性的体验，或者说是在亲身经历之后所获得的感受和认知之中产生的批评；另一方面，这种体验是感受性的体验，它不强调直接诉诸理性的认识真理、解释真理的科学方法，而是源于感性、发自内心并经由亲历的体验而生发的对生命、对人生、对文学等方面意义的感受和认知。在这种体验与体验批评的过程中，批评家自我主体的生命存在、生活方式乃至思维状态都放弃了冷静客观、超然物外的立场，打破主观自我与客观现实之间的界限，消除了作为体验者的主体与作为客体的对象之间的距离，批评主体全身心地进入批评对象的客体之中，致使批评对象也以全新的意义与批评主体形成一种新鲜的关系存在。德国批评家伽达默尔曾特别强调这种体验、经验、理解在批评理论中的重要意义，"艺术的经验在我本人的哲学解释学起着决定性的、甚至是左右全局的重要作用。它使理解的本质问题获得了恰当的尺度，并使免于把理解误以为那种君临一切的决定性方式，那种权力欲的形式。这样，我通过各种各样的探索把我的注意力转向了艺术经验"①。

在中国现代文学理论的实践性批评文本中，主体意识高扬的体验批评的文本模式占据了主要地位，以创作经验谈和作家作品论两种文本模式为代表。在这些批评文本中，批评过程所呈现的主要是批评主体自我的体验性批评行为。一方面，这种批评文本的批评过程以批评主体的体验性为主旋律，它凸显的既是批评主体自身的文学体验乃至人生体验，也包括批评者以体验者的身份进入批评对象、以体验的方式来完成批评的过程。另一方面，这种体验性的批评高扬着批评主体的自我意识或自我的意向性，其批评动机大多源于批评主体的自我的意识指向，并以此构成批评实践的价值标准和审美取向。

一　创作经验谈与批评主体自我的
体验性认同

经验与理论在文学批评中大多表现为两种样态的存在，一是经验对于理论的铺垫或孕育，二是理论对经验的阐释。一方面，经验以其相对于理论的宽泛性、活跃性以及个别性、生动性，为理论的生成奠定了丰厚肥沃的土壤，为批评理论的深刻学理解析提供了取类比附的联想资源、旁征博引的言说资源、才华洋溢的修辞资源。另一方面，鲜活的个体经验经由理论的解析和引导，透视出或升华为一种理性的带有普遍性意义的理解或批评。无论哪种形态，在以体验性为核心的经验处于主导性地位时，它的发生过程及对于理解的投入都不是预先受制于某种理论信条的控制，而是借助于批评对

---

① 〔德〕伽达默尔：《美的现实性》，《外国美学》编委会编《外国美学》（第七辑），商务印书馆，1989，第357页。

象而自由展开，通过对于批评对象的解读或理解，使作者主体的经验体验见诸文本，同时批评者主体的经验体验也直接活跃于文本之中。在这种以体验性为本质的经验阐述和经验解读的批评文本中，既透视出作为批评者的主体体验性的理解和解释，也显示出作为批评对象的作家作品的主体体验性的经验。同时，体验批评作为一种批评文本，也是经验与理论融合的产物，是一种在体验与经验基础上产生的理论，也是一种在经验与理论的融合之中生成的批评实践。

在中国现代文学理论批评史上，创作经验谈在其中拥有极为庞大的数量并占有极为重要的位置。在各个历史阶段、各种文学流派的各类期刊和各种书籍出版物上，经常可见各种形式的创作经验谈、写作生涯回顾等类文章，它们构成了新文学理论中一道亮丽的风景线。这些创作经验谈式的文学批评，可能源于一种偶然，但更可能是一种必然出现的文学理论批评摹本，是特定历史条件下的中国现代文学作家批评家自我的生存状态及新文学的现代性追求使然。关于这些创作经验问世的动因，据郁达夫回忆，"大约是弄文学的人，大家常有的经验罢，书店的编辑，和杂志的记者等，老爱接连不断的向你来征求自叙传和创作经验谈之类的东西"①。于是，《创作的经验》一书问世，收录鲁迅、叶圣陶、郑伯奇、洪深、郁达夫、茅盾、鲁彦、华汉、丁玲、田汉、楼适夷、沈起予、张天翼、施蛰存、杜衡、柳亚子、郁达夫等17位作家谈创作经验的文章20篇。同时，郑振铎、傅东华等人也表示，新文学的发展已经进入一个新的历史阶段，需要总结一些文学经验，也为数百年后积累一些"珍贵资料"，"尽一点文学史的使命"②，于是，也从"重视体验"和"自觉载因"的角度向文坛发出了200多封征文信，征

---

① 郁达夫：《再来谈一次创作经验》，《创作的经验》，上海天马书店，1933，第9页。

② 郑振铎、傅东华：《引言》，《我与文学》，生活书店，1934，第1页。

求作家的创作经验，并在众多的征文中选编了《我与文学》一书。《创作的经验》与《我与文学》这两本书的问世，开拓了中国现代文学批评史上创作经验谈的基本模式。

这些以体验性为核心的创作经验谈，一方面表现出极为强烈的主体性因素。这种主体性的特征既包括作为批评主体的批评者内在自我的主体性体验，也包括作为批评对象的作家作品的主体性体验，以及融合了这双重主体体验之后而产生的体验性批评。另一方面，这些主体特征也表现出极为鲜明的实践性指向，因为体验毕竟不能停留于概念和理论之上，它终究是人生的体验、现实的体验乃至审美的体验，也就必然蕴含着意向性、具体性、应用性等实践性方面的特点。翻开中国现代文学史上的这些创作经验谈，诸多文字叙述都自觉或不自觉地围绕"主体性""实践性"而展开，或是谈自己生活实践的历程，或是谈自己文学实践的体验，诸如"我怎么做起小说来""我的经验""我的创作生活""我的回顾""痛苦的回忆""我的创作生活之历程"等。在这些朴实无华甚至是纪实性的文字表述中，各种创作经验和创作道路的事实性、实践性的记述大都紧密地围绕着主体的实践或实践的主体这样一个赫然凸显的中心话语而展开。或是从自我个性主体的文学实践活动出发，立足自我的实践主体，去探求实践主体的精神主体性和审美主体性的存在形式和表现方式；或是介绍作家自己的生活经历、文学道路，述说个体自我的人生理想、美学追求；或是在寻求自我的精神主体如何去超越实践的主体，如何去实现审美的主体性和个体的主体性。

首先，这些创作经验谈充分地揭示了中国现代文学批评或者中国现代文学理论的诞生在很大程度上源于批评主体的体验性因素。可以说，中国现代文学批评主体是一种体验性的主体存在，这种体验主体的建构既是一种自我性、内在性的精神主体，也是一种自我体验的实践主体。在作家批评家的人生体验、文学体验的过程中乃至体验性的文学批评文本中，精神主体与实践主体始终是紧密相连、相辅相成地融会在一起。在这种体验性的主体建构及其批评文本中，主观性、思想性的话语大都源于客观现实的实践，源于具体实践的自身体验。在这些创作经验谈中，各种作家批评家的体验、经验、回忆也大都出自客观现实生活中的具体实践，关于自我生活经历、创作道路等方面的实践诞生了作家批评家的实践性体验。于是，也正是实践性的体验诞生了自我主体内在的精神建构，诞生了主体体验性的创作经验谈的批评文本。它们既是实践力量的体验性的渗透，也是内在体验的主体性的高扬。在这些自我实践、自我体验的批评文本中，作家批评家们既是在客观地真切地回忆着自己的生活经历和写作经验的具体实践，也是在真实地记述生活实践如何深刻地影响着、制约着他们内在自我的主体性思想感情、性格人格乃至审美取向。他们特别重视且非常珍爱个体自我生活实践和文学实践的经历、体验，也特别强调且执着地去探索自我主体内在体验的各种深刻意蕴及其价值意义。

鲁迅在自己的一系列创作经验谈中细数了自己的生活经历如何作为痛切的内在体验建构了其个性主体的精神存在，并深刻地影响着自己的情感心理、思想立场和文学创作。在他早年的记忆中，祖父的牢狱之灾和父亲的病，使其家道式微，但其感受最深刻的不是经济生活的衰落，而是世态炎凉中的心灵侮辱，于是最痛切的体验是："有谁从小康人家而坠入困顿么，我以为在这途路中，大概可以看见世人的真面目；我要到 N 进 K 学堂去了，仿佛是想走异路，逃异地，去寻求别样的人们。"[①] 后来在日本东京医学专门学校读书的经历及课间"战争的画片"事件的刺激，使其生命体验进一步深化为"新的生命"追求和思想认知："因为从那一回以后，我

---

① 鲁迅：《呐喊·自序》，《鲁迅全集》（第一卷），人民文学出版社，1956，第 3 页。

便觉得医学并非一件紧要事，凡是愚弱的国民，即使体格如何健全，如何苗壮，也只能做毫无意义的示众的材料和看客，病死多少是不必以为不幸的。所以我们的第一要著，是在改变他们的精神，而善于改变精神的是，我那时以为当然要推文艺，于是想提倡文艺运动了。"①

　　革命青年作家叶紫的生活体验和心灵记忆同样是痛苦的。他的故乡、童年及人生经历布满了"吃人的世界""破碎的农村""故乡满地的血肉"，布满了"血一般的眼泪"。叶紫全家都是1926年湖南农民运动中的革命者或领导者，他的父亲、叔叔、姐姐等亲人都先后投身于如火如荼的革命事业之中并惨遭杀害，叶紫是带着"自家的遍体的创痕"来谈论自己的文学实践的。"痛苦像毒蛇似的，永远的噬啮着我的心……我既毫无文学的修养，又不知道运用艺术的手法，我只是老老实实的想把我的浑身的创痛，和所见到的人类的不平，逐一的描画出来，想把我内心的郁积统统发泄得干干净净……去刻画着这不平的人世，刻画着我自家的遍体的创痕！……一直到，一直到人类永远没有了不平！"② 丁玲在总结自己的创作经验时，也承认自己的创作与"我的环境是有很大的关系的"。开始是母亲的故事、母亲的"勇敢"性格和"自己生活的无出路"、灵魂的"寂寞"等方面的因素，使她走向文学道路，后来"五四的潮流"等革命形势的变化和自我情感体验等方面的影响，使她的写作态度和文学表现也"逐渐在变化"，曾经"染上一层感伤"，也曾"陷入恋爱与革命的冲突"或"罗漫谛克的感觉"。总之，"我那时为什么去写小说，我以为是因为寂寞。对社会的不满，自己生活的无出路，有许多话须要说出来，却找不到人听，很想做些事，又找不到机会，于是为了方便，便提起了笔，要代替自己来

---

① 鲁迅：《呐喊·自序》，《鲁迅全集》（第一卷），人民文学出版社，1956，第5页。
② 叶紫：《我怎样与文学发生关系》，《我与文学》，生活书店，1934，第39、40、41页。

给这社会一个分析"①。

当然，并不是所有现代文学史上的作家批评家都源于生活困境的体验、都源于对现实的不满而走向反抗现实的革命文学道路，也有很多作家感恩于生活的美好和大自然的清新而建立起一种审美的、诗意的人生理想和美学追求。宗白华曾说，他小的时候，天空的白云和桥畔的垂柳是他最亲密的伴侣，他坐在水边石上看天上白云的变幻，他到森林里追寻落日的晚霞和远寺的钟声，在他的心中，"世界是美丽的，生命是壮阔的……我爱它，我懂它……纯真的刻骨的爱和自然的深静的美，在我的生命情绪中结成一个长期的微妙的音奏……我爱光，我爱海，我爱人间的温爱，我爱群众里千万心灵一致紧张而有力的热情。我不是诗人，我却主张诗人是人类的光和爱的鼓吹者"②。这些爱和美构成了其生命的"音奏"，及至他到德国留学，德国浪漫派的影响又深入了他的心坎，逐渐酿就了其浪漫主义的美学主张。沈从文自述其文学创作的基础不是"文章作法"，而是建筑在对"水"的感情之上。在他自己的生活经历和文学实践中，那些自己生活中的"老守在桌边"的"静"以及"过去日子"的"闲"，都无法与"水"分开，"水"放大了他的感情与希望，放大了他的人格。"从汤汤流水上，我明白了多少人事，学会了多少知识，见过了多少世界！我的想象是在这一条河水上扩大的……我所写的故事，却多数是水边的故事。故事中我所最满意的文章，常用在船上水上作背景。我故事中人物的性格，全为我在水边船上所见到的人物性格。"③ 于是，他的作品多以水为背景，人物故事也取自水边的见闻，水的清新自然的美构成了其内在的精神主体，也构成了其作品的灵魂。

---

① 丁玲：《我的创作生活》，《创作的经验》，上海天马书店，1933，第23页。
② 宗白华：《我和诗》，《文学》第8卷第1号，1923年。
③ 沈从文：《我的写作与水的关系》，《我与文学》，生活书店，1934，第284—285页。

在这些创作经验谈中，批评主体内在自我的实践性体验几乎是每一位作者每一篇文章的主旋律。作家批评家们都是在真诚地述说着自己的故乡和家庭，细细地回忆着那些美丽的山山水水、那些感人的乡风习俗，也都是在认真地追寻着自己读过哪些领域的哪些著述，接受了哪些国内外作家的文学影响，以及自己是怎样或为什么走上文学道路的。透过这些真实动人的生活实践和文学实践的体验，新文学作家批评家自我精神主体和批评主体的认知图式或建构方式跃然纸上。无疑，客观实践性是其中的基本要素，置身于不同环境氛围、接受不同思想修养和艺术熏陶的作家批评家自然会诞生不同的体验性认知，会建构不同的精神主体和实践主体。

其次，这些创作经验谈也深刻地反映了这种体验性精神主体存在的强大力量，这种内在自我的精神主体就以其体验性来面对一切，以其体验性的标准来观照一切。这种诞生于体验之中，由体验而形成的标准、感觉、价值意义、审美取向又对自我主体的实践行为起到一种指导性、制约性的作用。在这里，精神主体与实践主体两者相互作用，实践主体的胚胎孕育着精神主体的建构，精神主体的力量也指导着实践主体的行动。一方面，作家批评家在自我内在体验性的行为实践中，培植、磨炼了其精神主体的强大力量和独特个性；另一方面，其体验性的精神主体又在一种超越的姿态下引导着实践主体的行为活动，影响着制约着其创作思想、创作风格乃至批评话语。

郁达夫在回顾自己的创作生活时，曾特别强调作家自我主体存在的内在性和主观性的价值意义。他解释，一个"有力的作家"之所以能够"成功"，主要取决于其主体自我的"作家的个性"和"他一己的体验"，而"这一宗经验"又"决不能凭空捏造"。于是，他强调："我觉得，'文学作品，都是作家的自叙传'这一句话，是千真万真的。客观的态度，客观的描写，无论你客观到怎样一个地步，若真的纯客观的态度，纯客观的描写是可能的话，那艺术家的才气可以不要，艺术家存在的理由，也就消灭了。"①

在这些以创作经验谈为模式的批评文本中，作家或批评家个体自我精神主体的内在性体验几乎成为每一篇批评理论的核心话语，这些体验像高悬于这些带有纪实性的文字之上的幽灵，无时无刻不在俯瞰着审视着这些具体的实践性经验。在这些汩汩流淌的体验性述说中，作者或是在回顾着自己的人生经历和创作经验，或是在评说着他人的生命足迹和文学生涯，但几乎都是在以精神主体的体验性尺度去审视、去评价自己或他人的创作行为，从而去实现一种体验性认同的文学批评。

此时，批评主体内在自我体验性的内涵或标准决定了他对客观对象的体验性的批评标准，或者说，他要在批评对象中获得主体内在自我的一种体验性认同。在新文学创作经验谈的批评文本中，批评话语都是源自批评者自我的人生体验和创作体验，由于不同的实践性体验，不同批评者所建构的精神主体的体验性认知自然各不相同，这就决定了其必然要以自我内在主体不同体验的价值取向、审美理想去从事批评，去建构批评标准和批评方式，因此就形成一种批评主体内在的体验性认同的批评模式。

当然，不同思想立场不同性格情趣的作家批评家对生活的体验各有不同，他们由不同体验而获得的体验性的价值取向和审美追求也各不相同，其体验性认同的批评标准、审美感受也各不相同。

如果作家批评家自我的主体实践中更多地体验了温馨的爱和大自然的美，其价值取向和审美理想就会蕴含更多的浪漫情怀。例如冰心，她满怀深情地述说自己在人生道路和文学创作中获得的体验："三四岁刚懂事的时候，整年整月所看见的：只是清郁的山，

---

① 郁达夫：《五六年来创作生活的回顾·附录》，《创作的经验》，上海天马书店，1933，第60—61页。

无边的海，蓝衣的水兵，灰白的军舰。所听见的，只是：山风，海涛，嘹亮的口号，清晨深夜的喇叭……潜隐的形成了我自己的'爱'的哲学。"① 于是，清新的自然、纯洁的童真、伟大的母爱就逐渐形成了其个体自我内在体验所孕育的结晶——"爱的哲学"，也因此构成了其精神主体的"皈依和寄托"。这"爱的哲学"便成为其生命的灵魂，也成为其作品的灵魂。冰心也反复地说："我挚爱恩慈的母亲，她是最初也是最后我所恋慕的一个人，我提笔的时候，总有她的颦眉或笑脸，涌现在我的眼前。她的爱，使我由生中求死——要担负别人的痛苦；使我由死中求生——要忘记自己的痛苦。生命中的经验，渐渐加增，我也渐渐的撷到了生命花丛中的尖刺。在一切躯壳和灵魂的美丽芬芳的诱惑之中，我受尽了情感的颠簸……使我写了寄小朋友这些书信。这书中有幼稚的欢乐，也有天真的眼泪！"② 又如徐志摩，他自述其自我精神主体的建构主要源自其敏锐而深刻的心灵体验，这是康桥生活的滋润、康桥理想的凝聚，这是一种单纯的信仰和超越尘俗的生活体验和情感体验，更是清澈秀逸的康桥诞生的意境、性灵和美感，乃至潇贵骄纵的三清学院诞生的神灵性的"圣洁的精神"。"在星光下听水声，听近村晚钟声，听河畔倦牛刍草声，是我康桥经验中最神秘的一种：大自然的优美，宁静，调谐在这星光与波光的默契中不期然的淹入你的性灵……你再反省你的心境，看还有一丝屑的俗念粘滞不？只要你审美的本能不曾泯灭时，这是你的机会实现纯粹美感的神奇！"③ 这种体验中的理想或理想中的体验，是最深刻的生命体验，它"不是借来的税来的冒来的描来的东西……是筋骨里迸出来，血液里激出

---

① 冰心：《小说集自序·附录》，《创作的经验》，上海天马书店，1933，第28、36页。
② 冰心：《〈寄小读者〉四版自序》，《寄小读者》，北新书局，1932。
③ 徐志摩：《我所知道的康桥》，《巴黎的鳞爪》，上海新月书店，1927。

来，性灵里跳出来，生命里震荡出来的真纯的思想"①。正是这种性灵的体验成为徐志摩最生动丰富、最敏锐深刻的文学创作的源泉，因为它"是从心灵上新鲜剖摘出来的"，是在"幽玄的意识"里"探检"出来的，所以它必然会影响后人，或者在后人的心中唤起沉郁孤独，或者构成后人日夜"在自剖的苦痛中求光亮者的意象"。正是这种主体自我生命体验中的"性灵"和"意象"创造了古今中外一切文学作品"完美"和"微妙"的奇迹。于是，文学创作便应该是"性灵"的创造，这"性灵的抒情的动荡，沉思的迂回的轮廓，天良的俄然的激发……全在我们精微的完全的知觉到每一分时带给我们的特意的震动，在我们生命的纤微上留下的不可错误的微妙的印痕，追摹那一些瞬息转变如同雾里的山水的消息，是艺人们，不论用的是那一种工具，最愉快亦最艰苦的工作"②。于是，文学理念的建构和文学批评的实践也应该是依据性灵的"光亮"："我们信诗是表现人类创造力的一个工具，与音乐与美术史同等同性质的……我们信我们自身灵性里以及周遭空气里多的是要求投胎的思想的灵魂，我们的责任是替它们博造适当的躯壳，这就是诗文与各种美术的新格式与新音节的发见；我们信完美的形体是完美的精神唯一的表现，我们信文艺的生命是无形的灵感加上有意识的耐心与勤力的成绩；最后我们信我们的新文艺，正如我们的民族本体，是有一个伟大美丽的将来的。"③

如果作家批评家自我的主体实践中更多地体验了时代的落差或灵魂的痛苦，或更多地接受了西方象征主义、心理主义等方面的影响，他们的文学创作和批评实践就会更注重主观性、内向性、唯美性等方面的经验，更注重去张扬现代主义的文学倾向。例如穆木

---

① 徐志摩：《迎上前去》，《自剖》，上海新月书店，1928。
② 徐志摩：《波特莱的散文诗》，《新月》第2卷第10期，1929年10月。
③ 徐志摩：《〈诗刊〉弁言》，《晨报副刊·诗镌》1926年4月1日。

天，其个体认同的体验更多地在于"'流亡者'之心情""深的悲哀""我的没落"等"痛感"。他回顾自己的流亡生活和诗歌创作的体验：一方面是他的故乡，东北大地的破败，日本帝国主义铁蹄的践踏，"农村的毁灭已到极点"，民间农民的艰难困苦，地主阶级的没落悲哀，到处隐含着"亡国之泪"和"流亡者"的心情，"没落"的流亡生活的压制迫使他"悲哀"的感情"跳溅出来"；另一方面是他在东京的读书经历，生活给他的是"兴奋和刺激"、"憧憬"和"幻梦"，又使他热烈地爱好魏尔伦、波特莱尔等象征派、颓废派的诗人，特别地追求那些"印象的唯美的陶醉"。于是，穆木天诗歌创作的情绪感兴和文学批评的体验性标准都是双重性的，"一方面回顾着崩溃的农村，一方面追求着刹那的官感的享乐，蔷薇美酒的陶醉"①。现代派的鼻祖施蛰存也曾描绘这样一些知识分子的自我形象和生命体验："百里、千里、万里，/百年、千年、万年，/挨过了修阻的贫辛行旅/与悠久的艰难的岁月，/昔日的可怜人，将在这里/觅取灵魂之息壤吗？……但是，我从大圈椅中起来，/揭开了帷幔，临窗独立，/黑暗的风如蝙蝠般扑入，/幽光的灯索全消熄了，/眼前只有莫测崾巇的不幸。/我遂如大海沉船中的乘客，希望以长逝的爱情为浮板，/而攫抱之以保生命。"② 这便是以施蛰存为代表的中国 20 世纪 30 年代现代主义文学的思想取向和审美感受，他们为了"觅取灵魂之息壤"，在"修阻的贫辛行旅"和"艰难的岁月"中苦苦地探索着，不息地追求着，可到处是"沉沉的夜"和"黑暗的风"，他们只能"奏一阕古意的怨歌行"。施蛰存声称，自己不愿附和屈从于当时文坛上"普罗文学运动的巨潮"，"想在创作上独自去走一条新的的路径"，便"应用了一些 Freudism 的心理小说而已……写接触于私人的生活琐事，及女子心

---

① 穆木天：《我的诗歌创作之回顾》，《现代》第 4 卷第 4 期，1933 年 11 月 18 日。
② 施蛰存：《秋夜之檐溜》，《现代》第 2 卷第 1 期，1932 年 11 月。

理分析的短篇"①。

如果作家批评家自我的主体实践体验更多地着眼于社会的现实和生活的真实,那么他们就会更注重文学理论和文学创作的客观性、真实性原则,就会更多地强调现实主义的文学倾向。例如五四时期的问题小说和乡土文学都偏向审美主体体验的客观性,都更趋向于现实生活感受的直接记述和文学创作方法的具体写实。据叶绍钧回忆,其严肃、认真的生活态度决定了其创作风格的写实性与朴素性:"我做过将近十年的小学教员,对于小学教员界的情形比较知道得清楚点……用了我的尺度,去看小学教育界,满意的事情实在太少了。我又没有什么力量把那些不满意的事情改过来,我也不能苦口婆心地向人家劝说——因为我完全没有口才。于是自然而然走到用文字来讽他一下的道路上去。"② 因而,叶绍钧的小说从不超出他的认识与理解的范围,写作过程也从不敢马马虎虎,他也因此获得了"写实主义""写实派"的"封号"。乡土文学作家许钦文也坦承自己的创作态度和创作方法主要是"亲历的事实"的真实记述。由于家庭经济的破产,由于失业的痛苦和寻找"出路"过程中的挣扎,自己永远无法摆脱现实生活中"实实在在的真事情"的困扰,因而"描写的方式和原则"自然也是写实的。自己只能把自己亲身经历的事实"照样描写",或是把耳闻到、报纸看到以及从熟人闲谈中搜集到的消息,慢慢地设想成为"具体的事实","作为具体的事实描写"。总之,"我所用的题材,当初大半是亲历的事实,把实实在在的真事情照样写出来……自然,抽象的意见总也是由事实引起的"③。

---

① 施蛰存:《我的创作生活之历程》,《创作的经验》,上海天马书店,1933,第80、82页。
② 叶圣陶:《随便谈谈我的写小说》,《创作的经验》,上海天马书店,1933,第43—44页。
③ 许钦文:《从〈故乡〉到〈一坛酒〉》,《文艺创作讲座》(第二卷),光华书局,1936。

二　作家作品论与批评主体体验的模式性文本

在五四新文化运动和文学革命期间，伴随着新文学创作的繁荣勃兴，各种不同文本形式的文学评论几乎是同时问世的，其中，以批评主体的自我体验为主导、为基础的作家作品论几乎成为一种贯穿中国现代文学史始终的文本模式，并且始终是一种占据主要位置的、文本数量最多的文学批评模式。

从五四新文学伊始到 30 年代初，作家作品论的文学批评文本已初具模式。诸如胡适《评康白情的新诗集〈草儿〉》（《读书杂志》第 1 期，1922 年 9 月 3 日），成仿吾《评冰心女士的〈超人〉》（《创造》季刊第 1 卷第 4 期，1922 年 11 月 13 日），周作人《沉沦》（《晨报副刊》1922 年 3 月 26 日），茅盾《读〈呐喊〉》（《文学周报》1923 年 10 月 8 日），等等。随后，不仅这些关于新文学作品的评论数量逐渐增多，评论的视角和范围也从作品论逐渐扩展为关于作家的评论，到 20 年代末 30 年代初，陆续出版了很多关于作家作品评论的集子。诸如胡怀琛编《尝试集批评与讨论》（上海泰东书局，1923），台静农编《关于鲁迅及其著作》（开明书店，1926），闻一多、梁实秋著《冬夜草儿评论》（清华文学社，1927），钱杏邨编《现代中国文学作家》（上海泰东书局，1928）、《现代中国文学作家》二卷（上海泰东书局，1930），贺玉波编《中国现代女作家》（上海现代书局，1932），黄人影编《当代中国女作家论》（上海光华书局，1933），李何林编《鲁迅论》（上海北新书局，1930）。还有一些具体作家的专论集，其中仅《郁达夫论》就三本，包括素雅编《郁达夫评传》（上海现代书局，1931）、贺玉波编《郁达夫论》（上海光华书局，1932）、邹啸编《郁达夫论》（上海北新书局，1933）。另外还有李霖编《郭沫若评传》（上海现代书局，1932）、黄人影编《郭沫若论》（大兴书局，1936）、李希同编《冰心论》（北新书局，1932）、陶明志编《周作人论》（北新书局，1934）、茅盾编《作家论》（上海生活书店，1936）等，品种繁多，蔚为大观，可谓作家作品论的批评文本模式的基本建构。无疑，这些作家论也并非完整意义上的作家评传或作家专论，而大多是一些印象式的印象记、访问记、读后感，或随笔、通讯、短评、闲话、考察等。当然，这其中也掺杂了一些出版书局商业性操作的行为因素。但是不可否认，正是这些集中涌现的、数量庞大的作家作品论构成了新文学理论话语的基本模式，或者说，中国新文学理论体系也同样是建立在批评主体的体验性的基础之上的。批评主体从主体自我内在的体验出发，去感受、去认知、去评说作家作品乃至文坛现象，从而构成了一种以批评主体的体验性为立足点的批评文本模式。

第一，这些作家作品论的写作动机或价值取向大多表现出较强的主体批评话语的实践性意义。它们多是面对社会局势、文坛风貌或现时的文学实绩应运而生的短论。面对社会历史发展的客观实际，面对现实文坛风貌的具体问题，作家和批评家们大多是从批评主体自我的思想立场、文学态度、审美取向出发，去审视、去关注、去评说现时发生的一些重大事件和热点问题，或支持鼓励一些新人新作品的问世，或批评驳斥一些不同政见不同审美的文学现象。因而，这些批评文本就都携带着极强的社会实践性和社会功利性。

例如，郁达夫短篇小说集《沉沦》，作为中国新文学史上的第一部白话小说集于1921年10月由上海泰东书局出版。它的问世引发文坛上各种批评意见如潮水般涌来。据郁达夫自己说，其所受到的讥评嘲骂"也不知有几十百次"，仿佛"上海所有文人都反对我"，自己也仿佛有一种"正在被迅速埋葬"的感觉。他首先求助于周作人，希望他能够"出自内心"地对自己的作品"进行坦率的批评"。周作人立刻写了评论《沉沦》的文章，他说，所谓"不道德的文学"，大致有三种情况。第一种是反因袭思想的，这是新道德的文学。第二种是"不端方的"，它可能是"自然的"，是言语的放任率真；或是以"裸露的描写"反对禁欲主义，"反抗旧潮流的威严"；或是依据精神分析学说，出于"人性的本然"，以"非意识地喷发"的文学形式来表现"平常的幸福的性的生活"。只有第三种，破坏人间和平、为罪恶辩护的才是真正不道德的文学。至于郁达夫的小说，"这集内所描写是青年的现代的苦闷，似乎更为确实。生的意志与现实之冲突，是这一切苦闷的基本；人不满足于现实，而复不肯遁于空虚，仍就这坚冷的现实之中，寻求其不可得的快乐与幸福……著者在这个描写上实在是很成功了"①。于是，由《沉沦》引发和触及的不仅仅是关于《沉沦》是不是"不道德的文学"、是否"诲淫诲盗"问题的分歧，更是关于文学道德标准的认知态度，以及关于如何对待新文学作品的思想立场的讨论。新文学阵营内的批评家们依据各自的主体价值取向纷纷表达了对《沉沦》观点的支持。成仿吾充分肯定了《沉沦》的文学史地位及其思想价值，他具体分析了"灵肉冲突"的问题之后指出，作品中的主人公不是懦夫，也不是伪善者，他是用"爱的要求"和"求爱的心"来表示他的苦闷和他的追求："郁达夫的《沉沦》是新文学运动以来的第一部小说集。他不仅在出世的年月上是第一，他那种惊人的取材与大胆的描写，就是一年后的今天，也还不能不说是第一……我们的主人公时常准备着——并且很愿意地——把他所有的一切都倾了，都倾了来装一个对于他更有价值的更有意义的

---

① 周作人：《沉沦》，《晨报副刊》1922 年 3 月 26 日。

东西。"① 黎锦明特别赞许《沉沦》关于"自我表现"、关于"青年心理的纯挚"的"描写的真实",它打破了"传统",打破了"习见","在《沉沦》中所觉到的这种平铺直叙的艺术,都感到一种毫不为艺术形式所蒙蔽的真实性来……那真实的情感的启示比《呐喊》那较明显的激动,尤其来得深远"②。同时,茅盾、郑伯奇、钱杏邨、华汉、刘大杰、沈从文、邵洵美、韩侍珩等人纷纷表述自己的思想态度和文学主张。随后,素雅编《郁达夫评传》、贺玉波编《郁达夫论》、邹啸编《郁达夫论》三个评论集相继问世,仅邹啸编的《郁达夫论》就收了 36 篇有关评论文章,且多持肯定的态度。诸多关于《沉沦》的评论文章对于驳斥道学家的虚伪假面、廓清五四新文化运动中的种种偏见起了很大的作用。

第二,这些作家作品论的思维方式大多建立在主体批评话语的现代性思想启蒙的理性立场之上。他们多从批评主体自我的政治立场、思想方法和文学态度出发去评论作家作品,因而表现出十分鲜明的价值性取向。或者说,在中国新民主主义社会特定的历史时期,任何思想见解包括文学评论都不可能彻底脱离现代社会历史发展进程中的政治性、阶级性、思想性等价值因素。

不容置疑,五四运动和文学革命的现代性意义就在于它是一场伟大的启蒙运动,它促进了中国人民的政治觉醒和思想觉醒。最先觉醒的知识分子和文学青年清楚地看到了国家命运的岌岌可危,深切地感到社会现实的腐败黑暗,他们以救国救民、改造社会为己任,积极地去探索、拯救中国发展的道路。同样,不仅仅局限于五四时期,到了 20 年代末 30 年代及至抗日战争、解放战争时期,我国同样面临着极其复杂的社会矛盾和民族矛盾,中国人民同样普遍地感到迷惘与困惑,同样普遍地渴求理性地把握世界,渴求在众多

---

① 成仿吾:《〈沉沦〉的评论》,《创造季刊》第 1 卷第 4 期,1923 年 2 月 1 日。
② 黎锦明:《达夫的三个时期》,《一般》第 3 卷第 1 期,1927 年 9 月 5 日。

的混乱中找到一条求生存的道路。于是可以说,中国新文学史上的各个历史时期其实都是一个呼唤理性的时代,中国新文学的历史使命就在于它所高举的思想启蒙的理性主义旗帜,五四新文化运动和文学革命的主流话语就在于它所倡导的"民主"与"科学"的精神以及"人的文学"和"为人生的文学"的文学主题,新文学的理论建构和批评话语也就主要源自或依附于其思想启蒙的理性立场。

从中国新文学史发展的具体实际来看,诸多作家作品论都较多地呈现出一种主体性的社会学视域或唯物史观的理性立场。一方面,他们大都认同社会生活是文学创作的源泉,文学是社会生活的反映,也都强调文学应该为现实社会服务,为现实的政治思想需求服务,并都倾向于以社会历史发展的现代化进程或文学历史发展的现代性趋势等社会历史研究的方法来考察文学。另一方面,大多数作家作品论源自或执着于批评者自我的主体认知或主体体验的价值取向。颇有意味的是,在很多情况下,批评者自我主体的思想立场和价值取向与被批评者的主体认知或主体体验是相同的,甚至是一致的。

茅盾所写的多篇作家作品论大都比较鲜明地呈现出这种批评主体的理性立场,也因而构成了批评主体话语文本的模式性建构,即一种理性主义立场上的主体体验的文学批评。以茅盾为代表的作家作品论基本延续了五四时期文学研究会倡导的"文学为人生"的思想主张和现实主义的批评原则,他们主张作家作品应该及时地反映社会历史发展需要,主张作家应该并且真正投身于革命的洪流之中,主张作品应该积极地反映发展的社会人生和革命形势,等等。这些主张既建构了文学批评的原则,也构成了批评的标准乃至批评的方法。在这些作家作品论的批评文本中,批评就依据上述源于批评者主体价值取向的文学批评的原则、标准、方法来考察作家自身的成长经历和文学道路、研究作品的思想内容和艺术形式，以及作家自身的经历体验与其作品价值意义之间的相互关系。比如《女作家丁玲》，茅盾的批评文字从中国社会革命的视域出发，将丁玲的小说创作放到无产阶级革命发生、发展的过程中去考察，具体考察了无产阶级革命斗争对于丁玲这样一个具有浓厚小资产阶级情调的女作家的思想情感的深刻影响以及其自我内在心理的变化或成长。"莎菲女士是'五四'以后解放的青年女子在性爱上的矛盾心理的代表者！……如果说《韦护》这小说是丁玲思想前进的第一步，那么，继续着发表的《一九三〇年春上海》，就是她更有意识地想把握着时代……全中国的革命青年一定知道对于白色恐怖的有力的回答就是踏着被害者的血迹向前！丁玲女士自己就是这样反抗白色恐怖的斗争者。"① 又如《王鲁彦论》，茅盾高度赞扬了王鲁彦小说的"积极精神"，这种"积极精神"就在于作家能够写出时代"波动"中的"人们的心理状况"，能够写出这些"波动"和"心理"与作家"自身经验的关系"，"我总觉得他们和鲁迅作品里的人物有些差别，后者是本色的老中国的儿女们，而前者却是多少已经感受着外来文明的波动……似乎正是工业文明打碎了乡村经济时应有的人们的心理状况。这乡村的小资产阶级，很明显的是现代的复杂中国社会内的一层……或许因为自身经验的关系，他的作品中时或流露这色彩"②。再如《庐隐论》，茅盾同样是依据作家自身主体体验与社会革命的关系及其发展变化之间的关系来评析庐隐小说："庐隐，她是被'五四'的怒潮从封建的氛围中掀起来的，觉醒了的一个女性；庐隐，她是'五四'的产儿，正像'五四'是半殖民的中国社会经济的'产儿'一样……读庐隐的全部著作，就仿佛再呼吸着'五四'时期的空气，我们看见一些'追求人生意义'的热情的然

---

① 茅盾：《女作家丁玲》，《文艺月报》第 1 卷第 2 期，1933 年 7 月 15 日。
② 茅盾：《王鲁彦论》，《小说月报》第 19 卷第 1 期，1928 年 1 月 10 日。

而空想的青年们在书中苦闷地徘徊。我们又看见一些负荷着几千年传统思想束缚的青年们在书中叫着'自我发展'，可是他们的脆弱的心灵却又动辄多所顾忌……庐隐主观上是挣扎着要向前'追求'的。"[①]　其他如许杰的《周作人论》，同样坚持这样一种理性批判的主体立场。许杰说，周作人的"倒退或落伍"正在于他"不了解民众"，"不了解时代"，其主要根源便是他的"思想的落后"，属于他的"认识问题"和"意识问题"，"时代是进化的，一个人的思想的变动，至少要能够合着时代的进化的轨迹，才算是活的有意识的人生……周作人的思想的落后，并不是无因的；分开来说，第一是属于他的认识的问题，第二是属于他的意识问题。周作人对于思想的方法的认识，是随入机械的循环论的谬误里的。"[②]

　　把这种主体批评话语的现代性思想启蒙的理性立场推向一个新的高度的，是瞿秋白、胡风等共产党人所写的作家作品论。他们作为无产阶级革命文学运动的领导者，同样是站在马克思主义理论立场上，运用无产阶级唯物主义史观及其辩证法的思想方法来认识世界、批评文坛。例如，瞿秋白的文学批评堪称马克思主义文艺理论的典范。30 年代初，瞿秋白编选了《鲁迅杂感选集》（青光书局，1933），并以何凝署名为该书写了序言，这篇《〈鲁迅杂感选集〉序言》也从此构成了鲁迅研究的经典。在这篇文章中，瞿秋白把鲁迅放到 20 世纪以来中国文化运动的变迁和文学队伍不断分化的巨大洪流中，进行历史的阶级的分析，科学地论证了鲁迅始终站在时代潮流前列的历史地位，以及他在思想文化战线上的重大贡献。一方面，瞿秋白明确指出鲁迅杂感的性质是"社会论文"，其重要价值即在于"自己的战斗的意义"。瞿秋白深入分析了鲁迅杂文以及这种杂文文体诞生的政治原因、社会原因，以及作家自身的幽默才

---

① 未名（茅盾）：《庐隐论》，《文学》第 3 卷第 1 号，1934 年 7 月 1 日。
② 许杰：《周作人论》，《文学》第 3 卷第 1 号，1934 年 7 月 1 日。

华、深刻的观察能力、对民众的热切同情，从而使杂感这种文体将因为鲁迅而变成文艺性的论文："急遽的剧烈的社会斗争，使作家不能够从容地把他的思想和情感熔铸到创作里去，表现在具体的形象和典型里；同时，残酷的强暴的压力，又不容许作家的言论采取通常的形式。作家的幽默才能，就帮助他用艺术的形式来表现他的政治立场，他的深刻的对于社会的观察，他的热烈的对于民众斗争的同情。不但这样，这里反映着'五四'以来中国的思想斗争的历史。杂感这种文体，将要因为鲁迅而变成文艺性的论文（阜利通）的代名词。"① 另一方面，瞿秋白也具体挖掘了鲁迅的生活经历和生命体验，以及这种自我主体体验如何影响了他的思想和创作的影响："鲁迅是莱谟斯，是野兽的奶汁所喂养大的……他的士大夫家庭的败落，使他在儿童时代就混进了野孩子的群里，呼吸着小百姓的空气。这使得他真象吃了狼的奶汁似的，得到了那种'野兽性'。他能够真正斩断'过去'的葛藤，深刻地憎恶天神和贵族的宫殿……他诅咒自己的过去，他竭力地要肃清这个肮脏的旧茅厕。"② 瞿秋白在评论茅盾的小说时同样坚持这种社会学意义和无产阶级革命文学的理论立场，同时也直指作品人物的主体存在及其内心体验。他说，《子夜》是"以大都市做中心"的"片断"，反映着中国全社会的"过去与未来的联系"，"空谈的大学教授，吃利息的高尚诗人，这只是一些社会的渣滓。连自以为钢铁似的吴荪甫本人，也逐渐的变成了'色厉内荏'，说不出的颓丧，懦怯，悲观，没落的心情……应用真正的社会科学，在文艺上表现中国的社会的社会关系和阶级关系，在《子夜》不能够不说是很大的成绩"③。

---

① 瞿秋白：《〈鲁迅杂感选集〉序言》，王永生主编《中国现代文论选》（第3册），贵州人民出版社，1984，第61页。

② 瞿秋白：《〈鲁迅杂感选集〉序言》，王永生主编《中国现代文论选》（第3册），贵州人民出版社，1984，第62—63页。

③ 瞿秋白：《〈子夜〉和国货年》，《申报·自由谈》1933年4月3日。

作为无产阶级革命文学理论家的胡风也写了很多作家作品论，他同样坚持马克思主义理论的文学立场，坚持现实主义的创作原则，坚持把文学的政治性、社会性、阶级性等因素置于各种社会关系或文学关系的首位，既强调作家或文学的主体体验和个性特征等因素都是源于客观现实的"纪律范围桎梏"的，又强调作家自我主观性的思想体验应该积极地服务于"这个血腥的社会"的需求，并且作者和作品中的人物也应该表现出"应有的情绪的感应"，应该"用自己底情绪去温暖"① 社会的现实。胡风曾批驳林语堂所强调的主体自我或文学艺术的"个性""心境"等观点，是"两脚悬空"地脱离了社会现实的"来路不明的""超然"的"个性"："他所说的'个性'、'心境'，完全是'行空'的'天马'，不带人间烟火气……他一脚踢开了'一切属于纪律范围桎梏性灵的东西'以后，接着就心造了一个万古常流的'个性'，'奉为文学之神'，把艺术家的眼睛从人间转向了自己的心里。于是艺术作品就不是滔滔的生活河流里的真实，通过作家的体识作用的反映，而是一种非社会性的'个性'或'心境'的'表现'或'反照'了。"② 同样，在这个作者主体自我与生活实践、艺术实践的"关联问题"上，或者说是作家自我的"认识界限问题"上，胡风也批评了张天翼小说创作的"素朴的唯物主义"的缺陷和"情热薄弱的观照态度"。在胡风看来，张天翼"始终是面向着现实的人生"的，有"了不起的'世态讽刺'的才能"，但是由于作者本人的主体自我没有"痛烈的自我批评"，他对于人生的观照态度以及他作品中的人物就"完全没有流贯着作者底情热"，显示不出对于现实生活的"平易敏锐的感应"，"感受不到情绪底跳动和心理底发展"，只是捕捉"和自己隔得很远的可笑的脚色"，"人物色度的单纯"，甚至"非真实的

---

① 胡风:《张天翼论》,《文学季刊》第 2 卷第 3 期, 1935 年 9 月 16 日。
② 胡风:《林语堂论》,《文学》第 4 卷第 1 号, 1935 年"新年号"。

夸大"、人物之间关系"图解式的对比",等等。因而,"艺术活动底最高目标是把捉人底真实,创造综合的典型。这需要在作家本人和现实生活的肉搏过程中才可以达到,需要作家本人用真实的爱憎去看进生活底层才可以达到;如果只是带着素朴的唯物主义观点在表面的社会现象中随喜地遨游,我想,他底认识就很难深化,他底才能就很难发展的罢"①。

第三,这些作家作品论的文本模式也显示出比较鲜明的主体体验批评的自我主观性倾向,表达出独具特色的思想探索和更为个性化的艺术追求。毋庸置疑,自我主体体验性的批评话语自然会显示出其主观性的倾向,不同批评主体自然会建立属于自己的文学立场、价值取向和审美追求,并从自己的政治态度、思想意识的原则立场出发,以自己的体验认知、自己的批评标准去书写作家作品论。于是,这种主体批评话语中的主观性倾向就常常会成为一种犀利的双刃剑。一方面,如果这种主体批评话语的主观性倾向以其个性自我的独到思考表达了一种具有普遍性意义的价值评定,或引发了一些令人深思的学理启迪,那么这种主观性或个性化的主体批评话语就会表现得更为敏锐、更为深刻,就会散发出更为感人和更为灵动的艺术魅力。另一方面,如果这种主体批评话语的主观性倾向过于拘泥于自我主观的视域,或者其自我见解过于主观乃至走向极端,就会使批评标准与批评对象完全脱节,从而失之公允,走向偏颇。于是,这种批评主体话语的主观性倾向也存在如何准确地、客观性地去定位的问题。即批评主体话语的自我体验或主观性倾向应该努力符合其评论对象的具体实际。因为,文学艺术的园地是姹紫嫣红、百花齐放的,现实主义、浪漫主义、现代主义等各种艺术流派、各种文学作品都可以争芳斗艳,绝非任何一种批评主体主观自

---

① 胡风:《张天翼论》,《文学季刊》第 2 卷第 3 期,1935 年 9 月 16 日。

我的一己倾向都可以作为一种具有衡定性价值或普遍性意义的批评标准。

例如，在五四时期，胡适极力倡导："文学者，随时代而变迁者也。一时代有一时代之文学。"① 这种进化论的历史发展观普遍被新文学运动领导者所接受，因而，这种历史进化论的文学观也构成了五四时代的一种具有普遍性意义的批评标准。此时，从作为批评对象的社会现实和文坛实际来看，五四时代是一个天翻地覆的、"改弦更张"的历史转型期，这种历史进程的大浪淘沙是一种毫不留情的"新陈代谢"、优胜劣汰，一切的社会秩序、思想意识、道德标准都无可选择地被挟带进这种滚滚向前的历史波涛之中，一切的人包括知识分子也都无法回避地面临着自我人生的重新选择，或情感立场的价值重构。从批评主体话语的主观性倾向来看，作为批评主体话语的主观性倾向大多顺应了社会历史发展的进程，这些五四新文化运动的领导者和从事文学创作的作家大都认同这种历史进化论的思想立场，他们大多选择了从社会前进的步伐和文学发展的趋势等社会历史进程的视域来确立自己的思想立场和文学倾向。他们的文学理论和文学创作都表现出努力适应急剧变革的社会历史发展进程的需求，他们也大多选择了历史进化论的思想立场和批评标准来认知五四新文学运动的发生和发展，来评论作家作品，并且努力使文学批评和文学创作率先站在历史车轮的前沿积极地影响社会人生、引导文坛实绩。这样一来，这种批评主体积极主动的选择或定位与批评对象的具体实际之间就实现了一种两者关系的相互契合，因而也就更充分地显示出批评主体的主观性倾向的有的放矢，甚至产生一种先锋性、启蒙性的积极作用。例如，胡适所写《评康白情的新诗集〈草儿〉》，就是站在这样一种历史进化论的文学立

---

① 胡适：《文学改良刍议》，《新青年》第 2 卷第 5 期，1917 年 1 月 1 日。

场上。他把康白情的诗歌放到新诗发展的历史上，充分肯定了其新诗以及诗体的"自由"和"创作精神"，充分肯定了它对于反对中国旧诗内容上的空虚腐朽和语言上的陈词滥调，以及推动白话新诗发展起到的积极作用。"我们在当日是有意谋诗体的解放，有志解放自己和别人；白情只是要'自由吐出心里的东西'；他无意于创造而创造，无心于解放诗体而他解放的成绩最大。"① 蔡元培在对新文学的第一个十年进行总结时，同样是从历史进化论的立场出发，通过比较中国和欧洲两种文化的发展史来论证"自由思想的勃兴"是"不可遏抑"的。他指出，欧洲的文艺复兴以人文主义为标榜，从"神的世界"过渡到"人的世界"，中国的五四新文化运动和文学革命，同样也是"复兴的开始"，"我国的复兴，自五四运动以来不过十五年，新文学的成绩，当然不敢自诩为成熟，其影响于科学精神民治思想及表现个性的艺术，均尚在进行中。但是吾国历史，现代环境，督促吾人，不得不有奔轶绝尘的猛进"②。

又如，反封建反礼教和思想启蒙，是新文学现代性发展历程中自始至终高高飘扬的一面旗帜。新文学的作家思想家们无论执着于哪一种思想价值取向，无论追求哪一种文学艺术流派，都毫不例外地积极选择了这一共同的文学立场和批评标准。鲁迅自述自己文学创作的宗旨："《狂人日记》，《孔乙己》，《药》等，陆续的出现了，算是显示了'文学革命'的实绩，又因为那时的认为'表现的深切和格式的特别'，颇激动了一部分青年读者的心……后起的《狂人日记》意在暴露家族制度和礼教的弊害，却比果戈理的忧愤深广，也不如尼采的超人渺茫。"③ 茅盾同样用"反封建的自觉"的

---

① 胡适：《评康白情的新诗集〈草儿〉》，《读书杂志》"努力增刊"第1期，1922年9月3日。
② 蔡元培：《总序》，《中国新文学大系·建设理论集》，上海良友图书公司，1935。
③ 鲁迅：《中国新文学大系·小说二集序》，赵家璧主编《中国新文学大系·小说二集》，上海良友图书公司，1935。

文学立场来衡定鲁迅的小说，他充分肯定了《狂人日记》等作品所发出的振聋发聩的反封建"呐喊"，高度赞扬了鲁迅小说在艺术形式方面所创造的"新形式的先锋"。他说，阅读鲁迅小说《呐喊》的时候，"只觉得受着一种痛快的刺激，犹如久处黑暗的人们骤然看见了绚丽的阳光。这奇文中的冷隽的句子，挺峭的文调，对照着那含蓄半吐的意义和淡淡的象征主义的色彩，便构成了异样的风格，使人一见就感着不可言喻的悲哀的愉快……除了古怪而不足为训的体式外，还颇有些'离经叛道'的思想。传统的旧礼教，在这里受着最刻薄的攻击，蒙上了'吃人'罪名了"①。

再如，人生的文学和自我的文学的文学主张，都诞生于五四文学革命之中，它们分别代表了新文学诞生以来文学功能现代性转型的发展趋向，并都延续、贯穿、影响着整个中国现代文学历史的文学思想流派。或者说，以五四文学思想启蒙为契机，伴随着中国社会历史发展的现代性转型，文学思想和文学创作在蜕旧换新的历史大潮中诞生了人的文学、为人生的文学、写实的文学、自我的文学、艺术的文学等新的文学理念和批评标准。其中，"为人生"或"为自我"、现实性功利性或主观性艺术性这两大分野也就由此而分别建构着自己的理论体系，也分别维系着自己的批评标准。

"为人生"的文学的批评标准从文学研究会的文学宗旨开始发端，以鲁迅、茅盾、郑振铎等人为代表，他们积极主张文学应该追随时代、表现人生、服务现实，并坚持文学的战斗性功利性的目的性，坚持现实主义的创作原则。鲁迅公开宣称，自己的文学思想和文学创作都是为文学革命而为的"猛士"的呐喊和"听将令"的文学，"有时候仍不免呐喊几声，聊以慰藉那在寂寞里奔驰的猛士，使他不惮于前驱。至于我的喊声是勇猛或是悲哀，是可憎或是可

---

① 雁冰（茅盾）：《读〈呐喊〉》，《文学周报》第 91 期，1923 年 10 月 8 日。

笑，那倒是不暇顾及的；但既然是呐喊，则当然须听将令的了"①。
鲁迅在评论叶紫小说时曾犀利地抨击"为艺术而艺术"："这一世
界中人，会轻蔑，憎恶，压迫，恐怖，杀戮别一世界中人……作者
还是一个青年，但他的经历，却抵得太平天下的顺民的一世纪的经
历，在转辗的生活中，要他'为艺术而艺术'，是办不到的。"② 左
翼青年诗人殷夫被杀害后，鲁迅怀着异常痛苦的心情高度赞扬其诗
集《孩儿塔》的战斗性意义："收存亡友的遗文真如捏着一团火，
常要觉得寝食不安，给它企图流布的……这《孩儿塔》的出世，并
非要和现在一般的诗人争一日之长，是有别一种意义在。这是东方
的微光，是林中的响箭，是冬末的萌芽，是进军的第一步，是对于
前驱者的爱的大纛，也是对于摧残者的憎的丰碑。一切所谓圆熟简
练，静穆幽远之作，都无须来作比方，因为这诗属于别一世界。"③
茅盾也十分明确地解释自己的文学批评立场："我的中心论点是：
一个作家应该怎样地根据了他所获得的对于现社会的认识，而用艺
术的手腕表现出来。说得明白些，就是一个作家不但对于社会科学
应有全部的透澈的智识，并且真能够懂得，并且运用那社会科学的
生命素——唯物辩证法；并且以这辩证法为工具，去从繁复的社会
现象中分析出它的动律和动向；并且最后，要用形象的言语艺术的
手腕来表现社会现象的各方面。"④ 可以说，茅盾所写的作家作品论
基本都遵循这种自文学研究会以来所开拓的文学立场，并执着于这
种革命文学的政治功利性的价值取向和现实主义的创作原则。例
如，茅盾在评叶圣陶长篇小说《倪焕之》时，所依据的批评标准便
是这种"文学须有时代性和社会化"的文学主张。他充分肯定了

---

① 鲁迅：《〈呐喊〉自序》，《晨报·文学旬刊》1923 年 8 月 21 日。
② 鲁迅：《叶紫作〈丰收〉序》，《丰收》，容光书局，1935。
③ 鲁迅：《白莽作〈孩儿塔〉序》，《文学丛报》第 1 期，1936 年 4 月 1 日。
④ 茅盾：《〈地泉〉读后感》，《地泉》，上海平凡书局，1930。

《倪焕之》的"时代性"价值，"第一次描写了广阔的世间"，"有意地要表示一个人——一个富有革命性的小资产阶级知识分子，怎样地受十年来时代的壮潮所激荡，怎样地从乡村到都市，从埋头教育到群众运动，从自由主义到集团主义，这《倪焕之》也不能不说是第一部……一篇小说之有无时代性，并不能仅仅以是否写到时代空气为满足；连时代空气都表现不出的作品，即使写得很美丽，只不过成为资产阶级文艺的玩意儿。所谓时代性，我以为，在表现了时代空气而外，还应该有两个要义：一是时代给与人们以怎样的影响，二是人们的集团的活力又怎样地将时代推进了新方向"①。茅盾在评许地山小说时，同样执着于批判"超然"文艺的文学批评标准，他反对"远观"，反对"摆弄几个抽象的术语"，坚持从"社会的内在矛盾"的批评视角出发来解释许地山的《命命鸟》《缀网劳蛛》等作品中所流露的"怀疑论和悲观思想"，"是因为生活与思想的矛盾……是'五四'落潮期一班青年苦苦地寻求人生意义寻到了疲倦了时，于是从易卜生主义的'不全则宁无'的回到折中主义的思想的反映。落华生的作品正代表了'五四'时期这一面的现象"②。

与文学研究会所选择和坚持的理论倾向、批评标准相对，以成仿吾、郑伯奇等人为代表的创作社的作家和理论家都主张文学应该表现自我、表现内心，并以"内心"作为原动力去超越人生、超越现实，从而实现"为艺术而艺术"的唯美追求。成仿吾宣称："我们并不主张什么派什么主义，我们只须本着内心的要求，把我们微弱的努力，贡献于我们新文学的建设就是了。"③ "文学自有它内在的意义，不能长把它打在功利主义的算盘里，它的对象不论是美的

---

① 茅盾：《读〈倪焕之〉》，《文学周报》第 8 卷第 20 期，1929 年 5 月 12 日。
② 茅盾：《落华生论》，《文学》第 3 卷第 4 期，1934 年 10 月。
③ 成仿吾：《创造社与文学研究会》，《创造季刊》第 1 卷第 4 期，1923 年 2 月。

要求，或是极端的享乐，我们专诚去追从它……我们的新文学运动固然是自我表现的要求之结果。"① 郭沫若作为创造社的代表作家，同样积极倡导文学和诗的"自我之扩张""自我表现"："我想我们的诗只要是我们心中的诗意诗境底纯真的表现，命泉中流出来的 Strain，心琴上弹出来的 Melody，生底颤动，灵底喊叫；那便是真诗，好诗，便是我们人类底欢乐底源泉，陶醉底美酿，慰安底天国。"② 于是，这些"为艺术而艺术""自我的表现""内心的要求"等文学倾向和理论主张便成为创造社的作家思想家们审视文学的批评标准。例如，成仿吾看到《学灯》杂志上的文章批评郭沫若的小说《残春》没有高潮、"平淡无味"，立刻进行反击。他指出，当我们考察一种文艺的时候，首先应该进行"严密的思考"的是其作品的"一个最高点"，这是一种"文艺的情绪"的"最高点"，它"在我们的心象之中"，并"耸立全体"之上。而《残春》的情绪的"最高点"所在正是："我们主人公的心情是何等的优美！他好像无念无想的世尊，偶动尘心，随即自抑了，更激发了热烈的慈悲……这是何等热烈的慈悲，何等优美的心绪！"③ 例如，穆木天自我主体的思想建构同样是创作社的"自我""艺术"等文学倾向，他同样是从内在自我的表现视角和批评标准来审视文学，他在评价诗人徐志摩及其诗歌时，就是从诗人的家庭出身、文学道路以及英国康桥式的贵族化教育等诸多外界客观性因素与其个体自我的主观内在倾向之间的关系出发，来分析诗人徐志摩的主体认知及其思想、创作的价值意义，最后得出结论，徐志摩的"赤子之心"在于争"灵魂的自由"，他的诗歌艺术便是其生命核心里的"灵魂的冒险"。"虽然在他的多量的诗作中，含有着好些唯美主义印象主义的

---

① 成仿吾：《新文学之使命》，《创造周报》第 2 号，1923 年 5 月。
② 郭沫若、宗白华、田寿昌：《三叶集》，上海亚东图书馆，1920，第 6 页。
③ 成仿吾：《〈残春〉的批评》，《创造季刊》第 1 卷第 4 期，1923 年 2 月。

要素，可是诗人徐志摩不是颓废的，而是积极的。他是现代中国的一位尼采……他的诗歌创作，是他对于社会不调和的表现，换言之，他的诗歌，就是它的'灵魂的冒险'的象征。诗人徐志摩始终是'一个生命的信徒'。他始终对于他所憎恶的时代挑战……贵族的市民出身的诗人徐志摩同当时的贵族化的英国市民社会融合在一起。他深受了英国的世纪末的唯美主义印象主义文学的影响。同时，他更接受了英国的贵族的浪漫诗人的熏陶……于是应运产生出来对于世界的全然唯美的态度，人生之最高的意义在于美的主张。"①

可以说，中国现代文学史上的作家作品论大都是这样一些由批评主体自我的价值取向和审美经验来决定的文学批评模式。也正是在这样一些以批评主体的自我体验和自我认知为出发点和原则的批评文本中，出现了一些耐人寻味的批评现象。

创造社的理论家成仿吾，曾特别反对"拿一种固定的形式或主义来批评文艺"。他强调："对于一种文艺作品，有许多的人，每喜欢从外界拿一种尺度去估价，每喜欢拿一种固定的形式去强人以所不能。这种行为，酷肖我们的专制君主，拿一只不满三寸的金莲，去寻他梦里的尤物……深自觉得拿一种固定的形式去批评文艺作品，是很容易陷入错误的。"② 可是，我们又看到了这样一种自相矛盾的批评现象。成仿吾在写作家作品论的时候，不管是面对郭沫若、郁达夫等主张文学为"自我"、为"艺术"的创造社的"浪漫才子"，还是面对鲁迅等坚持"文学为人生"的作家，每每都喜欢"拿一种尺度去估价"，或"拿一种固定的形式去强人以所不能"。成仿吾在评论鲁迅小说《呐喊》的时候，特别坚持的是文学"为艺术而艺术"、文学是"自我的表现"一类创造社同仁的文学立场

---

① 穆木天：《徐志摩论》，《文学》第 3 卷第 1 期，1937 年 7 月 1 日。
② 成仿吾：《〈残春〉的批评》，《创造季刊》第 1 卷第 4 期，1923 年 2 月。

和批评原则。在他看来，文学的创作方法和文艺的批评标准只可分为"表现的"与"再现的"的两种，而似乎只有"表现"进入了"纯艺术的宫殿"。他也正是从文学自我表现的主观性、情感性、暗示性等内在心理的艺术标准或"表现"原则出发，来批评文学现象来鉴赏作家作品。他认为，只有《不周山》才是"不甘拘守着写实的门户"，才进入了"纯文艺的宫殿"。与之相对，"描写"的、"再现的方法"多是"庸俗之流"的作品，"不外是事实的记录"。在他看来，《阿Q正传》等作品都是"浅薄的纪实的传记"，《狂人日记》"很平凡"，《一件小事》"是一篇拙劣的随笔"，"文艺的标语到底是'表现'而不是'描写'，描写终不过是文学家的末技……《孔乙己》、《药》、《明天》等作，都是劳而无功的作品，与一般庸俗之徒无异。这样的作品便再凑千百篇拢来，也暗示全部不出。艺术家的努力要在捕住全部——一个时代或一种生活的——而表现出来，象庸俗之徒那样死写出来的东西是没有价值的"。[1] 成仿吾在评述冰心小说的时候，也同样坚持了这种重主观、重艺术的文艺观。他批评冰心小说只"靠抽象的记述"去表现客观现实生活，表现出"被抽象的记述胀坏了的模样"，甚至像旧小说那样"被动作（实事）胀坏了"，"作者的描写止于是一些客观的可见的现象；主观的心的现象，少有提起。这确是表现上的一个缺陷……她写没有爱的生活，也只就客观的现象描写……她写爱的实现，也是热有而力不足。并且作者没有把爱的真谛看出"。[2] 同样地，成仿吾坚持用创造社自我主体的主观性、自我性、艺术性一类的批评标准去评估五四白话新诗，坚持"拿一种尺度去估价"甚至是一种偏颇的视角去评估五四白话新诗，忽视了五四特定历史时期白话新诗的思想启蒙、白话文的文体解放等特殊性的历史意义，只剩下了一

---

① 成仿吾：《〈呐喊〉的评论》，《创造季刊》第 2 卷第 2 期，1924 年 2 月。
② 成仿吾：《评冰心女士的〈超人〉》，《创造季刊》第 1 卷第 4 期，1923 年 2 月。

些挖苦、讽刺的批评。他批评胡适的《尝试集》："这简直是文字的游戏，好像三家村里唱的猜谜歌，这也可以说是诗么？《尝试集》里本来没有一首是诗，这种恶作剧正自举不胜举。"[1] 他批评康白情的《草儿》："这实是一篇演说词，康君把它分成'行'，便算是诗了！……我把它抄下来，几乎把肠都笑断了……而且文学只有美丑之分，原无新旧之别。如果现在的那些似是而非的文字可以称诗，则那些文妖的游戏诙谐，也可以有称诗的权利。现在的那些小诗实在令人做呕。"[2]

文学研究的理论家茅盾，其作家作品论的文本模式同样表现出一种比较执着的主体批评话语的主观倾向性，他同样是在"拿一种尺度去估价""拿一种固定的形式或主义来批评文艺"，只不过这是一种与创造社批评家们相对的"文学为人生"的立场态度。例如他在写作《徐志摩论》时，便坚持这样一种"现实""真实"的批评标准，坚持从"生活的产物"的批评原则出发。在他看来，一切浪漫主义诗人在诗中表达的"理想""象征"等情感和艺术，大多"虚无缥缈""诗情枯窘"，或"遁入艺术之上主义"，而对于"社会的大变动"不理解，"死都不肯转换方向看一看"。茅盾强调："诗，和其它文艺一样，是生活的产物……诗这东西，也不仅是作家个人情感的抒写，而是社会生活通过了作家的感情意识之综合的表现……志摩近年来并没躲在荒岛上过隐士的生活，而他所在的社会却又掀起了惊天动地的大风浪，生活实在供给了志摩很多的诗料。然而志摩却以诗情枯窘自悲了！……这是一位作家和社会生活不调和的时候常有的现象。"[3]

可以看到，同样是作家作品论中表现出来的创作主体与客观现

---

[1] 成仿吾：《诗之防御战》，《创造周报》第 1 号，1923 年 5 月。
[2] 成仿吾：《诗之防御战》，《创造周报》第 1 号，1923 年 5 月。
[3] 茅盾：《徐志摩论》，《现代》第 2 卷第 4 期，1933 年 2 月 1 日。

实之间的"不调和"，穆木天所说的徐志摩的"对于社会不调和的表现"，是在解释诗人对于"憎恶的时代"所发出的"挑战"。茅盾所说的徐志摩"和社会生活不调和"，是在谴责诗人遁入了艺术主义的"宝岛"。

也可以看到，批评主体话语的主观性意向也存在一个价值取向的具体定位的问题，即批评主体既应该坚持自己独到的文学立场，也应该考虑使自己的批评标准符合批评对象的实际存在。反之，如果批评主体话语过于坚持个体自我的主观性的文学立场、审美取向，或者不加区分地始终固守唯一的"一种尺度""一种固定的形式"，或者批评主体话语的主观性倾向过于执着、过于浓烈，就会导致个人的认知偏颇与自我的情感好恶变成文学批评的标准。

后 记

　　《中国新文学现代性启蒙实践研究》作为辽宁大学文学院的"汉语言文学中国特色研究丛书·实践论文学理论建构"丛书之一，由辽宁大学文学院的赵凌河教授、张立群教授、李明明副教授共同完成。其中：张立群教授撰写绪论、第一编和第二编；赵凌河教授撰写第三编；李明明副教授负责全书的资料准备及部分初稿的撰写工作。

　　感谢本书的每一位读者。

图书在版编目(CIP)数据

中国新文学现代性启蒙实践研究 / 赵凌河, 张立群,
李明明著. -- 北京：社会科学文献出版社, 2018.3
(汉语言文学中国特色研究丛书·实践论文学理论建
构)
ISBN 978 - 7 - 5201 - 2145 - 3

Ⅰ. ①中… Ⅱ. ①赵… ②张… ③李… Ⅲ. ①中国文
学 - 现代文学 - 文学研究 Ⅳ. ①I206.6

中国版本图书馆 CIP 数据核字 (2017) 第 328106 号

汉语言文学中国特色研究丛书·实践论文学理论建构
中国新文学现代性启蒙实践研究

著　　者 / 赵凌河　张立群　李明明

出 版 人 / 谢寿光
项目统筹 / 高　雁
责任编辑 / 颜林柯　郭锡超

出　　版 / 社会科学文献出版社 (010) 59367226
　　　　　地址：北京市北三环中路甲 29 号院华龙大厦　邮编：100029
　　　　　网址：www. ssap. com. cn
发　　行 / 市场营销中心 (010) 59367081　59367018
印　　装 / 三河市尚艺印装有限公司

规　　格 / 开　本：787mm × 1092mm　1/16
　　　　　印　张：18.75　字　数：244 千字
版　　次 / 2018 年 3 月第 1 版　2018 年 3 月第 1 次印刷
书　　号 / ISBN 978 - 7 - 5201 - 2145 - 3
定　　价 / 75.00 元